ナイツ・オブ・ザ・リビングデッド

ジョナサン・メイベリー、ジョージ・A・ロメロ [編著]

ジョン・A・ルッソ、アイザック・マリオン、デイヴィッド・J・スカウ、ミラ・グラント、
ブライアン・キーン、チャック・ウェンディグ、ジョナサン・メイベリー、
キース・R・A・ディカンディード、ニール&ブレンダン・シャスターマン

阿部清美 [訳]

生者の章

NIGHTS OF THE LIVING DEAD : An Anthology
EDITED BY JONATHAN MABERRY AND GEORGE A. ROMERO

竹書房文庫

生者の章　目次

NIGHTS OF THE LIVING DEAD
CONTENTS

死者の章　収録作品

ナイツ・オブ・ザ・リビングデッド

その翌日

ジョン・A・ルッソ

THE DAY AFTER

ジョン・A・ルッソ
John A. Russo

PROFILE

〝生きる伝説〟と呼ばれる作家、映画監督。彼の小説20編は世界各国で出版され、関わった映画19本も世界的に配給されている。映画『ナイト・オブ・ザ・リビング・デッド』(1968)の脚本、『バタリアン』(85)の原案、『ナイト・オブ・ザ・リビングデッド／死霊創世記』(90)の製作を務めたことで、ゾンビファンから支持され続けている。また、『My Uncle John Is a Zombie !』(2016)には、役者として出演。しかし、彼自身は、自分が単に人を怖がらせるのが好きなナイスガイだと皆にわかってもらいたいという。彼は長年ペースを落とすことなく、精力的に仕事に取り組んできた。本作は、彼とジョージ・A・ロメロが温めていた映画の企画『Night of the Living Dead and The Day After』の脚本から書き起こした短編となる。

HP：www.thejohnrusso.com/
Twitter：@JohnARusso2

マクレランド保安官は、ガソリンを染み込ませた松明《たいまつ》に火を点《つ》け、すでにガソリンをかけておいた燃え種の山を松明で触れた。山積みになった屍《しかばね》はシュッという音を立て、炎が朝焼けの空に向かって高く上がっていく。保安官とその部下は、マイラー農場の母屋周辺をうろついていた人食い邪鬼《グール》をすでに二十体以上射殺していた。

マクレランドは、ヴィンス・ダニエルズ保安官補に言った。

「全部片づけたよな？」

「ひとり残らず頭を撃ちましたし、たぶん大丈夫かと」

ヴィンスは一旦うなずいた後、小さく息を吐いた。「ただし、森に逃げ込んだ奴《やつ》がいなかったとは言い切れません。連中は火と同様、発砲音も怖がりますからね。こっちが撃ち始めたときに隠れたのもいるかもしれません」

「ヘリはいまだに旋回してる」と、マクレランドは空を仰《あお》いだ。「もし上空から連中を見つけたら、こっちに連絡してくるはずだ。他の農家に潜んでいる者がいるケースを考え、谷を逆回りしてウィラードに戻ろう」

不気味なうめき声を発し、頭をだらしなく傾けて歩くグールたちは、森を抜けて移動していた。中には、ミラー農場で出くわした人間の身体の一部を抱えている者もいた。ある屍は木陰に座り、誰かの腕にかぶりついている。その手首には装飾が施されたブレスレットが下がったままだった。ボーイフレンドと一緒にトラックに乗っていた少女が身に着けていたものだ。そのトラックは爆発してしまったのだが。

グールはよだれを垂らし、黄色くなった歯で肉片を引き裂いている。きれいにしゃぶった指の骨を吐き出し、食べかけの腕を地面に落とすと、そいつは森から出てきた他の仲間を追うようにしてゆっくりと歩き始めた。

すると、片手がズタズタになっている女性のグールがやってきて、落ちていた腕の残骸《ざんがい》を拾い上げた。ほとんど骨になっていたものの、手に入れた〝食料〟に食欲が刺激されたのか、唸《うな》り声を上げた。かつて彼女はバーバラという名前で、ジョニーという兄がいた。ジョニーは他のグールを手助けするかのように、ミラー農場の母屋から彼女を引きずり出した。彼自身、バーバラより先に連中に引きずり出されていたのだった。しかし、彼女が殺された後、ジョニーは妹が平らげられてしまう前に連中を蹴散らした。貪《むさぼ》られた彼女の肉体は無数の噛《か》み跡で血だらけとなり、あちこちに穴が開いていた。唇、鼻、耳の一部は欠損していた。

生前はカレンという名のうら若い少女がバーバラに静かに近づき、彼女が持っていた骨の露出した手首を摑《つか》んだ。バーバラとカレンは食料を引っ張り合い、そのうち手首は落下してどこかに転がっていった。二人はすぐに手首を諦め、他の仲間の後を追いかけていった。

二車線の舗装道路の脇には、ガス会社の敷地が森の合間を抜けるように広がっている。草に覆われた土地には電柱が何本も並んでおり、それぞれが送電線でつながっていた。

架線作業員のジェド・ハリスは、背が高く、ひょろりとした体軀《たいく》で黒髪に口ひげと顎ひげをたっぷり蓄えた三十歳の働き盛りだ。靴底に鋲釘《びょうくぎ》が打たれたブーツを履《は》き、身体に命綱を装着し、道具でいっぱいになったポーチをぶら下げた幅広の革ベルトを腰に巻き、電柱のひとつによじ登っていた。チェック柄のシャツにブルージーンズという格好で、頭にはウィラード電力会社のロゴが入った野球帽を被《かぶ》っている。電柱の根元には、同じロゴ入りのバンが停まっていた。送電線の一本にほつれている箇所を見つけた彼は「なるほどね」とつぶやき、ワイヤーカッター、電気工事用プライヤー、絶縁テープで作業を始めようとした。

三人のグールが森から姿を現わし、電柱の下に停めてあったバンに迫っていった。長い間、連中はぼんやりと電柱にいる男性を見上げていたが、彼は電線の修理に没頭していた。バンの助手席で眠っていた一匹の犬が、異様な気配を感じたのか、両耳をピンと立てた。犬は眠りから覚め、車内のフロントシートを興奮気味に駆け回って吠《ほ》え出した。グールたちは手頃な石を拾い上げ、バンの窓を叩《たた》き始めた。

愛犬バーニーの声に気づいたジェドは、下を見て事態を把握し、急いで電柱から降りることにした。ほどなくサイドウィンドウが粉々に割れ、連中が中に腕を突っ込むのが見えた。バーニーは威嚇《いかく》するような唸り声を上げている。おそらく必死で抵抗したのだろうが、そいつらはあまりにも執拗《しつよう》で、とうとうバーニーを割れた窓から車外に引きずり出してしまった。うちひとりと一緒に、バーニーも地面に転がった。別の奴が愛犬の前に立ち、石を持った手を高く上げた。

「バーニー！」

ジェドは叫んだ。

振り下ろされた石が頭に当たり、バーニーはキャンと吠えた。もうひとりも近寄り、同じ行動を取った。連中は繰り返しバーニーを叩き、やがてその身体は動かなくなった。

ジェドはようやく地面に降り立ったものの、慌てていたので腰からロープが下がったままだった。道具入れから大きめのスクリュードライバーと釘抜き付きの金づちを取り出し、彼は三人に突進した。クソッ、俺の愛犬を殺しやがって！　ジェドはこみ上げる怒りに任せ、一番近くにいた奴の後頭部めがけて金づちを叩きつけようとした。しかし、予想できない相手の奇妙な動きのせいで狙いは外れ、肩をかすめただけとなってしまった。他の二人も徐々に迫り、ジェドはコヨーテに囲まれたガゼルがごとく窮地に陥った。

　しかし、鈍い連中とは違い、彼の動きはすばやかった。スクリュードライバーで目前の相手の目をひと突きにすると、そいつはよろよろと後ろに下がった。それでも、他の二人は平然と、よだれを垂らしたままその場に立ち尽くしている。しかも、バンの運転席側のドアの前にいるので、ジェドが車に駆け込むこともできない。彼は金づちを振り回し、スクリュードライバーを突き出しながら、思い切って近寄っていった。

　ところが意外にも、手前の奴がこちらに向かって体当たりをしてきたので、ジェドは倒れ、スクリュードライバーを落としてしまった。それでも、金づちは握り続けていた。彼は悶《もだ》えて相手を振り払おうとしたものの、そいつは自分の足にしっかりとしがみついている。足首を強く抱えられたまま、ジェドは這《は》って逃げ出そうと試みた。相手の身体は重く、そいつを引きずったままでは埒《らち》が明かない。必死に地面を転げ回り、なんとか上体を半分起こすことができたので、彼は金づちで相手の頭を殴打した。無我夢中で金づちを振り下ろし続けるうち、相手の頭蓋骨《ずがいこつ》が割れて黒い血が流れ出した。黄色く濁った目が空を見上げて動かなくなるまで、何度も何度も殴りつけた。

我に返ったジェドが顔を上げると、さらに五人が森から出てくるのが見えた。急いで立ち上がって駆け出したところ、案の定連中も追いかけてきた。肩越しに追っ手を見ながら走っていたジェドの正面に、思いがけず追っ手とは別の三人が出現し、彼はギョッとして立ち止まった。手にした金づちをこれ見よがしに振り回したものの、それがなんの抑止力にもならないことはわかっていた。

突然、耳をつんざくエンジン音が聞こえ、二車線道路の奥から猛スピードでやってくるジープが見えた。車はまっすぐに三人の敵の方に向かってくる。驚いたことに、ジープを運転しているのはブロンドの若い女性だった。ジープは全く減速することなく襲撃者たちに突っ込み、うち二人は宙に跳ね飛ばされ、三人目は電柱に叩きつけられた。それから車はすばやく方向転換し、ジェドから数メートルのところで急停車した。

「早く乗って！」と、運転席の彼女が怒鳴った。

ジェドは迷うことなく走り出し、助手席のドアを開けて中に飛び込んだ。ジープは再び走り出し、無事に舗装道路に入ったので、彼はマジマジと自分を救ってくれた女性に目をやった。なかなかの美人というだけではなく、とても勇敢だ。襟ぐりが深く開いたブラウスの胸元と、たくし上げられたスカートから伸びた足を見ただけでも、素晴らしいプロポーションの持ち主であることがわかる。

「助かったよ。君は俺の命の恩人だ！」

エンジンの轟音《ごうおん》に負けぬよう、彼は目一杯声を振り絞った。

「一体全体、ここで何をしてだわけ？　しかもひとりで」

彼女も大声で返してきた。「何が起きてるか知らないの？」

ジェドは困惑しながら訊《たず》ねた。

「いきなり襲われたんだ。あいつらは何者だ？　俺の愛犬を殺しやがって。完全にイカれてるのか、それともラリってるのか」

「奴らはイカれてるんじゃない。死んでるの！」

その言葉に、ジェドは目を丸くした。

「は？　死んでる？　嘘だろ！　めちゃくちゃ動いてたぞ！」

「普通はそう思うのが当たり前よね。でも、世の中は今、天地がひっくり返ったも同然。死人が生き返ってるんだから。テレビやラジオでさんざん騒いでるわよ」

ハンドルを握りながら、女性は眉をひそめてこちらを一瞥《いちべつ》した。

「このド田舎で、送電線のチェックや修理をひとりで請け負ってる」と、彼は自分の状況を語り始めた。「突然、家の仕事場から通信できない状態になって、仕事にも支障をきたし始めてたんで、通信不能の原因を探ろうと自分なりに作業を続けていたんだ。電線はどこもかしこも不具合ばかりで、誤作動くらいならまだいい方だよ」

「社会全体が誤作動中だもの」

彼女は大きくため息をついた。「完全に制御不能状態よ！　なんでこうなったのか、その原因は誰にもわからないっていうのも始末が悪いわね。新たな奇病の感染が拡大しているのか、手に負えない伝染病の発生か。とにかく詳細がわからず、皆が頭を捻《ひね》っている」

「俺は……世の中の全てを切り捨てて生きていた」

ジェドは遠くを見つめ、そう話し始めた。「俺の人生には、俺自身と愛犬のバーニーだけだった。俺たちはテントか、星空の下で一緒に寝ていた。なのに……相棒のバーニーが死んでしまった……」

バーニーの最期《さいご》の姿が脳裏に浮かび、彼は唇を噛んだ。

彼女は少し間を置いた後、「あなたの名前は？」と訊《き》いてきた。

「ジェド・ハリス。君は？」

「ダニエル・グリアー。訪問販売で化粧品を売ってるの。田舎にも、たくさんお客がいるわ。自宅はウィラードにあるんだけど、ここで仕事をするときは、自分の山小屋に寝泊まりしてる。あるお客さんを訪ねたときに、居間で彼女が死んでいるのを発見したの。家の中なのに、野犬にでも食われ尽くしたようなひどい状態になってた。これが伝染病だかなんだか知らないけど、そのときから何かおかしいなって思い始めたわ」

一気に話した彼女はそこでひと呼吸つき、さらに続けた。「電気は全く点かないし、電話も通じなかったから、ウィラードに戻って警察に通報しようと決めたの。すると、車のラジオから緊急放送が流れてきた。とんでもない事態になっているのは、その放送で知ったってわけ」

「俺はウィラード電力会社から依頼された仕事をしてたんだ。聖ウィラード教会の神父が本社に電話をかけてきて、教会にも学校にも電気が全く供給されてないって伝えてきたらしい。車に乗り込んで走り出す前に、もっと電話が来た。全てこの郡の同じ地域からだった」

「本当は、今会ったばかりのあなたにこんなこと言いたくないんだけど――」

ダニエルはそう前置きして言った。「私たち、学校をチェックすべきだと思うの。今頃、子供たちが取り囲まれてるかもしれない」

「取り囲まれてるって、何にだよ？　あいつらのこと、なんて呼んでるんだ？　狂人か？それとも、頭がおかしくなった奴らか？」

「名称なんて知らないけど、〝邪鬼《グール》〟って呼ばれるのを聞いたわ。連中は殺すべき対象だって、当局が言ってた。殺《や》るか殺られるかだって」

聖ウィラード・カトリック教会とその付属学校においては、ステンドグラスがはめ込まれた大きな石造りの教会自体は無傷のままだったが、教室がひとつだけの小さな学校の方は、数時間前から襲撃を受けていた。背の高いガラスの窓という窓には板が打ちつけられ、防御策が取られていたものの、窓の何枚かはすでに粉々に割れていた。建物の周りには二十体以上のグールがうろついており、腹を空《す》かせているのか、隙あらば中に入って生きている人間を貪り食おうとしていた。

メガネをかけ、詰め襟の司祭服を着た三十代半ばのエド神父は、建物の安全性をもっと高めようと努力していた。教区墓地の反対側には教会が建っていたものの、児童たち、特に六歳ほどの低学年の子供が走って逃げ込むには遠すぎた。そこでエド神父は、断続的に聞こえてくるラジオの緊急放送のアドバイスに従い、学校内に留まって救助を待つことにしたのだった。運良くハンマーと大きめの釘を備えていたので、進入路となりそうなところに重い机を配置し、同時に釘で打ちつけた。彼は児童のひとりに声をかけた。

「アニー、ちょっと手伝ってくれないかな？」

アニー・キンブルは、聡明で愛嬌《あいきょう》のある十二歳の少女だ。彼女はエド神父が釘を打ち込む間、板を支える手伝いをした。教卓の上のラジオから雑音ばかりが流れている中、シスター・ヒラリーが突然口を開いた。

「また信号を拾った。聞いて！　きっとまた放送が始まるわ」

彼女とエド神父とアニーはラジオの前に集まり、他の児童も彼らに倣《なら》った。今度の放送によれば、武装警官とボランティアたちが農村地域を隈《くま》なく捜索しているが、救助の手が全員に行きわたるには時間がかかるかもしれないということだった。一時的に安全な場所にいるのであれば、事態が急変して危険に晒《さら》されない限りは、その場に留まれというアドバイスをしてきた。

シスター・ヒラリーは子供たちの顔を見た。

「いいこと、皆さん。正しい行動を取りましょう。ここにいれば安全だし、神様は私たちのお祈りに応《こた》えてくださるわ。いずれ救助隊が来ます。みんなで全能なる神を信じて待ちましょう」

しかし、早熟で賢いが、ひどく甘やかされて育った薄茶色の髪の少年バーティー・サミュエルズが半べそをかきながら言った。

「そんなこと、ラジオは言ってない。どうせ僕たちは死ぬんだ！　救助の数が足りないから、町のみんなを助け出すのは無理だよ。ねえ、パパを呼んで！」

シスター・ヒラリーは彼をなだめようと、柔らかい口調になった。

「バーティー、すぐにお父さんに会えるわ。でも、今すぐはここに来られないの。外はとっても危険だから」

バーティーは大きな声で泣き始めた。「いやだ！　パパに会いたい！」

すると、エド神父が諭した。

「静かに！　あいつらに聞こえる。泣き声に気づいて、あいつらがもっと近くまで来てしまう」

アニーと彼女の母ジャニスは部屋の一番端《はし》の窓辺に移動し、外を覗《のぞ》き見た。連中はうろつきながら、新鮮な食料――生きた人間――の匂《にお》いを嗅《か》ぎ回っている感じだった。

「ママ、どうしよう。数が増えてる！」

娘の言葉を受け、ジャニスも発言した。

「バーティーの言う通りだわ！　私たちはここから生きて出られない」

彼女が胸の前で十字を切ると、何人かの子供たちが再び泣き出した。バーティーは、さらに大きな声を上げて泣いた。

「ジャニス、落ち着いてくれ」

エド神父はアニーの母親の方を向いた。「君が子供たちを怖がらせている」

ジャニスは首を横に振り、再び娘とともに窓の外を見た。やはり、数は増え続けている。そこに新たに到着したグールには、バーバラ、ジョニー、カレンという、この二十時間で生きる屍になってしまった三人も混じっていたことは、ジャニスには知る由《よし》もなかった。

シスター・ヒラリーは再び子供たちに向き合った。

「さあ、子供たち。一緒にお祈りをしましょう。私の後に続き、お祈りの言葉を言ってください。ジャニス、アニー、あなたたちも加わって」

そのとき、アニーが素朴な疑問を口にした。

「放送はどうなっちゃったの？　中断したままだわ」

「違うわ。放送は終わったの」と、ジャニスが娘に答えた。

アニーはラジオを持ち上げ、振ってみた。最初は軽く。次第に乱暴に。

「――ラジオ、動かなくなっちゃった」

それを聞いたバーティーは、ますます激しく泣きじゃくった。

「僕たちもそうなるんだ！　全員死んで、動かなくなる。パパに会いたい！　パパに会わせて！　パパ！」

するとと、若い用務員のピート・ジリーが道具箱を抱えて部屋に入ってきた。彼は泣きわめくバーティーを見やり、冷笑を浮かべた。そして、壊れていない机に道具箱をどさりと置くと、こう言い放った。

「こんなガキどもの世話なんかしてらんねえ。俺はこっから出ていくぜ」

それを聞いたジャニスは息を吐いた。

「無理もないわ。ピート自身、まだ子供ですもの。怖くてしょうがないのね」

「イエス様はおっしゃっています。『子供たちを私のところに来させなさい。妨げてはなりません』と」

シスターは聖書の言葉を引用した。

「ああ、神様だかなんだか知らねえけど、こんな目に遭《あ》わせやがって！」

怒って言い返したピートは、掃除道具が入っているキャビネットに歩み寄ると、ペーパータオルやトイレットペーパーの後ろを漁《あさ》ってウィスキーの小瓶を取り出した。壁に背を当ててもたれかかり、蓋《ふた》を開けて二口煽《あお》った後、彼は口元を手で拭い、小瓶を作業着の横ポケットに突っ込んだ。それから道具箱から鋭い刃のノミを取り出し、尻のポケットに入れた。

「あーあ、ショットガンでもあればな」

彼はわざとらしく言い、首をすくめた。「今の俺にはこの道具箱だけだ。このノミで目を刺せば、化け物をひるませることくらいできるだろう。物置小屋にスクーターを停めてある。スクーターまでたどり着いて、ここから逃げ出すんだ。十分にやれそうだよな。奴らは動きが鈍いから」

「ピート、連中の数が多すぎる」と、エド神父は不安げな顔で警告した。「仮にスクーターに乗れたとしても、スクーターは軽すぎて、奴らを跳ね飛ばしたりできない」

「ジグザグに走って、あいつらをかわして走ればいい。ウィラード高校時代はアメフトでハーフバックとして活躍してたから、ジグザグ走りは得意だ。あんたがいくら頑張ってバリケードを作っても、ひとつでも突破されたら、全員があいつらの餌《えさ》になっちまう」

ピートは挑発的にウィスキーの瓶を取り出し、子供たちの前でも平気な顔をして再びガブリと酒を飲んだ。さらに彼はタバコに火を点け、これ見よがしに吸うと、煙の輪っかを吐き出してみせた。苦々しい顔つきで黙っているエド神父に対し、シスター・ヒラリーは声を荒らげた。

「ピート！　いい加減にしなさい！」

ところがピートは思い切り舌を出した。

「シスター、あんたの口うるさいお説教にはうんざりなんだよ！　これで最後になるかもしれないから、アルコールとニコチンを体内に目一杯取り込んでおかなきゃな」

二人の六歳児がクスクスと笑っている。二人とも半袖シャツに半ズボン姿で、可愛《かわい》らしい子供用のネクタイをつけていた。

ピートを睨《にら》みつけ、エド神父は厳しく命じた。

「今すぐタバコを消しなさい。さもなければ、君はクビだ」

「その前にこっちから辞《や》めてやるよ！」と、ピートは吐き捨てた。「こんなところにいたら、最後は地獄だ。悔しかったら、俺を止めてみな」

「しかたない。裏口まで一緒に行こう。君が出ていった後に、しっかり施錠しないといけないからね。神様が君の魂に御慈悲をたまわれますように」

ピートと神父は、グレーのスチール製ドアへ向かっていった。エド神父が鍵を回すと、小さな音が鳴った。並べてあったゴミ箱を二人でどけ、裏口のドアを開ける。裏庭には緑の芝生《しばふ》が広がっていたが、幸い近くにはグールの姿はなかった。ピートはもう一度ウィスキーを飲み、瓶を作業着の横ポケットに戻した。

「幸運を祈るよ、ピート。できれば、気が変わればいいんだが――」

しかし、神父の言葉が終わるか終わらないかのうちに、ピートは進み出し、神父はため息をついてドアを閉めた。

背中でドアが施錠される音がした。ピートはノミを握りしめ、裏庭をできるだけ静かに、かつ速やかに横切っていった。難なく納屋に到達し、ポケットのひとつから複数の鍵が下がったキーリングを取り出す。リングは長いチェーンで腰のベルト部分とつながっていた。背後を気にしつつ、震える手で鍵穴に鍵を差し込み、留め金を外した。周囲を見回すと、三体のグールがこちらに向かってくるのがわかった。もちろん、彼らがジョニー、バーバラ、カレンという名前だったことなどピートは知らない。よだれを垂らし、首や手をぎくしゃくさせながらゆっくりと、だが着実に迫ってきていた。ヤバい！　ピートは、慌ててドアを開けて納屋の中に入り、大急ぎでスクーターを押し出した。座席にまたがり、キックペダルを踏んだが、エンジンはうんともすんとも言わない。頼む、かかってくれ！　彼はパニックに陥りながら、何度もペダルを踏んだ。

三体は、まっすぐに歩み寄ってくる。

ピートは手を伸ばし、念のため、積まれた丸太の山から焚《た》き付け用の太い枝を摑み上げた。万が一、格闘となった場合の備えだ。武器は多い方がいい。

だが、ついにスクーターは息を吹き返し、エンジン音が轟《とどろ》いた。マフラーから黒い煙が上がる。ピートは歓喜し、手にしていたノミと枝を捨てて雄叫《おたけ》びを上げた。

「エンジンがかかれば、こっちのもんだ。どうだ、俺を捕まえてみろ、クソったれの死体もどきめ！」

ピートはアクセルを踏み、スクーターはバーバラとジョニーの間を目指して飛び出した。二体をうまくかわせれば、順調に加速し、比較的安全に走行できるだろう。勝ち誇った王者の気分でスクーターを駆っていた彼は、地面に落ちていた誰かの腕の残骸に気づかなかった。そう、さっきまでバーバラとカレンがしゃぶりつくし、ほとんど骨と化していた少女の腕だ。スクーターの前輪が腕を蹴り上げた瞬間、それが車輪のホイールに飛び込んでしまった。車輪が耳障《みみざわ》りな音を立て、激しい振動がピートを襲った次の瞬間、スクーターはふわりと浮かび、直後に転倒した。それと同時にピートは勢いよく放り出され、飛んでいった先には、運悪く大木が生えていた。頭が木の幹に思い切り叩きつけられ、四肢《しし》が曲がったまま地面に落下した。首の骨も砕け、奇妙な方向にねじ曲がっている。忌まわしい死のせいで、その顔は醜く歪《ゆが》んでいた。

板が打ちつけられた窓の隙間から、エド神父は一部始終を目撃していた。窓から離れた彼は、不快な表情を浮かべて皆に告げた。

「ピートは逃げ切れなかった。連中が彼を捕まえた。あまりにも残酷な運命だ。誰も外を見ない方がいい」

窓から確認しなくても、何が起きているのか、全員が知っていた。ピートは今、グールに食われている最中なのだろう、と。


ジープのラジオのボタンを押し、ダニエル・グレアーは言った。

「ニュースの続報が流れてくるといいんだけど。たとえ学校に着いたとしても、私たちだけで彼らを助け出せるかどうかはわからない。銃の一丁すら持ってないんだから」

「銃なら、俺のバンに一丁置いてあったが、もう取りには戻れないな」

ジェドの言葉に彼女はこう返した。

「そうだ。この先の交差点に日用品を売る店がある。ショットガンもライフルも、おそらく拳銃も売ってるはず。万が一店が閉まってたら、手荒い方法で押し入るしかないわね」

「すでにグールに押し入られてなかったら、そうしよう」

ジェドはニヤリと笑った。

狭く短い橋の下で、七体のグールがひどく汚れた小川の方へよろめきながら進んでいた。川面《かわも》は緑がかった泡や黒い粘着質のヘドロで覆われ、古タイヤや瓦礫《がれき》が川岸に散乱している。汚染された水辺に向かう連中を認め、マクレランド保安官と地元自警団の一行は、橋の上から発砲を開始した。一斉射撃が終わった後には、歩く屍の死体が七体、小川に浮かんでいた。


商店の入り口の扉は、ちょうつがいが半分外れ、開放されたままになっていた。無残に食われた三体の死体の残骸が店先のあちこちに散乱しており、ダニエルは顔をしかめた。

「最悪だわ！　大群が押し寄せて、店の人たちを食い散らかしていったのね」

「武器を持たずに店内に入りたくはないな。タイヤ交換用のトルクレンチはあるか？」

ジェドの問いに、ダニエルは顎でジープの方を指した。

「アルミ製のバットはどう？　シートの下に置いてあるわ」

「よし。君はここで待ってろ。何かあったら、クラクションを鳴らせ」

バットを取り出し、彼は恐るおそる店内へと足を踏み入れた。中はひどい有り様《さま》だった。窓ガラスだけではなく、ショーケースも粉々に割れており、缶詰、スナック菓子、野菜をはじめ、ありとあらゆる商品が床に散らばり、血にまみれ、踏み潰されている。ジェドは銃火器を収納してあるキャビネットを見つけ、力の限りバットを叩きつけた。なんとかキャビネットを破壊できた彼は、ライフル二丁を頂戴した。さらにあちこち漁って銃弾も確保し、猟銃に装塡《そうてん》した。

聖ウィラード学校では、すすり泣く子供もいれば、恐怖のあまり泣くことすらできない子供もいた。ただし、バーティーだけは大声で泣きわめき、ぐずり続けていた。アニーの母ジャニスは、彼をなだめて背中をさすり、おとなしくさせようと試みた。シスター・ヒラリーは教室の隅にひざまずき、祈りを捧《ささ》げている。

エド神父とアニーは手分けして、別々の窓から外を眺め、グールたちの行動を観察していた。そのとき、けたたましい車のクラクション音が聞こえてきた。アニーは表を指差して言った。

「こっちに車が来るわ！　エド神父、見て。私たちを助けに来てくれたのかも！」

神父はアニーの方に駆け寄り、外を覗き込んだ。

「あれは……カイル・サミュエルズの車か？」

父の名前を聞き、バーティーはハッとして立ち上がった。

「パパ⁉　パパが来た！」

彼もアニーの元に走り、必死に窓から父親の姿を見つけようとした。

しかし、グールたちはすでにカイルのところに集結していたため、彼は車から降りられず、その表情は凍りついていた。ジョニー、バーバラ、カレンに率いられた屍の群れが石や棒で車を叩き始め、オープンカーの幌屋根《ほろやね》を外そうとすらしている。

バーティーは激しいショックを受け、エド神父が「バーティー、見るんじゃない！」と叫んだときには恐怖で顔が引きつっていた。

「パパが……パパが……」

それ以上は言葉にならず、バーティーはただただ泣き叫び、外に通じるドアへ向かって走り出した。表に出ようと扉に手をかけた彼の手を、アニーが摑んで引き止めた。十二歳の少女が六歳児よりも力が強いのは当然で、バーティーには成す術《すべ》がなかった。涙があふれる彼の目には、底知れぬ悲しみが満ちていた。

外から聞こえてきた音を聞いただけで、とうとう車の窓が石で叩き割られたのだと誰もが悟った。車内に突っ込まれた何本もの腕を避けようと、カイルは死に物狂いで手を払っている。さらには、ついに幌屋根も壊された。連中の手は、もはやあらゆる方向からカイルに伸びている。彼は必死になって車を発進させようとし、キーを回してギアを入れた。カイルの車は走り出し、校舎のそばに車を停めて安全な場所に逃げ込もうとしたのだろうが、カレンとバーバラがボンネットの上に乗っており、フロントガラスからの視界をさえぎっていた。すると、三人目のグールが後部座席に入り込み、背後からカイルの首を絞めた。頸部《けいぶ》を後方に引っ張られた彼は、ハンドルから手を離してしまった。

運転者を失った車は制御不能となり、結構なスピードで材木の山に激突した。ぶつかった衝撃でジョニーとバーバラの身体は投げ出され、車は横転を免れたものの、代わりに校舎に向かって横滑りし、壁に衝突して爆発炎上した。学校の壁には巨大な穴が開き、炎を上げる金属片が至るところに散らばった。運悪く壁の裏側にいたジャニスは吹き飛ばされ、衣服に火が燃え移った。アニーが駆け寄り、母親の身体の炎を必死で消そうとしたものの、何をやっても無駄だった。ジャニスはもうピクリとも動かなかったのだ。そして、炎はジャニスの全身に広がっていった。

教室にいた一同が咄嗟《とっさ》に事態を飲み込めずに啞然《あぜん》としている中、エド神父が声を上げた。

「早く！　みんな外に出るんだ。裏口から！」

ところが、バーティーは「いやだ！　パパが！」と叫ぶなり、燃え上がる車へと走り寄ろうとした。シスター・ヒラリーが彼を摑んで引き寄せ、こう諭した。

「誰もあなたのお父さんを助けられないわ！　私たちには祈るだけで精一杯なの」

バーティーは狂ったように泣き叫び、それにつられて他の様々な年齢の子供たちも泣き声を上げてパニックに陥った。

とにかく一刻も早くここから出なければならない。壁に穴がぽっかりと開き、表のグールたちの澱《よど》んだ目がこちらを見つめている。校舎内は安全どころか危険な場所と化してしまったのだ。エド神父は振り返り、裏口のドアを見た。ピート・ジリーが使ったときは結局悲劇に終わってしまった出口だが、今やそれは、自分たちがここから逃げられる唯一の希望であった。

神父は一行を先導し、山積みの材木置き場へ向かっていった。そこで彼は、太い棒を掴み取り、大声で言った。

「あいつらに抵抗できるよう、何か武器になるものを持っていくんだ！」

皆は慌てて神父の言葉に従おうとしたものの、すでに二体のグールが神父の目の前に迫っていた。彼がそいつらの顔を棒で殴ると、二体は地面に倒れ、大怪我《おおけが》をした動物のように激しく悶えた。

裏庭にはさらに多くの屍が集まっていた。子供たちのうち三人は、材木置き場からなかなか棒を取り出せずにいた。たちまち連中は彼らに群がり、泣き叫んで大暴れする三人は無情にも化け物たちの餌食《えじき》となってしまった。

エド神父とシスター・ヒラリーに率いられた他の者たちは、森を目指して一目散に駆け出した。だが、途中で子供二人が籔《やぶ》の後ろから飛び出してきたグールに襲われた。残った者たちはひたすら走り続けた。どこか安全な場所はないかと願いながら。

背後からは追っ手が迫ってきていた。十体ほどはいるだろうか。いずれも死後硬直で固まった手足を引きつらせ、のろのろと、だが休むことなく歩いてくる。よほど腹を空かせているのか、口から唾液を垂れ流しており、耳障りな呼吸音を発していた。

舗装道路の急カーブを曲がり損ねるのではないかと思うほどのスピードを出し、ダニエルは危険運転を続けていた。座席にへばりつきながら、ジェドは隣に話しかけた。

「これから何が待ち受けてるのか、想像するだけでも怖いな。あの凄《すさ》まじい音は、間違いなく爆発音だ」

「そうね」

ダニエルは正面から視線をそらさずに返事をした。「あの林の向こうに煙が上がってるでしょ。ちょうどあの辺りよ、聖ウィラード学校が建ってるのは」

数分後、彼女は砂利道の端でブレーキを踏んだ。二人は目の前の光景に言葉を失った。学校の建物は火災でほとんど焼け落ちていたのだ。焼け落ちた材木の中にあったのは、黒焦げの車が一台。車体はほとんど金属の枠組みだけになり、高温で溶け、ねじれていた。車内にたかっていたグールたちは、人体の一部と思われる焦げた肉片を摑んでいる。爆発から逃れたものの、脱出の途中に殺されたと思われる子供たちの遺体も転がっていたが、群がった屍に貪られていた。死肉を取り合って争う連中の姿は、まるで飢えた狼《おおかみ》のようだった。

絶句していたジェドがようやく口を開いた。

「――ここで俺たちに何ができるっていうんだ」

「まだ生き残ってる人たちがいるかもしれない。どこに行ったのかしら」

周囲を見回すダニエルとともに、ジェドもあちこちを眺めてみた。すると、林の中に修道者の肩衣《ストラ》が引っかかっているのが見えた。

「あれ……神父さんが肩から掛けてる布じゃないか？」

ジェドは林を指差した。「地面に生えた草も踏みつけられてる。あっちの方向に逃げたに違いない」

ダニエルは彼が差し示す方を見て、少し考えてからうなずいた。

「捜しに行きましょう。たぶん彼らは武装していないわ。でも、私たちには銃がある。きっと私たちの助けを必要としているはずよ。特に生き残っている子供たちは」


森の外れまでやってきたエド神父たちは、そこが行き止まりになっていることに気づいた。戻るわけには行かず躊躇《ちゅうちょ》していたところ、子供のひとりが岩だらけの崖の中腹に洞穴があるのを発見した。連中に追いつかれる前に姿を隠すにはもってこいの場所だろう。しかし、崖は切り立っており、登るのは簡単ではなさそうだ。しかも、崖の真下には四体のグールがおり、仕留めたばかりだと思われる新鮮な餌をムシャムシャと食べている最中だった。

子供たちはすすり泣き、不安げに大人たちの指示を待っている。

エド神父は岩穴を見上げて言った。

「あの洞窟まで行ければ、奴らに襲われることもない。なんとかここにいるグールたちから逃れ、上まで登れたらの話だが」

「火があれば、化け物を蹴散らすことができるかもしれない。でも、私たちには何もないわ」

シスター・ヒラリーがため息をつく。「こんなことを言う日が来るなんて想像もしなかったけど、銃があったら良かったのにって思う」

賢いアニーは、材木置き場にはいくらでも木材があるし、それと校舎に点いた火で松明を作れると提案したものの、途中で自分の案の欠点に気づいて肩を落とした。後戻りすることはあまりにも無謀だったし、もはやそうしている時間もないのだ。とにかく、逃げるか、食われるか、二つにひとつだった。

「この岩場の周りの足場を利用して洞窟まで登れれば、あとは穴の中で身を低くしていられる」

その神父の言葉に、アニーは「どうやって登るの？」と疑問を呈した。

「ロープか何かが要《い》る」と、神父は答えた。

「私たちは何も持っていない」

シスター・ヒラリーは首を横に振った。「サバイバルに必要な道具なんて何も。神父、私たちが日々祈りを捧げてきたのは、より良き来世を迎えるためであって、この現実では役には立たないわ」

「絶望してはいけない」

神父は諭すように言った。「神はいつも私たちのそばにいる」

そのとき、唐突に銃声が立て続けに轟き、崖の下にいた四体のグールが次々に倒れた。振り向くと、AR-15ライフルを抱えた男性が二人、梢《こずえ》の奥から現われた。腰には拳銃や刃物を携えており、険しい顔つきをしている。

シスター・ヒラリーは目を丸くし、手のひらで口を覆った。

「救助隊ね！　まさしく神のご加護だわ！」

彼らが救世主だと言わんばかりに、彼女は胸の前で十字を切って感謝した。しかし、エド神父は警戒し、二人を見つめた。男たちはブーツ、ジーンズ、フランネルのシャツ、革のベストというでたちで、肩には弾薬帯を掛けている。枝が裂けるような音がし、神父は音がする方に顔を向けた。青いバンが森の中を突っ切り、こちらに向かってきたのだ。車はほどなく止まり、中から、さらにもうひとり、いかつい顔をした男が降りてきた。

「おやおや、これは儲《もう》けもんだな」

車から出ていた男がしわがれ声で言った。その目は、子供たちを舐《な》め回すように見ている。幼子《おさなご》は怯《おび》え、神父とシスターに駆け寄った。

グールを射殺した男のひとりが口を開いた。

「人質が増えたな、ブレイズ。奴らの餌が増えた、と言うべきか」

その相棒は隣でにやついていた。

「バッチ、大人はもういい」

バッチと呼ばれた男は首を縦に振った。

「ああ、スタン。俺も同感だ」

「君たちが何をやらかしたのかは知らないが、私たちは君たちを警察に通報したりはしない。携帯電話も何も持っていないんだ」

そう訴える神父に次《つ》いで、シスター・ヒラリーも懇願した。

「お願い……子供たちを傷つけないで」

男たちは不敵な笑みを浮かべ、ブレイズと呼ばれた男は「おそらく神さまがあんたたちを守ってくれるんだろう？　俺たちから――それと、グールたちから」

ブレイズはバッチとともに拳銃をエド神父とシスター・ヒラリーに向け、怒鳴りつけた。

「さっさとひざまずけ！」

子供たちはしくしくと泣き出した。

神父とシスターは言われた通りにし、痛悔《つうかい》の祈りを口にし始めた。その祈りが半分も終わらぬうちに、ブレイズとバッチは聖職者たちの脳天に穴を開けた。

ジェドとダニエルは森に入り、草が複数の人間に踏まれた形跡をたどっている最中に銃声を耳にした。音がした場所は、少なくとも百メートルは先だろう。顔を見合わせた二人は駆け出し、急いで現地に向かったが、たどり着いたときは危うく手遅れになるところだった。複数の子供がロープで手を縛られ、バンの後部座席に押し込まれそうになっていたのだ。

ジェドとダニエルは反射的に、誘拐犯たちに狙いを定めたが、子供に当たってしまう恐れもあった。顔を見合わせた二人は、言葉を交わさずとも、瞬時に代替案を理解した。銃口の高さを上げ、男たちの頭上に発砲したのだった。

計算通り連中が突然の銃声にひるむのを見て、ジェドは叫んだ。

「子供たち、逃げるんだ！　さあ、走って！」

その声に、子供たちが一斉に走り出した。

誘拐犯のひとりは驚いて運転席に飛び込み、もうひとりは慌てて後部座席のドアを閉め、助手席に移動しようとした。ところが、別のひとりが先に助手席に乗り込んでしまった。乗り損ねた男が改めて後部座席へ移動しようとした矢先、ジェドは引き金を引いた。子供たちがいなくなった今、もはや躊躇することはなかった。弾丸が胸に命中し、誘拐犯のひとりが崩れ落ちると同時に、バンが猛烈な勢いで発車した。ジェドとダニエルは逃がしてなるものかと発砲を続けたものの、青い車はどんどん遠ざかっていく。

舗装道路に乗り入れたところで、バッチは悪態をついた。

「クソッ！　あれだけの子供が手に入れれば、身代金をたんまりもらえるはずだったのに。気を取り直して、もっと集めないとな」

「だけど、荷台には略奪品が山ほどある。スタンがいなくなったから、俺たち二人で山分けできるな！」

ブレイズはヘラヘラと笑いながら言った。

だが、満悦の笑みは長くは続かなかった。突如として、パトカーのサイレンが聞こえてきたのだ。回旋灯を点けた郡の警察車両が背後から向かってくるではないか。

ブレイズはアクセルを踏んだ。バックミラー越しに、パトカーを運転する制服警官の姿が見える。だが、助手席に目をやると、そこに座っていたのは、三日間も着続けたようなシワだらけの服を着た男だった
「やべえ！」

それがマクレランド保安官だとわかったブレイズは声を上げた。

「間違いない。あの青いバンだ。ついに見つけたぞ。さんざん手間かけやがって」

正面を見据えていた保安官は、運転席の警官に告げた。「絶対に見失うな」

パトカーの後ろには、州兵部隊のトラック二台が続いていた。トラックはパトカーより

速度が出ず、必死でついてきている状態だった。

崖の下の開けた場所で、ジェドはじっと地面に倒れた誘拐犯を見下ろしていた。こいつは死んでも、再び動き出す。彼にはそれがわかっていたし、その瞬間を待っているのだった。

ダニエルは子供たちを保護し、少し離れたところで待機していた。泣いている子供たちをなだめ、落ち着かせようとする彼女を、年長の少女アニーが手伝っている。

誘拐犯は風穴の開いた胸の痛みに悶え苦しんでいたが、やがて事切れて動かなくなった。死んだのだ。しかし、それは単なる最初の死に過ぎない。案の定、少しすると、そいつは〝蘇《よみがえ》った〟。上体を起こし、首や肩をぎくしゃくと動かしている。ジェドは、誘拐犯が立ち上がる猶予を与えるつもりは毛頭なかった。銃を構えた彼は、額に狙いをつけて引き金を引いた。

「よくやったわ！」と、ダニエルがジェドに声をかけ、「アーメン！」と、アニーが言った。

保安官のパトカーが森の中に入り、その後ろからは州兵部隊のトラック一台が続く。トラックには州兵が大勢乗っていた。パトカーが止まり、中からマクレランドが降り立った。遠くの方では、一斉射撃の銃声が響いている。もう一台のトラックの兵士たちが、仕事をしてくれているのだ。標的は何もグールだけでない。この深刻な非常事態の混乱に乗じて悪事を働くクズどもをのさばらせておくわけにはいかない。悪《あ》しき奴らは情け容赦なく排除する必要がある。さっき追跡して追いつめた男たちは、レイプ、殺人、強盗といった重罪を犯していた。

自分たちが助けた者たちの顔には、感謝と安堵《あんど》の色が浮かんでいる。一体何があったのか、これから事情を聞かねばならない。きっと長い話になるだろうが、それも保安官の大事な職務だ。そう思いつつ、マクレランドは胸を張って進み出した。

卓上の少女

アイザック・マリオン

THE GIRL ON THE TABLE

アイザック・マリオン
Isaac Marion

PROFILE

映画化もされた、ニューヨーク・タイムズベストセラー小説『ウォーム・ボディーズ　ゾンビRの物語』（小学館 刊）は 25 ヶ国語に翻訳された。彼はシアトルで猫と植物とともに暮らしている。

HP：isaacmarion.com/

Twitter：@issacinspace

見知らぬ誰かの家の地下室に、テーブルがひとつ置かれていた。その上には、少女が横たわっている。彼女は、どうしてこんなにも自分の何かがおかしいと感じているのか、その理由を探ろうとしていた。怪我《けが》をしているし、具合も悪い。だけど、他にも何かがある。身体は静寂に包まれていた。まるで細胞のひとつひとつが、これから始まる恐ろしいショーを待っている観客であるかのように。

両親の表情から、答えを探そうとした。全て――彼女の人生、命、両親が求めてきた全て――は父と母の手中にあるはずだ。だが、彼らの汗ばんだ顔のたるんだ肉に深く刻まれたシワには、なんのヒントも見出せなかった。母親は悲しげで絶望に暮れていた。父親は怒り、そして怯《おび》えている。だが、普段《ふ》からそうだった。

少女の腕には、ごっそりと肉が削がれた箇所があった。青ざめた薄い皮膚の下、彼女の肉は鮮やかに赤かった。ほんの数時間前に母が用意していたロースト肉にソックリだ。母はワインを欲しがり、父はタバコが必要だった。ロースト肉を黒いマリネ液に浸しておく間、急いで買い物に出ようという話になった。

「私があなたのタバコも買ってくるわ」と、母は言った。「何も全員が店まで出向くことはないもの」

父は、テレビのニュース画面を眺めたまま立ち上がった。

「おまえをひとりで行かせたくはない」

彼はそう言って、妻の手から車のキーを取った。「世の中は狂ってしまった」

この男は、少女の父親だ。パパ、ダディ、お父さん。なんとでも呼べる。四十歳になったばかりだが、すでに老いは肉体を蝕《むしば》んでいた。頭は禿《は》げ上がり、猫背で、しかめ面《つら》ばかりのせいか眉間《みけん》には深いシワが寄り、空気が抜けた風船みたいに身体もたるんでいる。父はニュースを見るたびに、同じことを繰り返しつぶやく。ニュースの内容がなんであろうと――戦争であろうと、抗議デモであろうと、音楽やファッションの最新の流行であろうと――同じ言葉を言うのだ。

――世の中は狂ってしまった――

「ベイビー、靴を履《は》きなさい」

母は私を幼い頃から「ベイビー」と呼んでいる。

「家でお留守番してちゃダメなの?」

「ひとりでお留守番はさせられない」

父は首を横に振った。「おまえはまだ十四歳だからな」

少女はため息をつき、両親に従って車に向かった。太陽は沈みかけている。金曜日の夜か、と彼女はため息混じりに目を閉じ、ダンスに出かける自分を想像した。

もうどのくらいテーブルの上にいるのか、彼女には見当もつかなかった。時間は砂糖とバターと牛乳で作ったお菓子のトフィーみたいだ。夢の世界へ出入りすると、時は伸びたり、曲がったり、垂れ下がったりする。

昨年のニューヨークへの修学旅行では、七十人の生徒がスキューバダイビング用のタンクみたいなバスに乗って出かけた。ニューヨークの街並みが見えてくると、車内の空気は、圧縮された興奮そのものとなった。彼女は窓ガラスに顔を押し当て、流れる外の景色に見とれていた。キラキラと輝く高層ビル群は、無限の空間であり、果てしない可能性を秘めた場所だった。映画スター、株式仲買人、ダンサー、歌手、上院議員——憧れの職業を全部経験し尽くすには、三百歳まで生きなければならないだろう。

「ニューヨークなんて大都会は、人をめちゃくちゃにする。骨の髄まで運を搾《しぼ》り取られ、しまいに排水溝に捨てられる。全くひどい場所だ」

少女が修学旅行からウキウキした気分で帰宅するなり、父がそう吐き捨てた。「凶悪犯や変質者の巣窟《そうくつ》の水漏れがひどいゴキブリの住処《すみか》で暮らしたいのか？」

「ここの暮らしは退屈だもん。ちっちゃい町だし。私は世界に飛び出したいの」

「ねえ、ベイビー」

父が怒鳴り出す前に、母が横から口を挟み、私に話しかけた。「まだ、人生のことをあれこれ考える必要はないのよ。あなたはまだ小さいんだから」

意識はぼんやりとしたまま、過去の記憶から熱っぽく曖昧《あいまい》な夢の世界へと流れていく。オレンジ色と黒が混ざった、熱くて粘着質の何かが、齧《かじ》られてできたようなおなかの穴や口、指、歯にもベッタリとくっついていた。


「あのドアから板を外せ！」

「私たちはここに留まるのよ！」

少女は目を覚ました。彼らはまた怒鳴り合っている。恐怖によって誇張された過去の記憶。家では、抑制されてはいるが、冷笑や言葉の棘《とげ》から明らかな憎悪が感じ取れた。両親が煮立てるのを楽しんでいるかに思える、不幸の濃縮スープの匂《にお》いが部屋中に充満している。今、この地下室にいて、彼らの精神的苦痛は沸点に達していた。少女が顔を向けるたび、二人の声が彼女を火傷《やけど》させた。

「自分が何をしてるかくらいわかってる！」

「こんな地下に閉じこもったら、事態がどうなってるか知ることができないだろう？」

少女の腕は痙攣《けいれん》し、胃が締めつけられた。夕食の時間はどのくらい前だったのか。数日？　それとも、数年前？　母が作ったロースト肉は、今頃、蛆《うじ》やハエのごちそうになっているのだろうか。

誰も言葉を交わさぬまま、車はスーパーマーケットに向かっていく。ペンシルベニア州の長い直線道路は、通勤、通学はもちろん、教会へ通う人たちをはじめ、誰もが日々利用する生活道路だ。大きな岩、倒れた木など、安物の漫画の背景に出てきそうな同じ景色が延々と流れていく。父はラジオのスイッチを入れた。衛星が爆発しただの、宇宙からの放射線が降ってくるだの、どこそこで誰それが殺されただのと暗いニュースばかりが流れ、例の口癖がまた出た。

「世の中は狂ってしまった」

すると母が横から手を伸ばし、乱暴にラジオのつまみを捻《ひね》って放送局を変えた。チューニングがうまくいかなかったのか、雑音しか聞こえてこない。しかし、その雑音はどこかおかしかった。いつもの海のうねりのような放出音ではなく、耳障《みみざわ》りな低音がリズミカルに脈打っている感じだ。そう、暗闇に潜む怪物の心臓の鼓動みたいに。

「これはなんだ？」

父は眉をひそめ、バックミラーで後部座席の彼女を見た。「おまえたち子供が音楽と呼ぶものか？」

少女には、それが何なのかはわからなかった。自分が音楽と呼ぶものとは違っている。音のキーが高くなり、不快な金切り声同然になったので、母がスイッチをオフにした。

「ラジオで言っているかに見えたが、放射線か何かかもしれないわね」

母は平然と言っているかに見えたが、後部座席から見ると、彼女のうなじの毛が逆立っているのがわかった。自分も同じ状態になっている気がした。それ以降、スーパーに到着し、ほぼ空っぽの駐車場に車を止めるまで誰も口を利かなかった。入り口近くで、買い物カートがひっくり返っていた。食料品があちらこちらに散乱し、踏み潰されている。ワインの瓶が割れ、歩道を赤く染めていた。

噛（か）まれた傷そのものは、もう痛まない。全身を貫いていた焼けつくような熱は消え、全てが終息していくのを少女は感じていた。トイレにひとり閉じこもり、『ローリングストーン』や『コスモポリタン』など親から禁じられている雑誌を読むのに夢中になっていると、便器の蓋（ふた）の上であぐらをかいていた足が痺（しび）れていることになかなか気づかない。その痺れに気づいたときの感覚に今はどこか似ている。彼女の神経の中で、無感覚と痛みが、パチパチと音を立てるテレビの砂嵐の白黒の画像のようにさざめき合っていた。ただし、今は足だけではない。身体中だった。

自分に何が起こっているのだろう？　具合が悪いのは確かだが、それだけではない気がする。何かが己《おのれ》の奥底から這《は》い出てくるような、骨の髄の小さな空洞から得体の知れないものが湧《わ》き上がってくるような感じだった。怖いと思う反面、ワクワクもしていた。理由はわからないけれど――。


「金曜の夜なのに……」

母は駐車場を見回して首を捻った。「みんなどこにいるのかしら？」

「空《す》いてて良かったじゃないか。レジで並ばないで済む」

父は母とは反対の方向に顔を向けて言った。

少女は、ワインの小川がゆっくりと舗道を流れていくのを目で追いながら、「お店、閉まってるかも」とつぶやいた。

「閉店はしてないわ。電気が点《つ》いてるもの」と、母。

少女は車の窓越しに店内を見やった。螢光灯がかすかに点滅している。汚れたスーパーのガラス窓の奥で、曖昧な輪郭の影が蠢《うごめ》いていた。

「車で待っててもいい？」

彼女の問いに父親が即答した。

「もちろんダメだ」

「ベイビー、あなたも一緒に来るのよ」

母親が肩越しに言った。「お菓子を買ってあげるわ」

少女は気乗りがしなかったが、言われた通りに車から降り、両親に従って店の入り口へ向かった。店のガラス窓の向こうで何かが動いている。青白い光の中、複数の頭と肩、ぼやけたシルエットが見えた。買い物客？　だが、動き方がどこかおかしい……。

「なんて散らかりようだ！」

転がっているカートや散乱するゴミをまたぎ、父は顔をしかめた。「掃除が行き届いてない。食品を扱う店のくせに！」

彼は文句を言いながら、ドアの前に立った。自動ドアがスライドして開くなり、彼はしゃべるのをやめた。

〈ハイズマン・グローサリー〉は、こぎれいで静かな町のこぎれいで静かなスーパーだ。そして、少女はここに来るのが大嫌いだった。何もかもが常に同じなのだ。スピーカーから流れる音楽も、床でモップがけをしている少年も、レジ打ちの男性もいつも同じ。彼は、どの客にも同じように声をかける。まるでロボットがプログラムされた挨拶を反復しているみたいだった。

ご機嫌いかがです？　ご機嫌いかがです？　ご機嫌いかがです？

このスーパーは本も雑誌も売っていない。新聞すらないのだ。前からそうだった。この店は、テレビの砂嵐の画面と同じだ。いつ見ても何も変わらない。

それゆえに、店内に死体を見つけて急に少女が笑い出したのは、それが普段とは全く違う光景だったからだ。店内の変化と自分の反応に、彼女自身も少し驚いていた。その笑い声は、誰かに突然突かれて口から出てしまった金切り声に近い。説明するのが難しいのだが、脊髄《せきずい》をゾクゾクした何かが駆けめぐったのだ。恐怖ではなく、ワクワク感というか、ほとんど性的興奮ともいえる感覚だった。おそらく、秘密の扉を抜けて秘密の世界を見つけたときの気分に似ている。

死体は、外に転がっていたカートと同じく、ひっくり返って動かなかった。白いタイルの床に弛緩《しかん》した腕がだらしなく伸びている。店の外では、無残に踏み潰されたトマトや鎖状につながったソーセージが散乱していたが、店内では、死体の内臓が同じように散らばっていた。舗道に広がる赤ワインのように、白い床は赤く汚れていた。どこもかしこも真っ赤だった。しかし、気持ち悪い大量の肉片には一瞥《いちべつ》を投げただけで、少女の関心は、死体に群がりうずくまっている人々に向けられていた。彼らは肉を手で引き裂き、歯で噛みちぎり、骨をしゃぶっている。彼らが少女を見た。虚《うつ》ろで濁った目。そんな目は、これまで見たこともない。目は口ほどにものを言う。目には、几帳面《きちょうめん》で礼儀正しい性格や揺るぎのない決意がにじみ出る。目は、苦痛を伴うほど抑制している日々や苦々しく屈服した辛《つら》さなどを物語る。ところが、彼らの目からは何も伝わってこなかった。純粋で、努力の跡もない、全く悪びれない存在。ちょうどぬるま湯が勝手気ままに床を流れていく感じだ。

彼らは立ち上がり、少女へと向かってきた。彼女は大胆にも彼らに挨拶をしたい衝動に駆られた。

こんにちは。あなたは誰？　どこから来たの？　ここで何をしているの？

突然、腕に痛みが走った。父の指が腕の肉に食い込み、彼女は無理やり車まで引きずられていった。母の叫び声が聞こえる。車のキーを探しながら父が悪態をついている。顔が灰色の人々が店からぞろぞろと出てきて、駐車場に広がっていく。父が少女を車に押し込み、エンジンをかけて急発進し、タイヤが地面に擦《こす》れて音を立てた。スピードを上げた車が左右に曲がるたび、彼女は座席を転がり、窓に頭をぶつけた。シートベルトをせずに乱暴な運転の車に乗ると、こんな状態になるなんて知らなかった、と車内で揺さぶられながら彼女は思った。そのときだった。父が滅多に口にしないような罵《ののし》りの言葉を発し、バキバキと何かが壊れるような音が鳴った。それと同時に、少女は前の座席に思い切り体をぶつけた。

エンジンがシューッという音を立て、車体が激しく前後に揺れた次の瞬間、車の窓ガラスに無数の灰色の顔や手がベタベタとへばりついた。窓ガラスに大きなヒビが入り、ヒビはどんどん広がっていく。感情のない灰色の人たちの群れは、教会の信徒のような静穏さを伴いつつ、暴動を起こしていた。後部座席でひっくり返っていた少女が顔を上げるや、窓が割れ、何本もの手が少女に摑《つか》みかかってきた。腕を強く引っ張られた彼女の顔の前に、血だらけの口が迫っていた。

くぐもった複数の声が聞こえていた。頭上のどこかで誰かがしゃべっている。この地下室はどのくらい地下深くにあるのだろう。自分の周りに地面の重さ、冷たさ、厚みを感じる。それは生きているかのように、這い寄ってくる。少女は身体が沈んでいく感覚を覚えていた。

雑音が耳にあふれ込み、彼女はハッとした。途端に意識が上層――曖昧な世界との境界――に急激に浮かび上がり、戦慄《せんりつ》とともにパッと目を開けた。しかし、まぶたは重くたるみ、再び閉じてしまう。とても開けてはいられない。あの不気味な心臓の鼓動にも似た拍動は、話し声の中に消えつつあった。両親のとげとげしい口論や母のすすり泣きではない。テレビから流れてくる低音の大声だ。自分の疑問に対する答えは、その声にあるはずだ。少女は聞き耳を立てたが、何を言っているのか簡単には理解できそうもない。彼らは外国語を話しているのではないだろうか。自分が少しだけ齧ってみたものの、ほとんど習得できなかった言語を。地面というフィルターを通して聞こえてくる単語は不明瞭で、途切れ途切れだった。

立て。殺せ。葬式の時間はない。家族を焼いてしまえ。

少女はテーブルの上で身悶《みもだ》えしていた。拳《こぶし》を握りしめ、頭の中からこの夢を押し出そうとした。

外宇宙《がいうちゅう》。金星。家族を焼いてしまえ。

発作的な痛みに襲われ、全身が震える。彼女はひどく空腹だった。夕食の時間からずいぶん経《た》っている。マリネ液が浸透した生肉の分厚い塊《かたまり》を指や歯で裂くと、汁がポタポタと落ちて——。

「ベイビー、ママよ」

少女は目を開け、頭の中にある何かから逃れようとした。母の顔が広大な惑星みたいに覆いかぶさり、こちらを見つめている。今しがた産んだ赤子を胸に抱いてあやしているかのような笑み。うんざりするような優しげな笑顔。

「この子は私の全てなの」

薄暗い地下室にいるどこかの誰かに、その女性は話している。彼女が自覚している以上にグロテスクな真実を。全てを投げ出し、自殺するのだと。娘が死ぬ瞬間、彼女は娘から吐き出される息を吸い取るのだろう。少女は母を憎んでいる。この女が大嫌いだ。彼女を傷つけたい。それよりももっと——。

いや。

そうじゃない。

涙がまつげを濡《ぬ》らしていく。なんでそんな考えが頭に浮かぶのか？　彼らはどのくらいそこにいるのだろう？

少女は母に警告したかった。自分が彼女を傷つけたいと思っていることを。逃げてと伝えたかった。だが、言葉は喉から出る前に全部溶け落ち、考えは粉々に砕け、記憶は黒く塗り潰されていく。意志の最後の瞬《また》きとともに、彼女は懸命に内側の静謐《せいひつ》な場所から声を引きずり出した。そして、ささやいた。

「痛い……」


少女が赤ん坊だった頃、彼女は電気柵に触ったことがあった。ごく幼かった頃の記憶といえば、それだけだった。鋭い電気ショックは霧がかった幼少期の思い出を切り裂き、永遠に焼き切ってしまったのだ。痛かった。だが彼女は、それ以来の、それ以上のひどい痛みを感じていた。自転車でスピードを出し過ぎて転び、膝を深く切ったことも、木から落ちて足を骨折したこともあったが、比較にはならない。しかし、彼女が電気柵に触れたとき、痛みは一瞬で身体から抜けていった。神経の中でパチパチと音を立てるような何かを感じたが、それは初めての経験だった。赤子の脳は、そのような痛みがあり得るなど思いもよらなかった。

逆さまになった車で、一面のダイヤモンドみたいなガラス片に覆われて仰向《あおむ》けになっていたとき、灰色の顔の男が彼女の腕を嚙んだ。彼女は再び、想像し得る全てを超絶する体験をした。

あり得ない痛み。こんなのどうかしている。傷の状態とあまりにも不釣り合いだ。男の歯がわずか二センチちょっと肉に食い込んだだけなのに、電気が走り、毒が回り、真っ白になるまで熱した焼きごてを当てられたかのごとく熱かった。痛みは全身を貫き、骨はひび割れ、筋肉はパックリと裂けた。張り詰めた神経は乱暴に引っ張られて激しく搔《か》き鳴らされ、鳥肌が立つほど不快な不協和音が脳内に響いた。

彼女は甲高い声で叫んだが、実際はなんの音も出せなかった。おそらく五秒ほどの間、彼女は声にならない声で悲鳴を上げ続けていた。目玉は膨張し、喉が緊張する。そして、痛みは唐突に止まった。身体中の痛みが、傷口から逃げ出していった。両親が少女を灰色の人間の群れから奪い返したときには、鈍い疼《うず》きだけが残っていた。

彼女が誰かの家の芝生《しばふ》にうつ伏せに倒れるまで、父も母も娘が負傷していることに気づかなかった。横たわりながら、少女は思った。口の中が汚れている、と。舌の上でミミズがのたうち回っているみたいだ。そして、腹が鳴った。猛烈な空腹感を覚えていた。

時は柔らかくとろけるトフィーと同じ。歯にくっつき、喉に垂れ下がり、彼女の中で過去と現在がねじれていく。だが、時は甘くはない。地上の怒鳴り声や悲鳴が聞こえてきた。自分の父ではない男性が、自分の母ではない女性に怒号を上げている。少女は彼らの顔を想像しようとした。最初は太陽の光に晒《さら》されている顔を。次に月明かりに照らされている顔を。それから、暗闇の中に沈んだ顔を。ガラスが砕ける音や、猛烈な勢いで火が回っていく音も耳に届いた。恐怖が鋭い刃《やいば》となって、彼女の脳に突き刺さる。しかし、少女は泣き出さなかった。母の助けも呼ばなかった。そういった子供としての本能が、熱の中でどんどん炭化していくのを感じていた。

またガラスが割れた。別のところで炎が燃え上がっている。テーブルの上の少女は身震いした。

なぜ火が怖いのだろう？　火傷したことなんてないのに。よくある怪我のひとつだが、彼女は経験していなかった。それでも、脳の表面近くで理性的思考がざわつくのを感じる一方で、より深層部のどこかでは不安を覚えている。その暗がりの奥底――走って体当たりしろと促し、戦えと煽《あお》り、食って、ファックして、子を作れとけしかける言葉など必要のない場所――そんな原始的な欲求だけが渦巻く巨大な空洞で、彼女は他の何かを感じていた。

起き上がれ。立ち上がれ、と。

外でとてつもない大きな音が響いた。爆発だ。火だ。炎が上がっているのだ。人間を、森林を、世界を死に追いやる、恐ろしい紅蓮《ぐれん》の神。彼女の恐怖は膨張し、金切り声となって体外に飛び出したが、その中で、彼女の聴覚は柔らかな何かを捉《とら》えていた。弱々しく悲しい声。小さな女の子の声だ。脳内を覆い尽くそうとしているジャングルの中で、その子はたったひとりぼっちだった。

私は死にかけてるの？

上階で、誰かが叫び、小競《こぜ》り合ったりしているのがわかった。口汚く罵り、ハンマーで木を激しく叩《たた》いている。

これで私の人生は終わり？

銃声。悲鳴。支離滅裂な騒音。悪夢。卓上の少女はのたうち回った。

両親はこんな人生しか私に与えなかったの？

外からうめき声が聞こえてくる。少女の両親ではない。父母と一緒になって怖がっている知らない人たちでもない。何十人もの声だ。いや、何百人かもしれない。彼らの唸《うな》り声は火に掻き消され、彼女の恐れの中で打ち消されていく。彼女は身悶えするのをやめ、静かになった。深い静けさが波のように彼女の身体に押し寄せた。発熱時に水風呂に浸《つ》かったときと同じで、あらゆるざわめきが穏やかに鎮まっていった。

しばらくの間、少女はそこで横たわっていた。もう何も聞こえない。なんの考えも浮かばない。心の中の灰色の薄明かりが完全な漆黒の闇と化すと、星が現われた。無数の小さな光が脳内を埋め尽くしていく。月はない。だが、火星は見える。金星も見えた。手足に奇妙なハミングの音楽が流れ、空っぽの身体が活力と目的で満たされていった。

　階段で足音がする。それが自分の足音だと想像してみた。だが、彼女は上っているのであって、降りているのではない。これから上に行こう。自分の中で生まれた活力と目的が、彼女を突き動かしていた。

　彼女は上半身を起こした。

　床には男性がいた。生命の塊が、使われぬまま横たわっている。ならば、と彼女はそれを受け取ることにした。それはグーグーと鳴る腹の中へと滑り落ち、骨を鳴らしながら、彼女の全身に広がっていく。強さがみなぎってくるのがわかった。思考も明晰《めいせき》になってきた。彼女は空腹を感じていた。腹だけなく、手足、歯、胸、性器、あらゆる臓器が飢えていた。疑念や不安から解放された、執拗《しつよう》な欲求だった。

　ひとりの女性がぼんやりと階段を降りてきた。頭を左右に傾け、少女の方に移動してくる。「ベイビー、かわいそうなベイビー」とつぶやき、にやついたり、すすり泣いたりしながら。彼女のどこかが嫌悪感とともにズキズキと疼いた。こんなに震えるほど困惑し、葛藤しているのはどうしてなのだろう？　ここに来るまでにこの女性はあらゆることをしたのだろうが、そこまでしてここに来た理由はなんだろう？　〝選ばない〟という選択肢もあったはずなのに、この女性はどうしてわざわざ望んでいない方を選んだのだろう？

なぜこの女性は両手を広げ、〝消耗〟されることを請いつつ、よろよろとこちらに向かってくるのだろう?

この女性の何かがおかしい。彼女の肉に宿る命は汚れてしまっている。少女の飢餓感は歪《ゆが》み、怒りと憎悪に変わっていった。

この女性を殺そう。そうする必要がある。しかし、少女はこの女性を食わなかった。全く手をつけずに放置した。少女の心のひだの一本一本に根や枝を張るジャングルのどこかで、小さな声がこれを「優しさ」と呼んだ。これぞ他の何かになるチャンス。最終的に強くなる好機だ。

少女は階段を上っていった。

上階で待っていたのは、これまで見たこともない男性だった。少女が近づくと、彼は逃げ出し、地下室に隠れた。だが、上階には彼だけではなく、他の者たちもいた。ものすごい数だ。そこに彼らがいるのは感覚でわかった。嗅覚、聴覚、触覚で感じ取った。あらゆる人々の骨の中にその感覚は潜んでおり、表面へと湧《わ》き上がる機会を待っている。

少女は地下室のドアを叩くのをやめ、ゆっくりと方向を変えた。彼女は見知らぬ者たちに囲まれていた。群衆の中にいるひとりの少女。誰にも目をかけられず、誰にも守られていない。だが、何も恐れていなかった。彼らのうめき声が聞こえ、その中に混じる自分のうめき声も聞いた。今や、宇宙全体がうめき声を上げている。音のない空間の惑星の聖歌隊。惑星の背後に広がる暗黒世界で唸りを上げるバスパート。彼女の頭の中のジャングルに響き渡る咆哮《ほうこう》。少女は他の者たちの目を覗《のぞ》き込んだ。そこにあったのは、彼女が以前見たもの――純粋で正直な、あらゆる束縛を解かれた存在――だった。生命よりも古くからある原始的な真実。そして今、彼女はそれが何なのかを知った。

少女と彼女の新しい家族は、家の外へとそぞろ出た。街路へと。世界へと。

ウィリアムソンの愚行

デイヴィッド・J・スカウ

WILLIAMSON'S FOLLY

デイヴィッド・J・スカウ
David J. Schow

PROFILE

ロサンゼルス在住の小説家。最近は、ハードボイルド小説『The Big Crush』や９編の短編小説を集めた『DJSturbia』を上梓。映画『悪魔のいけにえ３／レザーフェイス逆襲』（1989）、『クロウ／飛翔伝説』（94）、『ヒルズ・ラン・レッド―殺人の記録―』（09）や、テレビシリーズ『マスターズ・オブ・ホラー／ハンティング』（05）、『アイスクリーム殺人事件』（07）、『Mob City』（13）の脚本を務め、『The Art of Drew Struzan：ドリュー・ストルーザン　ポスターアート集』（ボーンデジタル 刊）『The Outer Limits at 50』といったノンフィクション小説も手がけてきた。また、『大アマゾンの半魚人』から『サイコ』『アイ，ロボット』まで、幅広い映画の解説者として様々なDVDにも登場している。彼のおかげで、「splatterpunk（スプラッターパンク）」という言葉が、2002年からオックスフォード英語辞典に載るようになった。邦訳に『狂嵐の銃弾』（扶桑社 刊）、本書にも執筆しているジョー・R・ランズデールの作品を含む、映画ホラーアンソロジー『シルヴァー・スクリーム』（東京創元社 刊）などがある。

Twitter：@DavidJSchow

外宇宙《がいうちゅう》からの物体は、夜に紛れてやってきたのではない。マッチ棒を星の瞬《またた》く黒い空に擦《こす》りつけたみたいに、大気圏に突入して焼け焦げ、人里離れた農場に落下してドロリとした液体を吐き出したりもしなかった。そうではなく、ランチタイムの直後、巨大な丸い弾丸のごとく、下層雲の厚い塊《かたまり》に穴を開けたのだ。それは、V1飛行爆弾の甲高い音とともに落ちてきて、ヘンデルメイヤー金物店の屋根を大破させ、四番通路（ガーデニング用品売り場）のほとんどを破壊した。さらに、ファースト・フェデラル信用金庫のレンガの壁も粉砕した。金庫室の東壁が凹んだものの、レイヤースチールと強化コンクリートに挟まれた壁に穴が開くことはなかった。二部屋の金庫室の中身と、ネブラスカ州の小さな街ウィリアムソンの人口の約三割の蓄えに損害は出なかった。幸い、ヘンデルメイヤー金物店の三番通路（ペット用品売り場）で七キロ近い鳥の粒餌《つぶえ》の袋を落とした拍子に足首をくじいたと主張するアルマ・ティートルを除けば、被害者はいない。地元紙『スター・レジャー』のオルニー・ストラッツ記者が、すぐさま「そしたら屋根が割れて、この世の終わりみたいな音が轟《とどろ》いたの」という彼女の言葉を記事に引用した。彼女の写真が、この地味な地方新聞に載るのは七度目だった。彼女は自然観察ハイキングの企画をしたり、行方不明のペットや動物の権利に関するパンフレットを作ったりしている。シドンズ通りに建つ彼女の自宅は古い木造家屋だが、無許可で野生動物を飼っていることで有名だった。彼女はいつも猫の尿の臭《にお》いがし、落ち着きのない変わり者だった。

正式に選任され、ウィリアムソンに配属された公安職（保安官と保安官補）は、全部で五人。オルニー・ストラッツは、前代未聞の日々の特別版にふさわしい紙面にするべく、彼の言う〝壊滅状態〟の写真を山ほど撮影した。『スター・レジャー』は、人口二万五千人の街で唯一生き残っている新聞ゆえ（オルニーによれば、『バルジ』紙は一九六五年に廃刊となったが、ライバル紙がなくなったのはよかったということだ）、この話は、オルニーの妻エマリーンが喜んで通信社に売り込んだスクープだった。オルニーの鋳造植字機《ライノタイプ》職人兼印刷責任者で六十七歳のジョン・〝ブラックジャック〟・マコーミックは、残業も厭《いと》わないベテランだ。このスクープネタを得るまで、次の版の見出しは、ウィリアムソンの商業地域の中心部街、メイン通りとグランド通りの交差点――街で最多（四つ）の信号機があることでお馴染《なじ》み――に真新しいゴミ箱が設置されたことを知らせるものにする予定だった。

農用地に囲まれていることの利点として、ウィリアムソンは小規模ながらもユニオン・パシフィック鉄道の拠点駅となっていた。運搬される主な畜産物や農産物は、牛、子牛、大豆、乳製品、小麦など加工が必要なものだった。牛のほとんどは、街の中心部から南西に八キロ離れた場所にあるケンドリック・ミートという大きな食肉加工工場に直接運ばれていく。また、ネブラスカ大学工業農業カレッジは、頻繁《ひんぱん》にウィリアムソンで野外調査を行っている。

東部の郊外住宅地は、石を投げれば退役軍人に当たると言えるほど、元軍人の住民が多かった。その多くが、現役時代はミサイル格納庫で働いていたらしい。ハムブリッジは、ウィリアムソンに最も近い隣町だが、それでも四十キロ離れている。商工会議所（のライル・ウィットワー）は、ウィリアムソンを〝豊かな自然と静穏に包まれて暮らす街〟と銘打ち、州都リンカーンといった大都市の騒音とは無縁な住処《すみか》を探している人々に熱心に売り込んでいた。こんなウィリアムソンの経済は、ジョセル・ターナーが朝食付きの宿を経営して生計を立てるのに十分活気があった。

平和な田舎町といった印象のウィリアムソンだったが、この日、〝地元の科学者〟のひとり、マニー・ステックラー医師の電話がけたたましく鳴る事態が起こることになる。

ステックラー医師がウィリアムソンに移り住んだのは、十年前の一九五八年。彼はすぐに街の内科医で協同組合を作った。米国のこの地域における同様の組織としては、最も早い時期に作られた団体だろう。そして彼は、二年後にウィリアムソン総合診療所を創設する。同診療所の開設は、全住民に好意的に受け入れられたようで、ステックラーの当時の革新的なモデルは、同規模の他の街――とりわけ、完全設備の大病院を持てない市町村――で次々に真似《まね》られた。それゆえ、ジョセフ・ディレイニー保安官が大急ぎでステックラー医師に電話したのは、至極《しごく》当然の成り行きだった。ステックラーは、広い意味で、ディレイニーが新たに必要とする〝エキスパート〟に十分近かったのだ。保安官はオルニーの取材を受け、テープレコーダーに「アルマ・ティートルさん以外、負傷者がいなかったのは奇跡です。どうぞ落ち着いて。調査は続行中ですので」というコメントを録音させた後、すぐに保安官事務所の受話器を摑《つか》んだのだった。

電話口のディレイニーは言った。

「このような事態には、先生の専門的知識が必要になるんですよ。時間はそんなに取らせません。コーヒーをおごりますよ」

これはうわべだけの社交辞令ではない。ディレイニーは、家庭的な雰囲気の小さな街らしい誘い文句として、コーヒーをおごると申し出る。それは、「ここだけの内密な頼みなんですがね」という含みを持つ。

彼はグランド通りの二件の店をひいきにしていて、普段、ウィンクと笑顔でタダでコーヒーを飲ませてもらえている。もちろんお代わりも自由だ。だがのちに、このコストを、コンサルタント料金、交際費などの名目でしっかり経費として計上し、確定申告に有利に働かせるのも怠らなかった。

とにかく、ダイアン・クリスペン・ダイナーのコーヒーは最高だ。
ディレイニーが電話したとき、ウィリアムソンでの最近の死亡者数は九人だった（ちなみに、ウィリアムソン高校の入学者数はわずか三百六十人）。その九人のうち六人の遺体は、ウィリアムソン総合診療所の地下にある死体安置所に置かれていた。

総合診療所で冷温保存されている六遺体の身元は、以下の通り（年齢の高い順に列記）。

エレノア・〝ハッティー〟・ブレイナード（92）：自然死（心筋梗塞《こうそく》）。八人の孫を持つ女性で、夫ケネスより十余年長生きした。彼らは、この地域で黙認されていた白人と黒人の夫婦三組のうちのひと組。他州から移り住んできたときには、二人はすでに結婚していたので、他人があれこれ詮索することはあまりなかった。しかし、常に話題の種にはなっていた。

チャールズ・リー・〝チャック〟（あるいは〝チャンピオン〟）・グリーン（81）：自然死（慢性閉塞性肺疾患で睡眠中に死亡）。愛妻家で、双子の子供を持つ愛情深い父親。彼を悪く言う者は皆無だが、彼に対する褒め言葉は曖昧《あいまい》なものばかり。その実、彼が戦時中に海軍で働いていたこと（どの戦争かは不明）、一日に四箱を吸うヘビースモーカーであることと以外、彼自身に関する真実は何ひとつとして知られていない。

ポール・〝ソニー〟・ブリックランド（50）：基本的には酒の摂取過剰で死亡。大腸ガンが発見されてちょうど五ヶ月後のことだった。それ以前はレスター・コリンズの大豆農場で住み込みの機械操作の仕事をしていた。住んでいたのは、家賃がタダとはいえ、巨大な農地の外れにある送水ポンプのそばで、屋根はタール紙という掘建《ほったて》小屋だった。ポールは生前、「飲んだくれの俺が死んでも、身体が相当アルコール漬《づ》けになってるから、数ヶ月は腐らないんじゃないか」と冗談を言っていた。

ジェイソン・アラン・ローウェンズ（34）：偶発事故（自動車事故）死。カスター郡では最大のクライスラー自動車販売代理店の地域責任者だった彼は、妻に会うため、夜間に車を飛ばしてリンカーンへ戻る途中に事故に遭《あ》った。運転中のいねむりが原因で、愛車の一九三五年型フォード製ウッディワゴンは発電塔に正面から激突。彼も車も黒焦げになった。『スター・レジャー』の読者の多くがこの不幸な記事を読んだ際、ローウェンズがクライスラー製の自動車に乗っていなかったことに注目していた。

ドロレス・アン＝マリー・ウィテカー（旧姓コリンズ）（32）：閉塞性分娩《ぶんべん》により出産時に死亡。満を持《じ》して成功した計画妊娠だったものの、母子ともに命を落とす結果に。赤ん坊は女児で、チェリー・キャメラという名前が付けられる予定だった。ドロレスは自宅出産にこだわっており、救急車が農場の母屋に到着したとき、彼女の夫のブライアンもそばにいたが、室内はすでに血の海になっていた。

チェリー・キャメラ・ウィテカー（0）：分娩時胎児死亡（死産）。

この六人以外に、ウィリアムソンでごく最近亡くなった次の三人は、ディレイニー保安官にも『スター・レジャー』にもまだ報告されていない（死亡順に列記）。

アリソン・ロベルタ・〝ミンクス〟・マンクス（22）：かつて、ウィリアムソン高校チアリーディングチームのキャプテンを務めていた。先週の水曜に、恋人のキャメロン・〝チップ〟・ジャクソンに首を絞められて死亡。チップは、ウィリアムソン高校在籍中にアメフトチーム〝コルセアズ〟のフルバックとして活躍していた。原因の論点となるのは、金銭問題（彼らは金に困っていた）、浮気の有無（どちらが誰と浮気していたかは未確認）、薬物絡み（複数の覚せい剤使用の可能性あり。金に困窮し、入手量が減少し、二人で分け合う際に揉《も》めたとも考えられる）の三点だ。チップは、自分が悪いのではないと強く主張。口論がエスカレートした結果、一時的な衝動に駆られてやってしまったとのこと。激しい怒りのせいで、彼女を黙らせるのに有刺鉄線で首を絞めざるを得なかったらしい。殺害時に性的興奮を覚えて勃起《ぼっき》したことに関して、チップはさほど動揺しなかったという。パニックが収まった後、彼はアリソンの死体をピックトン小麦畑の奥に隠している。死体処理という点で、ケンドリック・ミート食肉加工工場の施設を利用することも頭によぎったものの、アリソンをミンチにするのは選択肢になかったとチップは言っている。しかし、その時点ですでに月曜になっており、彼はなんらかの行動を起こさざるを得なかったという経緯のようだ。

リチャード・〝ラムセス〟・カバーデール（15）：学校の成績が思わしくなかったリチャードは、父親に折檻《せっかん》される前に父親を殺してしまおうと思いついた。そこで、父のサベージ社製の水平二連式散弾銃を利用することにした。常に弾が入っていることをリチャードは知っていたからだ。もっとも、その散弾銃に限らず、彼の家にある全ての銃は、いつでもすぐに使えるようになっていたのだった。父親は日頃から、「大体、誤って自分を撃ってしまう事故は、銃に弾が入ってないと勘違いするために起こる。最初から弾が込められているとわかっていたら、取り扱いに注意するから、間違って自分を撃つなんてバカげた事態にはならない」と言っていた。ところが、使い古した引き金が錆《さ》びついていたせいで、そのバカげた事態が起きる。リチャードがケースから散弾銃の銃身を摑んで引き出した途端、運悪く銃口が彼の方を向いていたため、左側頭部が霧状になって吹き飛んだ。あまりにもあっという間の出来事で、リチャードは発砲時の火花すら見ることもなかった。

ロレーナ・ダーリング（44）：全く思いがけなく、脳動脈瘤《のうどうみゃくりゅう》破裂で自宅にて死亡。食後の一服として大麻を吸いながら、片栗粉を使い過ぎたアップルパイの大きな切れ端《はし》にフォークを刺し、冗談を言って大笑いした瞬間のことだった。彼女と一緒ににぎやかなディナーを楽しんでいたのは、事実婚の相手バディ・ラウルズ。ロレーナは彼と小さな下見板張りの家に同居していた。五エーカーある敷地のほとんどがジャガイモ畑で、控えめな温室が二つ建っていた。他の植物を育てて多少カモフラージュはしていたもの、二つの温室は大麻で占められていた。同居人はバディの他に、バディの兄ベルナルド、ベルナルドの恋人タミー、そして表向きはケルサワニという名前の自称〝教祖《グル》〟。バディとベルナルドが全く新しい身元を手に入れることに成功した（それゆえに徴兵も逃れられた）二年後、皆はここに流れ着いた。彼らはキャンプファイアーを囲んでギターを弾き、高品質の大麻をウィリアムソンの非行少年や犯罪者に売りさばき、自分たちが真の〝水瓶座の時代《ニューエイジ》〟のサイケデリックなドラッグの達人だと夢見ていたのだが、それが厄介な問題を引き起こす。ケルサワニは、ロレーナの予期せぬ死の美しさが政府機関の介入によって汚されてはならないと主張した。彼女は、他人の人生の手引書の内容を模倣したやり方ではなく、彼ら自身が作り出した慣習と儀式に従って、浄化され、崇拝され、賞賛され、きちんとこの土地で母なる地球に戻してやらねばならないと言い張ったのだ。この月曜日、外された居間の扉の上にロレーナは裸足で横たえられ、全身にパチョリの精油を塗られ、野草で囲まれた。だが、ロレーナの遺体が臭い始め、タミーが誰かまともな大人を呼んだらどうだと口にしたので、ベルナルドはもう少しでタミーに平手打ちを喰《く》らわすところだった。しかし、彼は十分わかっていたのだ。死亡後二十四時間死体を隠し続けると、軽犯罪と重犯罪の中間くらいになることを。死亡届未提出、死体処理届け未提出、そしておそらく、少なくとも死体冒瀆《ぼうとく》の罪で。

「とはいえ、罪になるのは、俺たちが捕まった場合の話だ」

バディは強い口調で反論し、タミーを黙らせた。「俺たちがやっていることは、たぶん合法ではないが、だからといって誰にも迷惑をかけてはいない。制限速度を超えて運転するのは違法なのに、みんなやってるし、やったところで何か起こるか？　普通は何も起こらない」

「おそらく、アメリカのものだ」と、ステックラー医師は言った。

ディレイニー保安官の部下が黄色い規制テープを張り、立入禁止区域を設定していく。その傍《かたわ》らで、ブライス・ヘンデルメイヤーは自分の店の被害状況に目を丸くし、オルニー・ストラッツに愚痴《ぐち》をこぼしていた。オルニーの妻エマリーン（ネブラスカ大学アメフトチームの元マスコットガールで、現在でも街ゆく人々を振り向かせるほどの美貌の持ち主）も新聞取材の手伝いという名目でやってきていた。おそらく、夫は地元で有力な新聞記者だと自慢したいのだろう。もしこの一件が、政府が絡んだ謎の飛行物体とか極秘宇宙計画の類《たぐい》であるならば、よその記者たちが飛びつきそうなネタで、すぐさまこぞってウィリアムソンに雪崩《なだ》れ込んでくるはずだ。彼女は入手したばかりの情報とオルニーの最新の未現像のネガを持って、『スター・レジャー』のオフィスに急いだ。

ディレイニーの部下の助けを借り、ファースト・フェデラル信用金庫は、「不測の事態により臨時休業します」という張り紙をドアに張り出した。信用金庫のトミー・タイ部長は、イラつく客にいちいち壁に開いた穴について説明するのは時間の無駄だと考え、その日は閉店時間を繰り上げ、従業員を早退させることにしたのだった。三十分でディル・バレットのトラックが到着し、日没前には元通りの壁に修復されるだろう。ディルは実に腕のいい職人で、レンガとモルタルの最適な配分、旋盤《せんばん》としっくいと未加工の材木の相性を知り尽くしており、まさにその技は禅の美学に通じるものがあるくらいだ。

ステックラー医師は、診療所からガイガーカウンターとラテックスの手袋、様々な道具類を持ってきていた、ガイガーカウンターは少なくとも十五年前の装置で、ハロゲン管タイプのものだ。ステックラーを見ていて、ディレイニーはふと思った。性格俳優とでも呼べばいいのか、ヒーローではなく、ヒーローの友だち止まりのキャラや、いい奴《やつ》なんだが、映画開始十分後に殺される類のキャラを演じる俳優のようだと感じた。印象的な髪型、淡いブルーの目。大きくて静脈が浮き立った、いかにも器用そうな手。太いフレームのメガネ。並以上の容姿で魅力的なのだが、あと一歩のところで主役級ではないのだ。

ステックラーの方は、ジョセフ・ディレイニーを、まさしく田舎町の父親像そのものだと思っていた。理想体重より十キロはオーバーしている体格だが、筋肉質で、制服のワイシャツはいつもきちんと糊《のり》づけしている。前髪は後退しているものの、その知性は衰え知らずだ。愛着を込めて、心の中では〝勇敢なハゲ〟と呼ぼうか。話し合いを重視し、暴力を極力振るわずに解決しようとするその姿勢は、良心的な保安官にはうってつけだ。

「放射線は検出されてないですよね？」

ディレイニーの問いかけに、「ああ、検出されていない」と、ステックラーは同意した。「今のところ、君が意味する危険な放射線とやらはね。装置からクリック音がしても、心配する必要はない。これは、アルファ線、ベータ線、ガンマ線といったイオン化放射線をも検出するんだ。クリック音の数は、イオン化事象が検出された回数になる。わかったかい？」

そう言って、ステックラーは装置の目盛りを保安官に見せた。「放射能汚染で巨大化したアリが襲撃するなんてことにはならないよ」

ディレイニーは眉間《みけん》にシワを寄せた。ステックラーは自分をからかっているのか？　都会から来たこのインテリ医師が、田舎者だとこちらをバカにしているのなら、イソップ寓話の『田舎《いなか》のネズミと都会のネズミ』を引き合いに出して、説教してやりたくなる。

「心配は無用だ」

ステックラーは、ディレイニーの内心など知らずにさらに畳みかけた。「暗闇の中で、私たちが光り出したりすることにもならない。だが、この粘着質の液体は拭き取り、少しサンプルとして袋詰めしておきたい。念のためにね」

「念のためにって、どういうことです？」

「宇宙船が地球帰還時に超高速で大気圏に突入すると、かなりの高温になる。なんでも、摂氏千六百度以上になるとか。だから、この小さなカプセルだか、宇宙探査機だか、とにかく地球の外からやってきた物体は、超高温で滅菌されていることになる」

「なるほど。だから、表面のシールやなんかも焼け落ちてしまっているわけか」

ディレイニーはうなずいた。「だが、先生の言うことは正しい。こいつは俺たちの国のものだ。ほら、ここ見てください」

その物体は、直径が五十センチ強の円錐形《えんすいけい》のロケットの先端部に似ていた。光沢があるスチール製で、工場のローラーでたった今伸ばされたばかりの新品に見える。そこには、ジェット機の翼で目にする、鋲《リベット》が付いていた。高速で酸素に触れたせいで、金属が研がれ、物体の表面には濃灰色の煤《すす》の筋ができていた。底部は焦げていたが、ロケット本体か何かと結合するための環状の溝を持ち（ディレイニーはそれを見て、浄化槽の接続部分を思い出した）、複数の金属管でぐるりと囲まれている。一番外側の金属の管には、「MADE《メイド》 IN《イン》 USA《ユーエスエー》」の刻印があった。

「ってことは、この中に、細菌か、微生物か、ウイルスが仕込まれてる可能性があるんですかね？」

ディレイニーの問いに、ステックラーは首を横に振った。

「それはないと思う。収納容器というよりは、探査衛星の一部か何かに見える。金星探査機だったスプートニク7号みたいに。あるいは、弾道ミサイルをいち早く察知する早期警戒衛星ミダスのための試験センサーのような。ソー・アジェナBとかソー・エイブルスターについて聞いたことはあるかい?」そこまで一気に話し、ステックラーは保安官が理解できていないのを見て、ニヤリと笑った。「私はロケットの打ち上げを見るのが好きだったんだ」

「ロシアで?」

ディレイニーは片眉を上げた。「いや、その……先生が今〝スプートニク〟って言ったから……」

ステックラーはこちらの反応を見て、真顔に戻った。その表情が気にかかり、保安官は眉間にシワを寄せた。相手に疑いの視線を向けたというよりも、これは油断できないと思ったのだ。ディレイニーは共産党員に好意は持っていなかった。

「違うよ。本で読んだんだ。ロケットの中には、想像を超えた別世界の探査機もあったから、興味深くてね。ベネラ計画とか。ソ連の金星探査計画で、打ち上げ後の切り離しに失敗したり、爆発したりしたロケットも多かった。でも、そのうちの一台は金星まで到達したんだ。冗談ではなく、本当の話だ」

二人は、空から落下してきたカプセルに敬意を払うようになっていた。あたかも、それが彼らの話を聞いていて、評価するかのように。

「これって、この街で起こった最も ワクワクするような出来事じゃないか!」

オルニー・ストラッツが二人の間に割って入り、興奮を抑えきれずに声を上げた。

「オルニー」

ディレイニーは父親のような口調で話しかけた。「情報を早く出しすぎて、むやみに住民を不安がらせるようなことはやめてくれ。ヒステリー状態になった輩《やから》の相手をするのはごめんだ」

オルニーは写真を撮り続けていた。やんわりと保安官に非難されたわけだが、今の彼の取材に対する情熱は、そんなことくらいでは削《そ》がれない。

「私たちはこれで一躍有名人だな」

ステッカー医師がポツリと漏らし、メガネを外してレンズを拭いた。彼がしょっちゅう手先を動かしているのは、禁煙したせいなのかもしれない。

彼の言葉を受け、ディレイニーはこう返した。

「あるいは、悪い評判が立つか」

保安官は自分で統制が取れなくなるのを嫌っていた。いつでも状況を管理したいと考えていた。彼の街、彼の住民、彼の決定については。

「こりゃ、一日がかりの仕事になりそうですね。下手すると夜中も作業することになるかも。そういう匂《にお》いがプンプンしますよ」

「なら、ダイアンの店から特大サイズのコーヒーを買ってくるっていうのはどうかな？」

ステックラーの提案に、保安官は笑顔を見せた。

「先生、俺もちょうど同じことを考えていたところです」

ディレイニーは、ステックラーに対するわだかまりが徐々に消えつつあるのを感じていた。


その日の午後四時二十一分、故ポール・ブリックランド――生前は親しみを込めて〝ソニー〟と仲間から呼ばれていた――は目を開け、スチールの壁に囲まれた狭い空間で上体を起こそうと試みた。空間の天井はかなり低く、ちょっと頭をもたげただけでぶつかってしまったが、痛みは何も感じない。目は白内障で濁っており、視界はぼやけている。胸にはY字に切られた痕《あと》があり、ぞんざいに縫われていたが、動きが鈍いのはそのせいではない。全身が冷たく、体温といえる温度ではない。つまり、自ら発熱はしてなかった。この金属の箱のような小さな空間で、彼は黄色くなった足を何度も強く壁の内側に打ちつけた。その場所は、ウィリアムソン総合診療所死体安置所の二番ロッカーだった。ソニーがそうしていると、隣の三番ロッカーにいたドロレス・ウィティカーも覚醒《かくせい》した。

赤味がかったブロンドのケイシー・フィールドは、学校卒業後、すぐに診療所の仕事に就《つ》いた看護助手だ。その日の午後四時半、交代勤務時間を待ちながら、彼女は診療所一階の廊下をぶらぶらと歩いていた。四時半に、インターンのカイル・フレデリックスが降りてくることになっていたのだ。その時間には、レニー・ラーナが死体安置所から出てきてタイムレコーダーに退出時刻を記録する。ゆえに、ケイシーとカイルは、他の同僚たちの目の届かないところで気晴らしをすることができるのだ。ケイシーは規則にのっとった厚底の白いナースシューズを履《は》き、ごく普通の白いパンティストッキングを身につけていた。足元まで白で固めれば、ナースの制服としては完璧なのだが、実は彼女の服装には秘密があった。股の綿布をハサミで切り取っており、よく手入れされたアンダーヘア（髪と同じ、こちらも赤味がかったブロンドだった）の部分を解放させていたのだ。少しのマリファナと少しの火遊びは、彼女とカイルのお決まりの息抜きだった。もうすぐカイルは正式な医師になる。だから、金の心配はなかった。

スカンジナビア人の顎を持ち、グレーの瞳にスーパーヒーローのような髪型をした、誰が見ても美男子のカイルは、時間ぴったりに降りてきた。すでに勃起しているのは、服の上からでも一目瞭然だったが、確認のため、ケイシーはすぐ彼の股間《こかん》に手を伸ばした。そして、猫のように舌舐《したな》めずりし、小悪魔のような笑みを浮かべた。

「レニーがまだデスクにいるのよ」

そのデスクをベッド代わりにしている自分たちを想像しながら、彼女は言った。もちろん、そこで事に及んだことは以前もあった。

「彼を急がせるよ」

そう言ってウィンクし、カイルはスウィングドアを押して安置所の中へ入っていった。

彼女は身体の内側が疼《うず》くのを感じていた。待ちきれない。心臓部のチャクラ（肉体的、精神的エネルギーが宿るとされているスポット）で蝶《ちょう》が羽ばたいているような、期待が銀のフォークになって胃を突き刺しているような感じだ。

突然、カイルの叫び声がした。大声でわめいているのではない。叫んでいる。喉が嗄《か》れるほどの金切り声だ。慌ててドアを押し開けたケイシーは、足を踏み入れるなり、床がひどく濡《ぬ》れている感触を覚えた。水溜《みずた》まり？　いや、そうではなかった。真っ白なナースシューズが真っ赤に染まっている。そこは一面、血の海だったのだ。次の瞬間、彼女は無意識に未来を予見した。自分もカイルももう金の心配をする必要はないのだと。

ステックラー医師は、ヘンデルメイヤー金物店のカウンターに置かれた電話の受話器を置き、保安官に顔を向けた。

「診療所で問題が発生したようだ」

「病院に戻ってください、先生」

ディレイニーはうなずいた。「サンプルは持ちましたよね？　こっちは俺に任せて、病院の方を対処してください。ここでは今夜、もう何も起こらないだろうし」

「ありがとう。コーヒー、ごちそうさま」

「コーヒーくらい、なんでもないですよ。この一件を解決したら、今度は酒をおごります」

店を出ていく途中、ステックラーはエマリーンの横を通り過ぎた。

何か重要な知らせでも持ってきたのか、彼女は深刻な面持《おもも》ちだった。いつもなら、目をキラキラと輝かせているのだが、なぜか今日は目がどんよりとしていた。

「保安官……？」

エマリーンは検分中の部屋に入ってきた。「ケンドリック食肉加工工場のそばで、陸軍のトラックが列を作ってるみたい。レスター・コリンズが新聞社に電話をかけてきたの。何が起きているのか調べてくれって。なんでも、街の反対側にある彼の大豆農場の近くで、かなり大勢の陸軍兵士を見かけたらしいから」

「なんてこった……」

ディレイニーはそうつぶやき、頭を掻《か》いた。そして、金物店の経営者の方を向いて言った。

「プライス、あの電話を貸してくれ」

そして、オルニーのカメラにまだしかめ面《つら》をしていた保安官補に声をかけた。

「ボブ、そこはいいから。行くぞ！」

すると、もうひとりの部下チェット・ダウニング（ウィリアムソン最年少の公安職員）

が、慌てた様子でガラスドアを開けて入ってきた。その表情はどこか混乱しているようにも見える。

「ジョー?」と、彼は先輩の保安官補に呼びかけた。「こっちにきて、ちょっと見てくれませんか」

メイン通りを半分ほど下った、グレープシード通りとの交差点（信号機はない）近くで、血だらけになった何者かが、道路の真ん中をよろよろと歩いていた。酔っ払っているのか、それとも怪我《けが》のせいなのか、足元はひどくおぼつかない。驚いたことに、その人物の頭の四分の一はなくなっており、頭蓋《ずがい》が外れて露呈した脳味噌《のうみそ》にはハエがたかっていた。

「嘘だろ? あれはリチャード・カバーデールじゃないか!」

驚愕《きょうがく》のあまり、チェットの声は上ずっていた。チェットがウィリアムソン高校を卒業したとき、リチャードは一年生だった。

鉄が磁石に吸い寄せられるように、ヘンデルメイヤー金物店や他の店舗から見物人が次々と表に出て、突然起こった新たな出来事に目を向けた。奇妙な姿になった十五歳のリチャードを見た人々は一様にショックを受け、困惑していたが、成す術《すべ》はなかった。口をポカンと開け、誰を呼べばいいのか、何をすればいいのかとブツブツしゃべり合うことすらままならない様子だった。シルビア・パーキンスが「救急車を呼んで!」と叫ぶなり、曲がり角の郵便ポストの脚元一面に嘔吐《おうと》した。吐瀉物《としゃぶつ》はチキンサラダと赤ワインで、ダイアン・クリスペン・ダイナーの食事だった。

屈強そうな地元の男たちが数人、通りに飛び出し、印象派絵画の亡霊かと見紛《みまご》うような血まみれの少年に駆け寄っていく。彼らはふらつく少年を支えるべく腕を伸ばしたのだが、故リチャード・カバーデールは、事もあろうに、顔のそばに差し出された手に思い切り噛《か》みつき、肉を引きちぎってムシャムシャと食べ始めたのだ。

さらに悲鳴が上がったのは、言うまでもない。

二ブロック先の76ガソリンスタンドの社長タイラー・ストロングは、右手の指三本を食われ、尻餅をついた。トリックが全く説明できないマジックを目撃した観客と同様、彼は一瞬、口を大きく開けるも何も言葉が出てこないというリアクションを見せていた。だが、すぐさま激痛に襲われたのか、狼《おおかみ》の遠吠《とおぼ》えのような声を上げて這《は》いながら逃げていった。次にリチャードは、エース・ボールドウィンの鼻を食いちぎった。エースは自動車を特別仕様に改造する自動車工で、タイラーの一番の飲み友だちだ（遡《さかのぼ》ること二年前、かなりの高額でジェイソン・ローウェンズの一九三五年型フォード・ウッディワゴンを修復したのは彼だった。結局ジェイソンは、そのワゴンを電柱にぶつけて大破させ、自身も黒焦げになってしまうのだが）。

すると、四発の銃声が響いた。狙いは甘かったものの、一斉射撃だったので、リチャードは後方によろめいた。それでも倒れることなく、執拗《しつよう》に前進しようとしていた。ウィリアムソンの保安官補たちは、このような恐ろしい光景を見たことがなかった。さらなる銃弾の雨が降り注ぎ、残った三分の四の頭部が深紅の霧状に粉砕されると、ようやく彼は地面に崩れ落ち、動かなくなった。その場に残ったのは、まだ見ぬ未来を夢見ていたはずの若者の無残な残骸《ざんがい》だった。リチャードは一度でなく、二度も銃で頭部を吹き飛ばされたのだ。もう路上に見物人たちの姿はなかった。銃撃が始まるや、蜘蛛《くも》の子を散らすように逃げ出していた。ディレイニーは、チェットが357口径リボルバーからさらなる一発を放ったと同時に現場に到着した。保安官は熱を持つ銃に手を置き、パニックになっている部下にもう武器を下ろせと命じた。

秘密のマリファナ農場の外れで、ケルサワニは声高らかに宣言した。

「今、我々は、正真正銘の奇跡を目撃した」

なんと、死んだと思われていたロレーナが生き返ったのだ。彼らは全員、彼女の心音も、脈拍も、呼吸も止まっていたのを確認していた。危うくエドガー・アラン・ポーの『早すぎた埋葬』のようになるところだった。仮死状態だったのに、死亡したと間違われて墓の下に埋められてしまう恐怖を描いた短編小説だ。かつてキラキラと輝いていたロレーナの瞳は、使い古して色がくすんだ皿のように濁っており、駆け寄って抱きしめた恋人バディと目を合わせようともしなかった。彼女の関節はボキボキと嫌な音を立て、全身からは保存処理に失敗した豚肉と同じ悪臭が漂っている。ロレーナはバディの身体に腕を回すなり、いきなりバディの首に嚙みつき、大きな肉の塊を引きちぎった。次はケルサワニの番だった。彼女が相手の喉に歯を突き立てるなり、彼の喉仏は根こそぎ消えていた。ロレーナがその肉を嚙み砕いている間、ケルサワニは膝から崩れ落ち、損傷した喉から噴き出る己《おのれ》の血で溺死《できし》した。血の海に横たわる二人の身体に開いた大きな穴からは、内部組織が露呈している。タミーが我を忘れたように泣き叫ぶ隣で、バディの兄ベルナルドはショットガンを落としてしまい、もう少しで自身の足を吹き飛ばすところだった。猟銃には十分に弾丸が入っている。気を取り直したベルナルドは銃を拾い上げ、至近距離から発砲した。五セント硬貨を五枚積み重ねた大きさで、加速する列車並みの勢いで激突する亜音速の銃弾が銃口から飛び出した。狙いは外れることなく、ロレーナのひからびた身体の真ん中に命中した。ところが、彼女は動きを止めなかった。それどころか、ぎくしゃくした歩みのまま、確実にタミーに近づきつつあった。ベルナルドはもう一発撃った。ロレーナの頭はもげ、家の窓を叩《たた》き割って外に飛び出した。彼女の身体は斬首《ざんしゅ》された操り人形のようになって崩れ落ちた。ベルナルドとタミーは血相を変え、トラックへと走り出した。ロレーナが一体何になってしまったのか、その答えを必死に探そうとしたが、何も考えつかなかった。

十八歳のジョン・ピックトン・ジュニアは、愛馬ティービスケットを午後の散歩に連れ出すことに決め、収穫の済んだ麦畑を駆けていた。列を成す麦束《むぎたば》の間を全力疾走すると、全身で風を感じられる。ジョン・ジュニアも彼の馬も、その感触が大好きだった。地面を踏みしめる躍動感と腕や脚に翼が生えたかのような浮遊感を楽しみつつ、一キロほど走ったところでUターンし、さらに速度を上げた。自分の肘から馬の口にくわえさせた馬銜《はみ》までのラインをまっすぐにして手綱《たづな》を振ると、馬は行くべき方向を理解し、弧《こ》を描くようにターンする。練習を積み重ねれば、プロのロデオ乗りになるのも夢ではない。ジョン・ジュニアは、祖父が持つような穀物収穫への思い入れはなかった。

突然、行く手にひとりの女性が現われた。大股でこちらに歩み寄ってくるが、赤毛の彼女は全裸だった。巨乳を揺らし、奇妙な動きで近づいてくる。彼の姿を見ても、女性は動揺もせず、逃げるそぶりも見せなかった。彼女との距離はどんどん狭まり、とうとうすぐそばまで来た。

ジョン・ジュニアが面喰らっていると、ティービスケットがうろたえて走るのをやめ、後ろ足で立ち上がった。その隙に、女性は馬の懐《ふところ》に入り込み、前足にかぶりついた。ジョン・ジュニアは暴れるティービスケットの鞍《くら》から振り落とされてしまった。落馬する彼はその全裸女性を間近に見、その外見があまりにも異様だったことに目を剝《む》いた。身体中が腐敗し、ねじ曲がっているではないか。

バランスを崩したティービスケットは、身体の右側を下にして倒れ、何百キロもの馬の巨体がジョン・ジュニアのすぐ隣に落ちてきた。幸い、ジョン・ジュニアは落馬しても怪我をしない落ち方を習得していた。大切な馬になんてことをするのかと、彼はすかさず立ち上がり、女性に飛びかかっていった。

馬は悲しそうにいななき、ジョン・ジュニアもほどなく悲痛な叫び声を上げることになった。

〈保安官、言っておくが、これは病気の類じゃない！〉と、ステックラー医師は電話の向こうで叫ぶように言った。病院内の誰に聞かれようと構わないらしい。〈感染性の精神病でもなければ、ウイルスでもないし、宇宙から降ってきた病原体とかそういうものではない。原因は、あの落下した衛星のカプセルじゃないんだ。自分が知る限り、正体不明の宇宙線の影響か、神の意志か、理解を超えたヒッピー連中のクソみたいなことだ。あのカプセルは、ただの手製の無線装置だ。ばい菌も、分泌物も、何も関係ない！〉

「こっちは面倒なことになってるんです」と、ディレイニーは唸《うな》るように返した。二人とも、互いに相手に対してきつい言い方になっていた。職業柄、保安官も医師も確固たる証拠や科学的分析を重んじる。ところが、彼らの周囲で起きているのは、どうにも説明がつかない事例だったのだ。

「人々が死んでいる。臨床的には、死んでいる……はず。先生が最善を尽くしているのはわかってます。これが途方もなく、恐ろしい事態だってことも。だけど、俺たちは冷静さを失うわけにはいかない。俺たちは――」

〈保安官、言いたいことはわかる〉

ステックラーはディレイニーの言葉をさえぎるようにして言った。〈怯《おび》えても、何も始まらない。恐怖に内臓が反応してパニックを起こし、事を悪化させるだけだ。聞きたくない知らせかもしれないが、診療所内の死体安置所に保管されていた死者全員が蘇《よみがえ》り、うちの職員を攻撃した。天寿を全うしたブレイナードばあさんも生き返って、殺しに加わっていた。九十を過ぎた老婆の死体に、若い連中が殺《や》られたんだぞ!〉医師は興奮気味にまくしたて、それからひと呼吸を置いてからこう続けた。〈エマリーン・ストラッツの話によれば、街の外れに軍隊が集まって――〉

今度はディレイニーがステックラーの言葉をさえぎった。

「リチャード・カバーデールが、タイラーやエースを襲ったときにすでに死んでいたなんて、地獄の果てでだろうが、神様の緑の楽園でだろうが、そんなことはあり得ない。たぶん、LSDかなんかでラリってたんでしょう。死体のまま、あんなことできるわけないんだ!」

そう一気にしゃべった後、口汚《くちぎたな》い罵《ののし》りの言葉が続いた。

〈今は、もう本当に死んでいるんだな？〉

「先生、あいつの頭は吹っ飛んで、跡形もない」

〈タイラーとエースの状態は？〉

「タイラーは指を何本か失いました。チェットとキャブが応急処置をしています。二人とも朦朧《もうろう》としているようですが、今のところは大丈夫そうです。でも、先生に診《み》てもらう必要がありま――」

〈負傷した二人から目を離すな〉

医師の口調はより深刻さを増した。〈彼らの意識がなくなったり、呼吸が止まったり、とにかく容態が急変した場合は、私がそっちに到着するまで、二人をどこかに閉じ込めておくんだ。君であろうと保安官補であろうと、彼らとの接触は極力避けろ。特に、嚙まれたり、血を吸われたりしないようにするんだ〉

「隔離するんですか？　意味がわからん」

ディレイニーは眉間《みけん》に深いシワを寄せた。

〈いいかい、保安官。伝染病ではないとしても、狂犬病か何かだと考えるとわかりやすい。だが、私が見る限り、信じられないほどあっという間に感染が拡大している。それが、衛星が原因ではないと私が考える理由のひとつだ。事態が起こるスピードが早すぎる。今直面している何かが宇宙から降り注いでくるものなら、私たちは全員、一斉に同じ

状態になるべきじゃないのか？　その解明については、とりあえず後回しだ。今は目の前の事態に対処しなければならない〉

「つまり、とりあえず対処療法で症状を抑えておいて、根本的に病気を完治させるのは、その後でって感じですか？」

〈その通り〉

「病気が感染するかどうかを知るには、新たな死人が歩き出すのを確認しなきゃいけないってことですね」

〈そうなれば、私たちも納得できると思う。そうなった症例は、まだこの目で見ていないんだが。これが全身性疾患ならば、パターンがあるはずだし、潜伏期間もあるだろう。それらを見極める必要がある〉

ステックラーはそこで一旦言葉を止め、大きな息を吐いた。医師の背後の騒々しい物音が、保安官の耳に聞こえてくる。右往左往する職員の声もしていた。診療所も大変な状況なのだろう。これは紛れもない異常事態だ。自分も決断し、行動を起こさねばなるまい。

診療所だけでなく、ディレイニーの背後でも、人々が叫び、わめき、怒鳴る声が飛び交っている。この大混乱ショーに今のところ欠けている出し物があるとすれば、戸惑う人々に、この期《ご》に及んで「神を賛美し、神の復活を祈りましょう」などと（大して役にも立たない）祈りを促したり、「ついに終末の日が来た。全ては神の思《おぼ》し召しなのです！」と人々の恐怖を煽《あお》る、できそこないの神父だろう。

〈なんてことだ〉

ステックラーは言った。〈正気でこんなことを話し合っているなんて、信じられないよ〉

「必要なら、壁を殴ってみてください。少なくとも、拳《こぶし》の痛みでこれは現実だと思い知ることができる」

小さく笑みを浮かべた後、ディレイニーは表情を引きしめた。「だが、先生。頼むから、気をつけてくださいよ。くれぐれも俺をひとりにしないでくださいよ。ウィリアムソンの街は、俺たちを必要としてます。先生のところには、続々と患者が運ばれていくことになるはずです。生きてる者がほとんどでしょうが、中には死者も含まれる。俺は、現場の対処に専念し、これ以上あれこれ考えるのはとりあえずやめておきます。だけど、先生が何か閃《ひらめ》いたら、無線で連絡してください」

〈ああ、きっと半日後には、この騒動を笑い飛ばせるようになってるよ〉

「そうですね。半日で騒ぎが収まって、酒を浴びるほど飲み、死んだように眠れることを願うばかりです」

ディレイニーはうなずいた。「それまでに、陸軍にこの街で何をしているのか、なぜ街外れでうろちょろしているのかを訊《き》いておくことにします」

二人が電話で話している間に、タイラー・ストロングは出血性ショックで死亡した——。

ウィリアムソンの原因不明の死者が、さらにひとり増えた。

ホリス・グルニエ（67）：腎臓病を患《わずら》っていた日用品店の支配人であった彼は、チャップマン&ブローニング葬儀場内にいた。棺《ひつぎ》の中で横たわる姿は、生前にも増して堂々としていた。伝統にのっとった埋葬儀式は、翌日の午前十一時に執《と》り行われる予定になっている。そのホリス本人は、衛星が落下した日の日没時、もそもそと動き始めた。

オマハの大学で葬儀学を学んだ納棺師見習いのフリート・ジョーンズは、上司を探しているときに、準備室で異様な物音を聞きつけた。なんとホリスが、強風時の柳のようにクネクネとうねりながら歩いていたのだ。足は裸足のままで、マジックテープで開け閉めする納棺用のスーツはズタズタに引き裂かれ、尻の辺りで垂れ下がっている。これは只事《ただごと》ではない。ホリスの全身は死体防腐処理のための薬剤で満たされているはずだ。しかも、カニューレから頸動脈《けいどうみゃく》（血管が細くてなかなか針が入らなかった）に注入され続けているというのに。

手が震えるのを覚えつつ、フリートは思わず起き上がった死体に話しかけた。動きは妙であったが、まがりなりにも歩いていたため、それが生存していないはずだという考えは、フリートの頭から吹き飛んでいた。

「グルニエさん……?」

それは頭をもたげ、ゆっくりと首を捻って、フリートの方を見た。生前、ホリスは〝首下がり症候群〟による頸髄障害を患っていたはずなのに。

そのとき、フリートは二つ目のミスを犯した。彼はホリスを落ち着かせようと近づいていったのだ。おそらく手で優しく触れることで、永遠の眠りから覚め、困惑しているであろう男を安心させようとしたのだろう。これは、恐ろしい誤解だった。何事も、かつてそうだったようにあるべきだという考えは、今は当てはまらないことにフリートは全く気づいていなかった。

ホリスの関節は、曲がるたびに氷が割れるときのような鋭い音を立てている。青白い指がエンバーミングの過程で縫い合わされた口を引っ搔き、ワイヤーを引きちぎった。脱脂綿を吐き出すなり、ホリスはフリートの上腕に嚙みついた。瞬く間の出来事だった。シャツの上から歯を立てたにもかかわらず、ホリスは衣服ごと結構な大きさの肉を嚙みちぎったのだ。

フリートは、それ以上の間違いを犯すことはなかった。彼が最後に使った感覚は嗅覚で、嗅《か》いだのはホルムアルデヒド臭だった。

すでに死んでいるはずの赤ん坊が、彼の方に這ってくる。ステックラー医師は、瞬《まばた》きするのも忘れてその姿に見入っていた。紫色になったへその緒をぶら下げたまま、弱々しい泣き声を上げ、歯のない口を開閉しつつ、やみくもにズルズルと這い寄ってくる。病理観察用の容器から、どうにかして抜け出したのだろう。赤ん坊は死体安置所に移送される前だった。安置所は他から持ってきた家具でバリケードが築かれ、出入りできないようになっていた。

この地獄絵図を目前にしたステックラーは、胃のむかつきを必死で抑えながら、これまで学んできた医学的常識が根本から覆されている現実を素直に受け止められずにいた。この広い宇宙で自分はどこにいるのかと真剣に自問せずにはいられない。同時に、今すぐ自殺できたらどれほど楽だろうかという衝動に駆られてしまいそうでもあった。

この現状は、否応なしに、ケンドリック・ミート食肉加工工場を思い出させた。普段なら、診療所で最も静寂に包まれた場所である死体安置所は、床も壁も天井も、一面血と肉片に覆われた凄惨《せいさん》な空間と化している。人の心を持たず、身体のあちこちが損傷した、グロテスクで空腹な何かは、少なくとも病院スタッフ三人をバラバラにして食べた。〝食べた〟というシンプルな単語では到底言い表せないほどの状態だ。その三人が誰なのかは、現在死体安置所の外にいる職員以外という消去法で見つけ出すしかなかった。果たして、臨床的に死体とされている者たちが蘇り、生者の肉を食した場合は、〝カニバリズム〟と言えるのだろうか。

死体安置所を閉鎖するよう指示を出す前、彼は部屋の入り口まで行き、中の惨状をその目で確認した。内部で行われていたのは、まさに大虐殺だ。切断された四肢《しし》、剥き出しの内臓、切れたゴムバンドのような腱《けん》が血の海に横たわり、床は脂肪でベタベタになっていた。死者は蘇って生きている人間を食らい、連中に食われた者は死んで蘇り、別の人間を食らって殺し……という最悪の連鎖が続いていくのだ。

まだ医学生だった頃、ステックラーは、人間なのか動物なのか曖昧なピンク色の乳児がどうしても好きになれなかった。赤ん坊を見るたびにむかつき、嫌悪感に襲われたものの、自分と同じ人間だと言い聞かせてそれらを抑制してきたのだ。今、彼が嫌悪する対象がこちらに向かって這ってきていた。医者は子供嫌いでないことが推奨される。特に、母性が（父性に比べて不公平に）神格化されているアメリカではなおさらだ。秘密裏に行われていた中絶手術を理想主義者の後輩医師フェリシア・レインに任せることになったとき、彼は心の底から安堵《あんど》した。ウィリアムソンの女性が単に〝種雌馬《たねめすうま》〟的存在にならないよう、望まない妊娠をした場合には医師として快く手を貸し、その事実が発覚したならば、彼女は喜んで矢面《やおもて》に立つ覚悟があった。闘志あふれるフェミニストとして覚醒しつつ、控えめで用心深かったフェリシアは、倫理的な問題を政治問題化しないように、自身の良心をコントロールしていたのだった。

廊下にいたのは、ステックラーひとりだった。他の職員はすっかり尻込みしていた。病院の責任者はステックラーであるゆえ、皆が彼に全てを一任していた。そもそも、ここで実際に起きていることについて理解できている職員はひとりもいなかった。

己の（乳児）恐怖症に向き合い、対処できたとしても、昔からの赤子に対する恐怖や嫌悪を完全に克服できるわけではない。廊下をズルズルと進んでくる何かは、青白く、口から液体を垂れ流している。明らかに呼吸をしていないのだが、喉がゼイゼイと鳴り、床の上で身体を引きずるたびに気持ちの悪い音を立てた。ステックラーの中に、たちまち憎悪が芽生えた。火を点けて焼き殺してやろうか。その感情はあまりにも本能的で、乳飲み児《ちのご》がいかに愛らしいかという一般的な意見を優に超えている。心の深層部分から湧《わ》き上がってくる、原始的な感情だった。

それは、もはやドロレス・ウィテカーが死産した赤ん坊とは違う何かになっていた。全く違う化け物に――。

ステックラーは、赤子の喉を摑んで拾い上げた。ガラガラヘビのように、彼の手の中でのたうち回っている。ステックラーはエレベーターの鍵を持っていたので、函《はこ》がその階にないことと他のスタッフが誰も見ていないことを確認し、エレベーターシャフトの中に赤ん坊を投げ込んだ。彼は、小さな肉体がシャフトを落下して底に激突する嫌な音を聞いた。それは、嚢胞《のうほう》が破れ、中から大量のウジ虫が這い出す音に似ていた。

そしてステックラーの耳には、潰れた赤ん坊が再び動き出す音も聞こえてきた。

死体安置所のバリケードの反対側では、ケイシー・フィールドが蘇っていた。彼女の不倫相手のカイル・フレデリックスも再び動き出していた。二人を追うようにして、レニー・ラーナも生き返っていた。ケイシーはいまだに、身体の内側の〝疼き〟を感じていたが、それは性欲よりずっと強力で原始的な飢餓感で、落ち着かせることなど不可能だった。

ジェイソン・ローウェンズ、ハッティー・ブレイナード、チャック・グリーン、ソニー・ブリックランド、ドロレス・ウィテカーの歩く死体たちを含む、死体安置所内の連中はひと塊となり、ドアの前に集まっていた。束になった彼らは、ドアをこじ開けるには十分な力を有していた。ジワジワと扉を押していくうちに、一番脆弱《ぜいじゃく》なポイント――内側のちょうつがいが壊れた。

診療所内には、少なくとも十五人の入院患者が残っていた。彼らは、ベッドから動く力もない重症者ばかりだった。病院職員のほとんどは、ステックラーの姿が見えないので、彼らのボスで、この病院のナンバーワンで、自分たちの指導者だった男からこれ以上リーダーシップが望めないとわかるなり、這々《ほうほう》の体《てい》で逃げ出していた。

廊下で赤ん坊の化け物に遭遇し、必死で対処したステックラーの中で、とても重要な何かがプツリと破断した。それが、彼の限界点だった。小さな雪玉は、雪山の斜面を転がり続けるうちにどんどん大きくなっていき、やがてとんでもない雪崩を引き起こす。ならば、取り返しがつかなくなる前に、小さな雪玉のうちに避難するのが最善の対処法だ。ステックラーはすでに車に乗っており、猛スピードで街から出ようとしていた。制限速度など、クソ食らえだ。

医師の車がT字路に差し掛かったとき、ベルナルド・ラウルズが運転し、助手席にその恋人のタミーが乗ったトラックが全速力で突っ込んできた。

――制限速度を超えて運転するのは違法なのに、みんなやってるし、やったところで何か起こるか？　普通は何も起こらない――。

ベルナルドの弟バディは常々そう言っていたものだ。

しかし、このときばかりは、生存者はいなかった。

普通の陸軍部隊じゃないな。ディレイニー保安官はそう思った。何かがおかしい。彼が見た兵士たちは全員、濁った暗い色の軍服を身につけており、どこの部隊に属しているのか、どんな作戦に参加しているのかがわかる記章を何ひとつ着けていない。彼らは新型M16マシンガンを携えており、ディレイニーが見たことのないモデルだったが、弾倉のサイズがそれまでよりも銃弾十発分は大きそうに思えた。

もっと近くで見ようと、保安官はさらに進むことにした。レスター・コリンズの大豆農場の境界線から四百メートルほど過ぎた辺り、ちょうどソニー・ブリックランドが泥酔して死んだ場所に来たところで、突然、首筋に冷たく硬い感触を覚え、うなじの毛が逆立つのがわかった。背後で無線連絡のパチパチという音が鳴っている。

「――大尉、侵入者を発見しました」

拳銃を奪われたディレイニーは、二人の番兵に挟まれて、大型ジープが何台も停まっているエリアに連れていかれた。うち一台に、司令本部が設置されていた。目立たぬように、明かりは最低限に抑えられている。彼を捕まえた者たちには、保安官の身分やバッジの効力はほとんどないようだ。耳にするのは短い命令の言葉だけで、突っつかれるように連行されていく。まるで動物扱い……いや、もはや敵扱いされている感じだ。この状況はかなりマズい。危険を察知したディレイニーの心臓は、ドクドクと脈打っていた。

ジープの幌《ほろ》がまくり上げられ、歩いている間、ほとんど無言だった兵士が口を開いた。

「侵入者を連れてきました」

苦々しい思いで、ディレイニーは自分を捕まえた兵士を横目で見た。まだ二十歳前の若造で、すっかり軍用犬と化している。

「この兄ちゃんが、もう一度俺を突っついたら、叩きのめさせてもらうぞ」

ディレイニーが青年兵のお目付役に直接そう訴えると、彼は「ディレイニー保安官、入りたまえ」と返してきた。コマンドセーターを着た男は、肩に大尉の階級がわかるバッジを着けていた。年の頃は四十代半ばだろうか。ディレイニーを除けば、ここで一番年長だと思われ、なかなか印象に残る豊かな口ひげを生やしている。頭髪は黒いのだが、もみあげが白髪《しらが》で、眉毛はごま塩状態だ。番兵たちを下がらせた大尉は、ディレイニーを手招きし、「座ってくれ」と、狭苦しいトラックの荷台に置かれたベンチを顎で指した。その鋭い目がこちらをまっすぐに見据えている。「さあ、どうぞ」

「どうぞ、ね」

ディレイニーは皮肉たっぷりに言い返した。「いきなり首に銃を突きつけられ、連れてこられたんだ。これが、あんた流のもてなしか。最初は名乗るのが礼儀だろう？」

「──私はフレッチャー大尉だ」

大尉はメタルフレームのメガネを外し、鼻柱を揉んだ。その仕草は、苛立《いらだ》った役人と厳しい百人隊長の両方の雰囲気をバランスよく醸《かも》し出していた。しかし、大尉のもったいぶった態度が全て計算づくなことは、ディレイニーにはお見通しだった。どんな決定を下そうか悩んでいるように見せていても、すでに大尉の心は決まっているはずだ。

今、フレッチャーは、ディレイニーを信用しようとしているのかもしれないし、あるいは、悪意のある笑みを浮かべて、記録にも残らないように始末するのかもしれない。保安官がゴクリとツバを呑《の》み込んだそのとき、「悪かった。大変な一日だったんで」と、大尉は申し訳なさそうに微笑《ほほえ》んだ。そこに悪意は感じられなかった。

「いいんだ」

ディレイニーはうなずいた。「マズいコーヒーを勧《すす》めたり、友だち面《づら》をしたりしないでくれよ。軍隊を送り込んでいるのが、正式な活動であれば、俺には知る権利がある。ここは俺の街だ。今、住民が死にかけていて、誰もその理由を説明できない状態なんだ。だから、情報を共有して、何がここで起きているのか教えてくれ。俺が望むのはそれだけだ」

「いいだろう」

フレッチャーは書類の山から文書を何枚か取り出し、丁寧に紙端《かみはし》を揃《そろ》え始めた。その行動は〝では、正直に話をしようとするか〟という意味合いが込められている。

「我々は未知の領域の出来事を経験している。この国全体が……おそらく全世界が、同じ事態に直面しているのだ。君の街――」

そこまで語り、フレッチャーは書類を確認して付け加えた。「ウィリアムストンだけじゃないんだよ」

「ウィリアムストンという街なら、一番近くてミシガン州だ」

街の名前を言い違えた大尉に対し、ディレイニーは冷ややかに告げた。

「すまん」

「謝るまでもない。さっさと話すか、そうでなきゃ黙ってくれ」

「わかった。未知の領域の出来事とは、これまで我々は見たことも経験したこともないことだ」

「ああ、だから、〝未知の領域〟って言ってるんだろ？」

「思いがけず、軌道に乗らなかった探索衛星が落下した」

「ああ、知ってる。この街の医者は、死人……あるいは死傷者が出てる現状は衛星と関係ないと言っている。死体が蘇り、人間に襲いかかるんだ」

「そうだとも」

大尉は首を縦に振った。「カリフォルニア、ボストン、ニューヨーク、アメリカ全土で同じ状況が報告されている。だが、保安官、衛星はウィリアムソンに落下した。ここの地元の新聞記事は、すでに通信社にも記事を配信している。国中が大パニックに陥るのをできるだけ長く防ぐため、何が起きたのかを国民に説明するのに、衛星の落下はまさにうってつけだ」

真実によってのみ引き起こされる類のなんとも形容しがたい頭痛が、熱い薬莢《やっきょう》が立てるシューという音の耳鳴りを伴い、ディレイニーの眉間を脈打たせている。

「辻褄《つじつま》を合わせるための作り話がないとダメだろ。大勢の住民に否定されたら、台なしだ」

フレッチャーは、両手を簡素なデスクに叩きつけるように置いた。それは、ディレイニーが初めて見た大尉の正直な反応だった。

「まさにそこだよ、保安官。失敗は許されない。我々が最初に考えたのは、どこかで事故が起きて、生物兵器の細菌が流出した……というシナリオだった。それはまだ、報告されていない。最初に発症した地点も不明。地球全土を一斉に覆ったのは、帯状の宇宙線ではない……」

ディレイニーの視界は焦点を失った。

「それに当てはまるものの詳細を細かく調査している時間などないだろ。もっと厄介な問題に直面しているはずだ。何が起きたにせよ、人々は、ウィリアムソンに墜落した宇宙からの物体のせいだと話し出す。それは事実ではない。しかし、あんたらは責任を押しつけられる対象ができれば、ハッピーなんだろうな。で、あんたらは俺のために、他に何を予定しているんだ？」

「君の協力は不可欠だ。この街に非常線を張り、交通の行き来を遮断する。誰も街に入ってこられないし、住民が出ていくことも不可とする」

あまりにさらりとビジネスライクに返答したフレッチャーに、ディレイニーは強い視線を向けた。

「あんたの部下はなかなかいい武器を持っているよな」

「我々が大統領からの決定を受け取るまで、ここの住民にはできるだけうまく対処してもらいたい。住民にそのことを伝えるのが、君の役目だ」

それは、ほとんど古典的な策略だった。こちらは自分の意思で何も手出しができない。

相手からの指示を待つのみ。こいつらの言いなりに動くしかないということだ。

「うまく対処する……か」

ディレイニーは大尉の使った言葉を繰り返した。ごく簡潔な表現だが、奥が深い。「自分たちを食おうとする友人や隣人にうまく対処するなら、街を出ていくのが一番だろうが、あんたらは、そうしようとする住民を撃つ気だろう？　大尉、そいつはひどい筋書きだ。俺は恐怖を感じている。もし俺が今日見た同じものを見ているとしたなら、あんたも怖いと思っているはずだ」

「だが、連中の動きは鈍い。行動パターンを覚えれば、対処できる」

「ああ、そうだな。大した問題じゃないないよな」

ディレイニーは皮肉たっぷりに言い、狭いベンチから立ち上がった。「これ以上話すことはなさそうだ」

車の後ろで待機していた兵が銃を振りかざして威嚇《いかく》したので、フレッチャーが武器を下げろと手で合図をした。

「ディレイニー保安官、本来ならば必要のない非常線だが、しばらく維持させてもらう。それが私の命令だ」

保安官はフレッチャーの顔を見た。ユーモアのセンスの欠片《かけら》もなく、金属のような冷たい目をしている。相手は手の内を全部見せているようでいて、実は何も見せていないのだろう。

「我々はベストを尽くすと住民に伝えたまえ」

去り際にフレッチャーからそう言われ、ディレイニーは振り返った。

「ベストを尽くすって、何に対してだ？　あんた自身も知らないくせに。俺は、あんたらがでっち上げた作り話の張りぼてが倒れないよう、裏側から支えるまでだ」

「伍長《ごちょう》、保安官がお帰りだ。ちゃんと街に帰れるよう確認してくれ」

「これで話は済んだってわけか」

ディレイニーの言葉に、今度はフレッチャーが皮肉めいた返事をした。

「君がさっきそう言った。これ以上話すことはないと」

大尉はうなずいたものの、唇を強く嚙んでいたのか、白くなっていた。


フレッチャーはもう一度「すまなかった」と小声で謝ったが、ディレイニーには聞こえなかったらしく、そのまま指令本部を出ていった。相手の姿が視界から消えたのを確認し、大尉は、緊急連絡用の無線機を棚から取り出した。

「こちら、フレッチャー大尉」

彼は確認用のパスワードと、さらに他の特別ミッション用の番号を伝え、こう告げた。

「これから外側のラインまで下がり、作戦を開始する。繰り返す。アヌバス作戦を開始する」

ディレイニー保安官は、しかめ面で大豆農場を歩いて横切っていた。どこに自分のジープを停めたのか、暗がりの中で探すのは大変だった。どうしても見つからなかった場合は、レスター・コリンズの母屋周辺を照らす農場の外れの電柱まで向かおう。

兵士たちは没収されていた拳銃を返してくれたが、銃弾は全て抜かれていた。最悪の一日の最後に、こんな最悪の気分に陥る出来事が待っているとは。

ディレイニーは新たな任務を請け負った。話を聞いてくれる住民に、この街は政府機関がでっち上げた嘘八百の犠牲になったと伝えるしかない。宇宙からなんらかの物体が落下し、死体が歩き出した、と。だが、「事実は小説より奇なり」だ。たとえ嘘だとしても、実際に起きている謎の現象の原因が存在するだけでもマシなのかもしれない。どこまでカバーできるのかは、見当もつかないが。それがなければ、国は完全なる混乱状態にとなり、全ての機能が停止してしまうだろう。そう、ジ・エンドだ。

ディレイニーは、これまでの人生でついてきた優しい嘘の数々を思い出していた。街の平和を維持し、大きな対立を回避するためについてきた嘘を。

ステックラー医師がいたら、人間の神経システムは何かを感知するのに三十分の一秒、それに肉体が反応してギクリとするのに十分の一秒かかると誇らしげに説明したかもしれない。しかし、核爆発の爆風は、その倍のスピードで襲ってきた。

ディレイニー保安官は閃光《せんこう》を見ることはできたが、次の感覚を覚える前に、脳内の血液はすっかり蒸発していた。

動物園の一日

ミラ・グラント

YOU CAN STAY ALL DAY

ミラ・グラント
Mira Grant

PROFILE

ニューヨーク・タイムズベストセラー作家シーナン・マクガイアのペンネーム。太平洋岸北西部に暮らす彼女は、チェーンソー、とうもろこし畑、難病や奇病に興味を持っている。彼女を追って、決して幽霊屋敷に入ってはいけない。それは、彼女が何か予想もつかないことを起こすからではなく、幽霊が出るからだ。

HP：www.seananmcguire.com
HP：www.miragrant.com/
Twitter：@seananmcguire
Twitter：@miragrant

　メリーゴーラウンドは、まだ楽しげに回っていた。カリオペというパイプオルガンの一種が音楽を奏でる中、彩り豊かに塗られた木馬は意気揚々《ようよう》と上下に跳ねている。駐車場から遠く離れた場所にある、このこぢんまりとしてカラフルな遊具は、子供たちを魅了するように設計されていた。カリオペの音には、何かがある。人の最も原始的な部分に「ここに楽しいものがあるよ」「こっちへおいでよ。ほら、こういうもの、大好きなはずでしょ？」と訴えかけるのだ。

　カサンドラは確信していた。動物園の正面広場に群がるあの死体たちには、まったく効果のない音楽だと。彼らを惹《ひ》きつけるのは、動きだ。木馬は今も動き続けており、いまだに客が乗っているのも何頭かいた。それは、安全ベルトに絡まったまま死んだ客たちだった。馬の背の死体はメリーゴーラウンドの動きに合わせて揺れ続け、馬の背に乗っていない死体はこちらに歩き続けていた。そして——。

　彼らは死んでいた。全員死んでいた。なのに倒れていないし、動かなくなったりもしていないのだ。こんなこと起こるわけがない。こんなこと、現実なわけがない。

彼女の腕の嚙《か》み傷は焼けるように熱かった。傷口から、感染症の毒がゆっくりと染み込んでくる。身体の奥深くまで。もはや、何ひとつ現実ですらなかった。永遠に鳴り続けるメリーゴーラウンドの音楽以外は何も——。

カサンドラは、動物園の開園前の朝の時間帯が好きだった。全てが明るく、きれいで、可能性に満ちている。まだ来場客の姿はないので、道にはゴミひとつ落ちていない。吐き捨てられたチューインガムもなければ、ポップコーンの空《あ》き箱も食べカスも散らばっておらず、陽光が反射してキラキラと輝いていた。

人々は本来、本でしか見たことがないような動物たちに目を丸くしたり、瞳を輝かせたりするために動物園にやってくるはずなのだが、入場料を払えば、路上にゴミを捨てたり、サルにチョコレートを与えたり、トラに石を投げてもいいと思っている。自分たちが動物園の動物を見れば、地球を守っている気分になれるらしい。全くおかしな話だ。

そういうわけで、動物たちとの仕事といっても、同時に人間たちとの仕事が必要なのだが、別に大きな問題があるということではなかった。今朝までは……！　今日の朝、開門前は全てが完璧だった。

カサンドラは美しい緑の小道を歩いていた。ギフトショップとシンリンオオカミの檻《おり》の間にある芝生《しばふ》を刈り込んだ歩道で、夏になると、人々はこの辺りでピクニックをし、家族や仲間とアウトドアの時間を満喫する。手入れの行き届いた原っぱの外れにある野外ステージで、コンサートが開かれることもある。ここを訪れる皆が楽しむ様子を思い浮かべ、カサンドラの顔には自然と笑みが浮かんでいた。そして彼女は、自分の人生の選択に満足していた。

緑地の先で、飼育員がひとり、のんびりと歩いていた。他の飼育員と同じカーキ色のユニフォームを着ていたが、左の上腕に分厚く巻かれた白い包帯がやけに目立っていた。彼の仕事ぶりはいつも素晴らしいのだが……。

「マイケル！」

名前を呼ばれた彼は立ち止まり、こちらを見た。彼女が近づいていくと、大きく破顔した。

「カサンドラ」

マイケルは人懐こい笑顔を見せた。「ちょうど君に会いたいと思っていたところだ」

「今度は何をしたの？」

彼女はできるだけ深刻な響きにならないように、軽い口調で語りかけた。

マイケルはカサンドラと一緒に、アライグマ、カワウソなど小さな肉食動物の世話をしている。動物園の外で、そういった動物に噛まれる可能性はまずない。園内での負傷、特に動物が怪我《けが》をさせたと彼が報告した場合、彼の飼育員としての評価、動物園の管理体制の評価に影響が出るだろう。もし彼が報告しておらず、その怪我が感染症の疑いがあるとしたら……。

動物園が閉園や休園に追い込まれる事態だってあるのだ。負傷の報告を怠る従業員は、ブラックリスト入りする。

「ああ、これ？　なんでもない」

左腕を一瞥《いちべつ》し、マイケルはきまりが悪そうに肩をすくめた。「ルームメイトのせいなんだ」

「なんですって？」

ルームメイト？　アライグマよりタチが悪いかもしれない。

「同居しているカールが、今朝、変だったんだ。話もせずに、部屋の中をただ歩き回っているだけで。二日酔いかなと思って、ベッドで休めむように促したところ、彼は僕の存在に気づいて嚙みついてきたんだ」彼はやれやれという感じに首を振った。「バカな奴《やつ》だよね。今夜家に帰ったら、カールに説教してやるつもりさ。家賃の支払いに遅れたことはないんだけど、さすがに嚙みついて怪我までさせるのは、考えもんだ」

「ええ、暴力は困るわよね」

白い包帯が巻かれた腕を心配そうに見つめ、彼女はうなずいた。「午前中の餌《えさ》やり、私が代わろうか？」

「助かるよ。自分で言うのもなんだけど、ひとりでやったにしてはなかなかきれいに包帯が巻けていると思わない？　ガーゼ越しに血の匂《にお》いがするかもしれないけど」

「人間に噛まれたのなら、動物に噛まれたときほど心配する必要はないわ。まあ、人間の口の方が動物より汚いっていうけど」

カサンドラはそこまで言った後、目を細めた。「ねえ、ちゃんと消毒したの？　なんなら傷を見てあげようか？」

「いや、大丈夫だよ。餌やりはお願いするけど、怪我の手当てまでは必要ないって。餌やりなら、僕じゃなくても大丈夫だけど、僕の身体は僕が一番わかってるから」

マイケルは、襲われて負傷したばかりとは思えない笑顔を見せた。

カサンドラもつられて笑い、「じゃあ、仕事に戻りましょう。私の担当の餌やりが終わったら、あなたの分もやるわね」と言った。

「感謝いたします、マドモアゼル」

マイケルは恭《うやうや》しくお辞儀をし、緑地を横切っていった。見たところ、何も心配しなくてもいいように思えたものの、カサンドラは腑《ふ》に落ちない何かを感じていた。ルームメイトに噛まれて包帯を巻くほどの怪我をするなど、普通ではない。下手するとトラウマにもなりかねないだろう。だが、個人的な事情がありそうゆえ、マイケルがこちらの申し出を断るのは理解できたし、自分はこれ以上関わるべきではないのかもしれない。とはいえ、やはり妙な状況だ。暴力を振るうのなら、殴るとか、蹴るのが一般的で、噛むのは奇妙だった。人間は、理由もなしにいきなり噛みついたりはしない。

「いつもの悪い癖だわ。考えすぎよ、カサンドラ」

彼女は息を吐き、己《おのれ》に言い聞かせた。「悲劇的な結果ばかり想像してしまう。そんな悪癖に打ち勝たないと」

カサンドラは再び歩き出し、気持ちを切り替えることにした。一日の始まりの明るい気分で過ごそう。空は青く、太陽は輝いている。ひとりの変人くらいで、自分の情熱が削《そ》がれることはない。しかし、そういう人物が存在するのは紛れもない事実。常にそうだ。人間はおかしい。動物の方がずっと理にかなっている。

トラは、いつもトラらしく行動する。もちろん、予想外のことをすることもあるが。彼女に会えてうれしくて噛む場合もあるし、特に脅かされたわけでもないのに引っ掻《か》くこともあった。しかし、人間はどうだろう。彼女は、野生動物とどのように接触するか、彼らが示すサインやシグナルをどう読み取るかを訓練してきた。自分たちを檻の中に閉じ込め、外に逃げ出さないようにする、見も知らぬ二足歩行の生物と仲良くする方法を学ぶ、トラ向けの講習会などはない。トラたちは、全て自分らで判断しなければならない。たとえ彼らがときに間違ったとして、誰もトラたちを責めることなどできないのだ。彼らは人間のルールなど知らないのだから。

だが、人間の方はどうだろうか。人間はルールを知っているはずで、本来、相手に噛みついたり、他人を打倒すべき邪魔者のように扱ったりしないことになっている。マイケルはいい青年だ。担当している動物をちゃんと気遣っていて、世話を怠らない。勤務中にさぼることも皆無で、鳥小屋担当のローレンとは大違いだ。ローレンはときどき、インコの給餌《きゅうじ》ケージの裏でタバコを吸っている。鳥たちが煙を吸うかもしれないとは思わないのだろうか。マイケルは、アフリカ展示館のドナルドとも異なる。ドナルドは、女性の来場客をナンパするのが大好きなチャラい男だ。小さな子供がキリンを棒で突ついたりしないように監視すべきときも、胸の大きな女性を見つけてはヘラヘラと話しかけている。マイケルは本当にいい青年だ。

だからといって、なぜこんなにも不安なのか。彼女には説明がつかなかった。カサンドラは歩調を速めた。仕事を始めれば、きっと気分も晴れる。自分の周りもうまく回り始める。いつもそうだった。

給餌ケージに続く細い通路に入ったカサンドラは、その日の大型のネコ科動物たちの様子が普段と違っていることに気づいた。朝のこの時間、彼らたちは岩の上で日向《ひなた》ぼっこをするなど、比較的広い屋外展示エリアでのんびりしているものだ。ところが、今日の彼らは落ち着きなく行ったり来たりしているだけで、互いにコミュニケーションをとるそぶりもない。ただ、彼女が世話する大きな雄ライオンだけは、いつも通り、自分に近寄ってくる他のライオンたちに唸《うな》り声を上げていた。カサンドラはふと足を止めた。マイケルに会ったときから感じていた、「何かがおかしい」という感じがどんどん大きく鮮明になっている気がしてならないのだ。

「一体、どうしたの？」

彼女はネコ科の動物たちに語りかけた・

その問いに答える術《すべ》もなく、彼らは相変わらずうろうろと歩き回っている。最初の檻には、雌のトラのアンディがいたが、彼女も徘徊《はいかい》していた。カサンドラは檻のバーのところに手のひらを押しつけた。こうすれば、アンディはうろつくのをやめ、こちらに来てカサンドラの指の匂いを嗅《か》ぎに来るはずだ。彼らは匂いに非常に興味があり、新しい匂いがするとチェックする習慣がある。しかし、アンディは忙《せわ》しなく歩き続け、何か悩みでもあるのか、時折不満を漏らすかのように低音で唸っていた。

「ここでうろついているだけなら、今日はたくさんの家族連れを喜ばすことはなさそうね」

冗談めいた言い方でアンディに語りかけ、カサンドラは自分の中で膨らみつつある不安をごまかそうとした。それはささやかな対処方法だったが、彼女にはここ何年も効果的だった。関わりたくないシチュエーションから自分自身を逃避させる手段のひとつだと、セラピストに教えてもらったものだった。

セラピーに通ってそれ以上マシな助言は得られなかったというのも、おかしな話だ。確かに、誰ひとりとして関わりたくないシチュエーションというものが存在する。でも、そうなってしまった場合、人はどう対処すべきなのだろう?

「わかったわ」

カサンドラは息を吐いた。「何が起きてるのか、見てくるわね。アンディ、あなたはここにいて」

彼女はボタンを押した。トラたちを給餌ケージに閉じ込め、彼らが広い屋外エリアに入ってこられないようにするボタンだ。それから、トラの頭数を数えた。

三頭のトラを四頭だと間違えることはあり得ない。どれだけ彼らが彼女を好きでも、どれだけ頻繁《ひんぱん》に彼女が彼らに餌をやっていても、彼らはトラに変わりはなく、彼女はやはり人間であることに変わりはない。万が一、彼らの機嫌が悪いときに檻に足を踏み入れ、彼女が彼らを捕らえに来たと勘違いされたら、あっという間に彼らは彼女に食いかかるだろう。そして、トラは本来の野生動物としての行動を取っただけなのに、人間に射殺されてしまうはずだ。だから、彼女はしっかりと数を数えた。自分自身を守るためではなく、彼らを守るために。

いつでも、カサンドラは動物たちを守るために存在していた。

トラ舎のメイン展示エリアである屋外区域に通じる扉は、三重に施錠されていた。二つの鍵と本締錠《ほんしまりじょう》で厳重に安全性が確保されている。カサンドラにしてみれば、ちょっと極端ではないかという気がしていた。なぜならば、問題を起こす来場者――おそらくティーンエイジャー。騒ぎを起こしてニュースになるのは、いつだってティーンエイジャーなのだ――は、トラを撫《な》でるために柵も壁も堀も越えてしまうからだ。鍵や錠の数を増やしても、飼育員が野生動物のエリアに侵入した愚か者にたどり着くのを妨げる障害物にしかならない。

しかし、そういった事態はどうしてもときに起こり、教訓を残す。問題が起きて大々的なニュースになれば、人々は注意し、関係者もより用心するようになる。つまりは、なくてはならない〝犠牲〟なのかもしれない。大勢を救うために、ひとりだけ動物に食べさせるスケープゴートなのだ。

それが真実だとしても、カサンドラは自分が愛情をかけて世話している動物たちを巻き込むような〝犠牲〟は望んでいない。何か起こるなら、他の動物園で起こってほしいと思っていた。彼女のトラは何も間違ったことはしていないし、人間の教訓のために死ぬ必要もない。

カサンドラはトラの屋外展示エリアに足を踏み入れた。そこは、来場者がゴミを散らかしたりしないし、洟水《はなみず》を垂らした子供がクジャクを追いかけたり、木の上のリスに石を投げたりもしない場所で、大型ネコ科動物と瑞々《みずみず》しい芝生の匂いに満ちていた。ここに来ると、他の全てが他愛もなく、小さなものに感じてしまう。彼女は歩き出す前に、深呼吸をした。岩の上に糞《ふん》があったが、その悪臭も気にならなかった。彼らは彼らなりに、自分たちのテリトリーをマーキングしなければならないのだ。

だが突然、生肉の腐敗臭が鼻腔《びこう》をつき、カサンドラは咳《せ》き込んでしまった。あまりの強烈な臭《にお》いだったため呼吸もままならず、彼女は手のひらで鼻と口を覆った。しかし、それでは十分ではなく、否応なしにひどい臭気が彼女の嗅覚を刺激した。

何がここで死んでいるにせよ、どういうわけか掃除係に悟られることもなく、腐敗が進行し、空気中にひどい臭いを撒《ま》き散らしているようだ。トラが表に出たがらなかった理由が、これで判明した。カサンドラでさえ耐えられそうもない。彼女の嗅覚は彼らに比べたら、全然敏感ではないというのに。

手で鼻を覆ったまま、彼女は臭いのもとに近づいていった。トラが逃げ出せないように、屋外展示エリアを取り囲むようにして結構な深さの溝《モート》がめぐらされているのだが、どうやらそこから漂ってくるようだ。溝の中なら辻褄《つじつま》が合う。アライグマやカワウソがそこに落ちる可能性はあるし、トラは深い溝の下まで降りられない。しかも、岩陰から落下したのであれば、掃除係もなかなか見つけられないだろう。彼らはしっかり掃除してくれるし、やるべき仕事を熟知しているものの、人間ゆえ、異物があったとしても見落とすことくらいはある。

なるほど、そこが異臭の源だったか。

カサンドラは溝の端《はし》まで行き、下を覗《のぞ》き込んだ。その途端、ショックのあまり彼女は目を大きく剝《む》き、口をあんぐりと開けた。溝の底にいたのは、人間の男性だったのだ。

彼は夜間の掃除係用の白い無地の作業服を着ていた。暗がりの中、遠くからでも姿がわかるように、作業服は白一色になっている。彼は動いていた。足を引きずるようにしてよろめきながら歩いている。しかし、目的があるような歩き方ではなかった。ぎくしゃくした足取りで円を描いているものの、溝の壁にぶつかるたびに方向を変え、また歩き出すといったパターンを繰り返している。あまりにも不自然な行動だ。きっと酔っ払っているか、ドラッグの影響下にあるに違いない。どこか特定の目的地に行こうという意志が感じられないのだ。まるで人間ピンボールとでも言いたくなるような動きで、放っておけば、永遠にそうしているのではないかと思えた。

男性の右腕は力なくだらりと垂れており、骨折しているようだ。たぶん彼は酔っ払っているのではなく、落下して負傷したショックで奇妙な行動を取っているのかもしれない。

かなり距離があるので、声が届くように両手を口の脇に添え、彼女は男性に呼びかけた。「大丈夫ですか?」

「そこのあなた!」

こちらの声に気づいたらしく、彼は顔を上げた。額も頬も顎も血だらけだったが、ずいぶん前に乾いてしまっているようだ。カサンドラをしばらく見つめ、口をへの字にして唸り声を上げると、彼は再び歩き出した。壁に当たって方向転換し、また壁にぶつかって別の方向に行く――その繰り返しだった。まるで、壁を通り抜けてこちらまでやってこようとしているかのようだった。男性の目は濁ってどんよりしていたが、そのまなざしはまっすぐで揺れることはなく、瞬《まばた》きひとつしなかった。

まさか……。

カサンドラはふらつきながら後ろに下がり、手で口を覆って悲鳴を抑えた。動物園の飼育員になって五年。それ以前は、生物学専攻の学生だった。大人になってから、彼女はずっと動物に携わってきた。だから、生き物が生きているか否かの区別くらいはつく。

その男は死んでいた。

「カサンドラ、理にかなった説明をしてくれないか」と、動物園の責任者は言った。

彼はうぬぼれやの脂ぎった男で、笑顔でいればトラブルを避けられるとでも思っているのか、常に笑みを浮かべている。「トラの屋外展示エリアの溝に何かが落ちたのは理解できる。セキュリティ班の人間を送って対処させるよ。だが、その男性は死人ではないだろう。歩き続けているんだから、死んでいるわけないじゃないか。昨日の夜、ちゃんと寝たのか？　ストレスが溜《た》まってるのかもしれないな」

「睡眠は毎日十分に取っています」

カサンドラはきっぱりと言った。「睡眠不足の状態でトラの世話をするのは危険ですから。十分に寝て、朝食もしっかり食べ、一緒に水とコーヒーを飲んで水分もきちんと摂《と》りました。だから、自分が何を見たのかわかっています。溝の中に男性がいました。彼は瞬きしません。息もしていません。彼は死んでいるんです」

「だけど、彼は歩いているんだろう？　カサンドラ、自分が何を言っているのか、自分の言葉に耳を傾けてみたかい？　話だけ聞くと、君が正気とは思えない」

カサンドラは身体を強張《こわば》らせた。

「私は正気です」

「じゃあ、君は普段の君らしくないことを口走っているんだな」

そのとき、責任者の無線機が音を立てた。装置を握り、口元に持っていった彼は、ボタンを押してから言った。「で、男性は無事に保護したのかね？」

〈ダン、問題が発生した〉

無線機からの声はかすれていたが、それは無線機のせいだけではなさそうだ。話しているセキュリティ班のスタッフは、今にも気絶しそうな様子だった。〈カサンドラの言っていることは正しかった〉

ダンは眉をひそめた。

「彼女の言っていることが正しかったとは、どういう意味だね？」

〈溝に男性がいる〉

「彼は死んでいるのか？」

〈いや、生物学的にはあり得ない。彼は立っているし、歩いている。ただ、質問には答えないが。アンジェラによれば、夜間スタッフのカールという男性らしい。彼女はカールの当直長を呼びに行ってくれている。とはいえ、彼はこちらが名前を呼んでも返事をしないし、ロープを下ろして引き上げると話しても、唸り声を上げるばかりなんだ。彼に近づくのは、安全とは言えない。暴力的になる可能性がある〉

ダンはカサンドラと目を合わせながら、次の質問をした。

「だが、彼は死んでいないんだな？」

〈それはあり得ないって。死人は歩かない〉

「了解した。では、引き続き対処を頼む。トラ舎への立ち入りは禁止し、周囲の道路は通行止めにするつもりだ。事態が動いたら、また連絡してくれ」

ダンは無線機を置き、笑顔のままカサンドラに告げた。

「というわけで、君の話の『溝に男性がいた』という部分は本当だったようだ。思いがけない展開になったな」

「ちょっと待ってください」

カサンドラは目を細めた。「冗談でしょう?」

「何が?」

「トラ舎の周辺の道路を通行止めにするって。お客さんはいつもバリケードを乗り越えます。怖いもの見たさで立ち入り禁止区域に入ってくるんです。猛獣エリア全体を休みにするか……あ、まだ開園前ですよね? 休園とまではいかなくても、開園時間を遅らせることはできませんか? このまま開園してはいけないと思います」

「開園してはいけないだと? 何を言ってるんだ、君は」

いきなりダンは立ち上がった。「問題が発生したエリアから人々を遠ざけることは可能だ。無邪気な子供たちを守ることもできる。だが、君の給料もトラたちの餌代も、入場料があるから払えるんだ。その現実は理解しているだろう?」

「そのくらいわかっています……」

彼女は唇を噛んだ。「ですが、溝の中の男性は……何かが本当におかしいんです。それがはっきりするまで、園内にお客さんを入れるべきではありません」

「何もおかしくはない。大丈夫だ。仕事に戻りたまえ」

ダンは部屋の出入り口まで歩き、扉を開けた。そして、わざとらしい仕草でドアの外を手で示した。

一瞬ためらったものの、カサンドラは仕方なくダンのオフィスをあとにした。

今日というこの日は、さっきまでの美しさを失いつつあった。溝にいた男性のせいで、青空が黒い幕で全部覆われてしまったかに感じる。彼女はトラ舎に戻り、セキュリティ班の男性救出を手伝うつもりだった。その途中、芝生をふらついた足取りで横切る人物に気づき、彼女は立ち止まった。マイケルだ。驚くほど鈍い速度で歩いている。ジョギングしたくないのに、無理やりさせられていて、走ることに嫌気がさして投げやりになってしまった子供のような足取りだった。しかも、彼は明らかに具合が悪そうだ。遠目でもそれがわかった。

「マイケル？」

カサンドラは名前を呼び、彼の方へ向かおうとした。そのとき、彼がこちらを振り向いた。

その表情を見て、彼女は凍りついた。彼の目が……溝の中にいた男性と同じ目をしていたのだ。

マイケルは友だちだ。彼の様子が変なら、手を貸すべきだ。自分はここに留まり、彼を助けるべきだ。

だが、カサンドラは踵《きびす》を返し、その場から走り出した。

トラたちは給餌ケージに閉じ込められたままで、うろうろと歩き回り、互いに唸り声を上げたりしていた。相変わらず、落ち着かない様子だった。一時的に小さな檻に入れられただけでも、大型ネコ科動物にとっては大きなストレスとなる。空気中の汚れた臭いを嗅がせ、危険が迫っていると警告するようなものだ。

「ごめんね、みんな」

申し訳なさそうに、カサンドラはトラたちに声をかけた。彼女は檻と檻の間の通路に立ち、彼らを見つめた。トラたちは彼女を傷つけたいとは思っていない。今までも、今も同じだ。彼女はそのことを確信していた。

人間は知性と意志を持ち、未来に思いをめぐらす能力も備えている。そのおかげで、人間は〝動物園を建てる〟とか〝世界を支配する〟といった偉業を成し遂げてきた。そして、そのせいで、人間は捕食者であることは非常に不得手だった。人間は計画を立て、結果について考える。一方のトラは狩りをし、食料を手に入れ、繁殖するために存在している。彼らは存在するために存在しており、明日が来るのかどうかを気にする必要などない。彼女は、そんな彼らをうらやましいと思うこともあった。トラに「君たちは、自分が自分らしくある術を知らないんだろう?」と訊《たず》ねる者はいない。「君たちは誤解されているよ」とトラに言ったり、一緒にいて居心地が悪そうだからといって、「君はどこかがおかしい」とトラに暗にほのめかしたりする者もいない。

一匹のトラが大きなあくびをし、カサンドラに見事な鋭い牙《きば》を見せてくれた。彼女は久しぶりに微笑《ほほえ》んだ。

「ダメよ。給餌ケージにいるからって、いつもより早い時間にご飯がもらえるとは思わないで」

彼女はトラを相手に話し始めた。「すぐに外に出してあげるからね。あなたたちが一日中眠っていたり、食べ物を消化するために寝そべってばかりいると、お客さんが不機嫌になるの、わかってるでしょ。お利口さんにしてて。すぐにいつもの状態に戻るから」

そのとき、彼女の言葉が嘘だと訴えるかのごとく、外にいた誰かの悲鳴が聞こえた。

カサンドラはそれが何か悟る前に走り出していた。ドアの隣の壁に掛かっている棒には、大きな金属のフックが付いているのだが、それは来場者通路や動物の屋外展示エリアからヘビをどかすために使われるものだ。彼女は考えるより先に、それを摑《つか》み取っていた。悲鳴を聞いた瞬間、身を守るための武器が必要だと直感したのだ。そこで何が起きているようと、彼女は丸腰で駆け込みたくはなかった。

トラ専用広場の外に飛び出すなり、腐敗臭が鼻をついた。さっき溝の端に立ったときほどの強烈な匂いではなくなっている。ところが、同時に別の方向から強い悪臭が漂ってきた。臭いのもとはひとつではないということか。また叫び声がし、彼女は走り続けた。

トラの屋外展示エリアは、動物園の構造上、彼ら独自の〝島〟を持つ。島を象《かたど》った展示エリアに、一般客がトラを観察する大きな楕円形《だえんけい》をした空間が挟まれている。弧《こ》を描く壁に沿って曲がったカサンドラは、視界に飛び込んできた光景に驚愕《きょうがく》し、手にしたヘビ捕獲用の棒を思わず強く握りしめた。そして、大きく見開いた目で、目前で起きている全容を理解しようとした。

溝にいた男は、もはや溝の中にはいなかった。カサンドラが持っているフック付き棒の大型版を使用し、セキュリティ班のスタッフが彼を引き上げたのだろう。それらの棒は地面の上に転がっていた。その後、セキュリティ班はさらに大きな問題に直面したに違いない。助け出した男性が、女性スタッフの喉に歯を突き立てたのだから。

男性に嚙みつかれた女性は叫んでいたが、やがて悲鳴は止まった。男性の腕の中で腕をだらりと下げ、力なく立つ彼女に他のスタッフが駆け寄り、男を引き離しにかかった。死んでいる人間——彼は死んでいた。死んでいたに違いない。生きているなら、これほどの悪臭を放たないし、皮膚が土気色になって剝がれたりもしないはずだ——にしては、彼は相当の握力の持ち主だ。男性スタッフが三人がかりで、ようやく女性スタッフを救い出していた。

ところが、男はただでは引き下がらなかった。歯で嚙んでいた彼女の喉の正面の肉を、引き離されると同時に、ごっそりえぐり取ったのだった。カサンドラが恐怖で凍りついている中、その女性スタッフは床に倒れ、男の方は口にした肉をクチャクチャと音を立てて嚙みくだき、唇の端から鮮血を垂らしていた。どこを見るともなく視線をまっすぐに向けていたが、やはり瞬きはしていなかった。

これは、動物界の捕食関係とは違う。彼女のトラたちは捕食者で、アライグマや頭の悪い動物園のクジャクなどを見かけたらすぐに食べてしまうだろう。しかし、自分たちが何をしているのか、彼らは気づいている。たとえ、鼻や口の周りを血だらけにしても、横取りされまいと肩を丸めて捕らえた獲物を守っていたとしても、その目には美しい知性が宿っているのだ。トラたちは知っている。殺すことが道徳的にどうなのかなどは理解していないだろうが、それでも彼らは自分たちの行動を知っている。

この男は……わかっていない。虚《うつ》ろな目は腐敗が進み、細かな亀裂の入った薄い膜が張っている。ロボットかと思ってしまうほど自動的に動く顎は、女性スタッフから嚙みちぎった肉片を咀嚼《そしゃく》し、飲み込んでいた。

狼狽《ろうばい》と怒りに満ちた叫び声は続いていた。死んだ男を抑えていないスタッフが、倒れた同僚を救おうとしている。

男はものすごい勢いで向きを変えた。通常の人間ではあり得ない速さだ。肩が脱臼《だっきゅう》したり、腕が折れたりするのを厭《いと》わない動きで、今度は彼を押さえつけていた男性スタッフの首に歯を突き立てた。

すると、喉にぽっかりと穴が開いた女性スタッフがカッと目を開き、一番近くにいた同僚に突進して、彼の腰に嚙みついた。さらなる悲鳴が上がり、新たな苦痛と恐怖がその場に響き渡った。カサンドラは、まだ目をまんまるに見開いていた。こんなのおかしい。全てが間違っている。ここにこれ以上いることなどできない。どう考えても、理不尽で不自然なことばかりだ。立ち去らなければ。一刻も早く――。

カサンドラが振り向くと、マイケルがすぐ後ろに立っていたので、彼女は激しく動揺した。いつからそこにいたのか、全く気づかなかった。彼女は長いこと、大型ネコ科の捕食者たちの世話をしてきた。彼らは忍び足の達人だ。しかし、あまりにも彼らに慣れすぎてしまい、人間がこんなふうにこっそりと忍び寄れることをすっかり忘れていた。トラ舎やライオン舎にいるときは用心に用心を重ねても、それ以外の場所で、まさか人間に忍び寄られるとは思いも寄らなかったのだ。

彼女は顔をしかめた。溝の中にいた男と同じ腐敗臭が、マイケルから漂ってきたからだ。かすかではあるが、間違いない。マイケルの目にも膜が張り、焦点が合っておらず、瞬きをしていなかった。

「お願い、やめて」

カサンドラは弱々しい声で言った。

次の瞬間、マイケルは彼女に襲いかかった。

その後、全てがぼやけていた。カサンドラは、自分がどうやって逃げ出したのか覚えていなかった。瞬きをした次の瞬間、彼女はもうトラ舎の救護室の前に立っていた。彼女の背後でドアは固く閉まっており、給餌ケージに閉じ込められたままのトラの唸り声が通路の端まで響いてきた。彼らの怒りが徐々に大きくなっているのが、声からもわかった。噛まれた肩の深い傷口は出血しており、鮮血が腕を伝って落ちてくる。腕全体が真っ赤に染まっていたものの、傷口の歯型が人間のものであることは明らかだった。

たとえ歯型が残っていなかったとしても、マイケルの虫歯の被せ物《クラウン》のひとつが傷口に残されていた。これは、カサンドラが人間に噛まれたという事実を裏づける証拠以外の何ものでもない。この物的証拠があるゆえ、人間以外に噛まれたと嘘をつくことの方がかなり難しいだろう。

歯ぎしりをしながら、彼女は毛抜きを使って、肉の中から白い磁器片をつまみ出した。クラウンの折れた部分はギザギザになっており、相当の力と圧がかかって折れたことがわかる。これでは、マイケルがカサンドラに与えたのと同じくらいのダメージを彼自身も受けていたに違いない。しかし、彼は気づいていないように見えた。痛みや不快感を覚えなかったのだろうか。

自分が知るマイケルはいなくなってしまった。今となっては確認のしようもないが、おそらく、彼の分の餌やりを頼まれてから、トラの屋外展示エリアで見かけるまでのどこかのタイミングで彼は死亡し、そして歩き続けていたのだ。

「ダメよ。こんなのダメ」

カサンドラは顔をしかめた。オキシドールのボトルから、傷口に消毒液が注がれていく。白い泡と赤い血液が混じり合ったピンクの液体が腕を伝わる中、激痛が彼女の肩を貫いた。しかし、腐敗した〝おかしな何か〟が彼女の身体に残り、骨の髄までじわじわと浸透していく気がして、彼女は頭が変になりそうだった。好青年だったマイケルをあんなふうにした何かに全身が侵されてしまうなんて――。

「ダメ、ダメ。絶対にダメ」

腐った歩く死体になるのを食い止められるなら、どんな激痛にだって耐えられる。彼女はオキシドールのボトルが空《から》になるまで消毒を続けた。しかし、いくら口で否定しても、深く嚙まれた肩の傷が治るわけでもないし、そこから漂ってくる腐敗臭を消せるわけでもない。

時が再びジャンプした。一時的に記憶を失っている時間があるのか、急に時間を飛び越えた感覚に襲われてしまうのだ。一体どういうことだろう。ぼやけた視界と思考がはっきりしてきた彼女は、腕を包帯でしっかりと巻き、外から傷口が見えないようにした。だが、肩はズキズキと脈打っている。いくら包帯で傷を隠しても、怪我をした事実は頭から追い払えなかった。

「絶対に、絶対にダメ」

カサンドラはより強い口調で言い、首を横に振った。必死で時間が跳ぶのを防ごうとしていた。一体全体、これはどういうことなの？

論理的に考えるのよ、カサンドラ。生物学者らしく。学校に戻ったつもりで、この現象を考えるの。

今朝、マイケルのルームメイトが奇妙な行動を起こした。マイケルは、腕にそのルームメイトに嚙まれた傷を負って仕事に来た。マイケルはしばらく普段通りに振る舞っていた。今、マイケルは、溝の中から助け出された男と同じような行動を取るようになっており、カサンドラを嚙んだ。マイケルからは腐敗臭がしていた。

彼女が発見したとき、溝の中の男からも腐敗臭がしていた。男を見つけたときの第一印象は、彼は死んでいるものの、どういうわけか立っている、というものだった。男は夜間の掃除係のユニフォームを着ていた。カサンドラは彼が負傷していたのを見たが、フェンスを乗り越えて溝に落下したときか、岩の上から溝に滑り落ちた際に負ったと思えるものだった。何にも嚙まれていないとしたら？　彼がただ溝に落ちただけだったら？　溝に転落する危険性は常にあった。特に動物園のスタッフは、溝の端から何かを取るのに背の低い擁壁《ようへき》に寄りかからなければならない。以前も溝への落下事故はあったはずだ。

あの女性……溝から引き上げられた男に嚙まれたセキュリティ班の女性。彼女は男に喉を嚙み切られ、死んだ。その場面を目撃していたため、あの女性が死んだことに、カサンドラはなんの疑いも持っていなかった。しかし、死んだ後に、女性は再び動き出し、セキュリティ班の他のメンバーを攻撃し始めた。

溝の中の男が死んで、生き返ったときには、もはや人間ではなくなっていたということなのだろうか。死んでいる恐ろしい何かに。見かけは人間なのに墓穴のような匂いがし、持っている願望はただ……食べること？　噛むこと？

何かはわからないけれど、あれは、人から人へと伝播《でんぱ》する呪い？　感染症？

カサンドラは首を傾け、自分の肩に巻いた包帯を見た。マイケルは死んでいなかった。セキュリティ班の女性と同じように。マイケルは大丈夫そうだった。人間の口は汚いものだが、噛んだだけで、健康な人間を死に追いやれるとは思えない。特に普通の状況下では。

カサンドラは、己の肉体のどこか奥深くで熱い何かが脈打っているのを感じた。そして、彼女の勘が、何かがとてつもなくおかしいと訴えていた。マイケルの中に何があったにせよ、それは今、彼女の中に存在しており、痛めつけようとしている。おそらく殺そうとするのかもしれない。

「さてと」

カサンドラは自分に語りかけた。「ここから出ていくべきね」

マイケルの過ちは、病院に行かずに職場に来たことだ。医者なら傷を洗浄し、状況を好転させてくれるだろう。治すことだって可能だ。猛獣を扱うという仕事柄、ひとつのミスが命取りになることを、彼女はすでに学んでいた。しかし、こんなことで死ぬつもりはなかった。

　プランを立てたことで気分が良くなったカサンドラは、ドアに向かって歩き出した。まずはロッカー室に行き、カバンと鍵を取ってこよう。責任者のダンには、今日、動物園を休園にしてもしなくてもどっちでも構わないと告げるつもりだ。どっちみち、自分は早退するし。病院に行って傷の消毒と縫合をしてもらい、この熱い何かが脈打つ感じがなくなるまで、ちゃんと通院した方がいいだろう。そう、不安や恐怖が消えるまで。

　カサンドラが脇を通ると、トラたちは歩き回り、ネコ科特有の低い声で唸り、いつもと違う今日の事態で覚えた不快感を訴えてきた。彼女は弱々しく微笑んだ。

「あなたたちを外に出す前に、あの変な死んだ男が屋外展示エリアにいないことを確かめないとね」と、カサンドラはトラたちに話しかけた。「また溝に落ちてきたら、あなたたちをイライラさせるだけだもの。全てが元通りになったら、誰かに鍵を開けてもらうようにするわ」

　トラは人間の言葉をしゃべらなかったが、彼女は彼らを何年もうまく扱ってきた。ほとんどが唸るのをやめ、大きな琥珀色《こはくいろ》の瞳で彼女のことをじっと見ていた。彼らはカサンドラを信頼していた。あたかも同じ群れのトラ同士が信頼し合うように。

「約束するわ」

カサンドラは念を押すようにトラたちに言い、表に通じるドアを開けた。

その途端、強烈な腐敗臭が襲ってきた。まるで奇襲攻撃だ。彼女の背後で、トラは吠《ほ》え、唸り、この悪臭が侵入してくることに抗議しているかのようだった。一見、外には誰の姿も見えなかったが、人影がないからといって安心はできない。匂っているのは事実なのだから。

それにしても、園内にこれほど藪《やぶ》や雑木林が生い茂っていたのか、と彼女は正直驚いた。以前は気にも留めなかったものが、今は非常に気になって仕方がない。奇妙な歩く死体たちが、木々の陰に潜み、突然襲いかかってくるかもしれないのだ。

奴らが隠れているとか、いきなり襲撃してくるとか、そんなことは起こらない。私が奴らのようになることも、起こり得ない。絶対に、ない。自分はロッカー室へたどり着き、カバンを取って、車を自分で運転し、病院へ行くのだ。途中で車を止めて、電話を何本かかけるかもしれない。動物園で起きていることが、動物園内だけで起きていると確かめるために。マイケルのルームメイトはアパートの部屋に閉じ込めてあるはず。たぶん。そして、マイケルはここ、職場で、動物から新種の寄生虫か熱帯病をもらってしまったのだ。野生動物から感染した病原体が人間の体内に入っても、もともとの宿主と同じような症状が出るとは限らない。これはインフルエンザかもしれないし、呼吸器疾患か何かの可能性もある。人間が罹患《りかん》すると、これまでに見たことがないような恐ろしい症状を引き起こしているというだけだ。彼女は延々と己に言い聞かせた。

丘の頂上まで来たカサンドラは、動物園の正面広場を見て驚愕した。開門してしまっているではないか。彼女がダンのオフィスを出て、大型ネコ科動物の建物に行っている間に、誰かが回転木馬のスイッチを入れ、正面ゲートを開け、一般客を動物園に入園させたのだ。そして、どうやら入れたのは、一般客だけではなかったようだ。管理棟の建物の周りに、歩く死体が群れを成している。自分を襲う前のマイケルと同様、虚ろな目で、足を引きずって歩き、奇妙な動きをしていた。これがなんであろうと、恐ろしいスピードで広がっている。トラの屋外展示エリアで見た光景から判断すると、嚙まれた全ての人間に伝染すると考えて間違いないだろう。

つまり、自分もそこに含まれる。カサンドラは嚙まれていた。自分も感染したのだ。だが、見方を変えれば、その事実が彼女を守ってくれるかもしれない。これが伝染病だった場合、連中は、すでに感染している誰かを襲わないのではないか。ダメだ。危ない賭《か》けに出るわけにはいかない。もし自分が殺されたら、誰がトラの世話をする？　彼らは、屋外展示エリアで自由を楽しむこともなく、小さな給餌ケージに入れられたままなのだ。彼らを広い空間に戻してやらなければならない。彼女はそうする必要があった。そうしたいと強く願った。しかし同時に、彼女はこの可能性に賭ける必要もあった。やってみなければ。

カサンドラは用心深く丘を下り、藪の外れで立ち止まった。誰かに急襲される危険性はあったものの、そこは見つけられにくい場所でもあった。身を隠せる場所を選んで移動しながら、彼女は敷地内にある職員用の門のひとつに到着した。門から続く道に怪しい連中がいないことに安堵《あんど》した。この道は日中、主に運搬用として使われていた。食料、道具、病気の動物を運ぶためだ。もしかしたら、この先、何事もなく別の門まで行けるかもしれない。

しかし、それ以上に、自分の容態が問題だった。

ズキズキする肩の疼《うず》きはどんどんひどくなり、一歩足を踏み出すたびに、マイケルの身に起こったことが自分の中でも起きているのだと思い知らされた。何が体内に入ってきたのか定かではないが、それは傷口から全身に広がりつつあった。すぐに医療的処置を受けなければ、自分もああなってしまう。死んでいるのに、動けるし、立っていられて、しかも噛みつくあいつらと同じに。そう、危険な捕食者になるのだ。動物以上、人間以下の。

運搬用の道は、正面ゲートが見渡せる木製の門で行き止まりとなっていた。メリーゴーラウンドは動いており、カラフルな木馬たちがゆっくりとした舞踏曲に合わせて上下している。カサンドラは数メートル後ろで立ち止まり、その古風な遊具に向かう群衆を黙って見ていた。誰も彼もぎこちない動きで、よろよろと歩き、濁った目の焦点は合っていない。彼らの身体から発せられる悪臭は凄《すさ》まじく、とても耐えられるレベルではなかった。

腐敗が進んでいる匂いであり、まさに死臭だった。

木馬にまたがっている人々もいた。何が起きたにせよ、それが起きたときに、木馬に乗っていたのだろう。安全ベルトを締めたまま、木馬からぶら下がっている者もいる。自分では安全ベルトを外すことはできず、ただただ宙を指で引っ掻いていた。カサンドラの胃はむかつき、酸っぱい液が喉の付け根まで上がってきた。

私もすぐにああなるのだ。

彼女はそう思った。

すぐに私も奴らのひとりと化してしまう。

そうなったら、彼女のトラたちはどうなる？　マイケルのカワウソは？　ベッツィーのシマウマは？　動物園の他の動物たちは？　この食物連鎖の中では生き延びることができず、死ぬ運命の動物もいるだろうが、中には……。

今立っている場所から、カサンドラは駐車場も見ることができたが、そこにもやはり、死んでも歩き続ける人々が蠢《うごめ》いていた。ひとり叫び声を上げる男性がいたが、死体の群れはほどなく追いついて彼を地面に倒した。死体が次々と覆いかぶさり、男性の姿は見えなくなった。この事態は、動物園内に閉じ込めておける規模ではない。もはや感染拡大を止めることは無理だ。

カサンドラは正面ゲートの方に視線を戻した。

彼女にはやるべきことがあった。

これだけ感染力が強く、これほど感染拡大の速度が急激な病気であれば、街全体に広がるのは時間の問題だ。それは簡単な数学で表わせる。感染者がひとりなら状況は〝悪く〟、二人になれば状況は〝悪化〟、四人では〝大惨事〟と化す。死者が生者の数を上回るまで、感染者はうなぎ登りに増え続け、死ぬ以外に選択肢はなくなる。

もし自分が噛まれていなかったなら、他の選択肢を見つけ出そうとしただろう。大型ネコ科動物の建物にある冷凍庫には、数百キロの生肉が保管されている。そして建物の扉という扉は、怒り狂った雄ライオンの攻撃にも耐えられるように設計されているのだ。彼女は愛すべきネコ科動物たちと一緒に中に立てこもり、この奇妙な事態が収束するまで待つこともできただろう。

しかし、彼女の肩は焦げるように熱く、心臓の鼓動に合わせて傷が脈打っていた。体調は悪化するばかりで、かなり熱っぽい。身体がだるくてしょうがなく、横になって目を閉じ、肉体が歩く死体へと変化を遂げるのをひたすら待ちたいと思い始めていた。変化する最中は、きっと非常な痛みを伴うのだろう。自分の意志で動けなくなる前に、一刻も早く行動する必要があった。

カサンドラは草食動物から始めた。ドアを開け、門につっかえ棒をし、避難口を誰でも通れるように開放した。彼女が鳥小屋に移動する前に、シマウマは芝生で草を食べ出していた。彼らは危険を察知すべく、耳を前後に動かしている。カンガルーは、園内の横道を飛び跳ねていた。彼らにとっては、ジャンプするのが逃げるのに最適な方法なのだ。たとえ歩く死体が藪の中で待ち伏せしていたとしても、彼らの移動速度にはついていけないだろう。

鳥たちは、すでに異常な事態が起きていることを察していた。彼女がケージを開放するなり、勢いよく羽ばたいて空へ飛び立ち、どこかへ行ってしまった。易々《やすやす》と生き延びられる鳥がほとんどだろうが、そうでない鳥も頑張って生き延びてほしい。

ゆっくりと症状は進行し、とうとう足の自由が利《き》かなくなってきた彼女は、必死に大型ネコ科動物のエリアに戻ろうとしていた。さっきまでこの一帯に漂っていた強烈な腐敗臭は、弱まっている気がする。自身が発する匂いに鼻が慣れてしまったせいかもしれない。あるいは、肉体の他の部分と同様に鼻も朽《く》ちかけ、嗅覚が失われつつあるのだろう。

カサンドラが開けていないドアは、まだたくさんあった。解錠していない檻もたくさんあった。だけど、時間がない。彼女は自分の動物たちを危険に晒《さら》したくなかった。それでも、まだ終わりではない。肩の焼けるような痛みが、神経が匙《さじ》を投げたかのように、弱々しい鈍い疼きに変わったわけではない。

カサンドラが視界に入るなり、トラたちは忙しなく歩くのをやめ、彼女をじっと見つめた。彼女は鍵を取り出し、「お願いだから……私を食べないでね」と言って、檻へとゆっくり歩いていった。鍵をひとつずつ開け、ケージを開けていく。トラの檻を開放した後、今度はライオンを自由にし、それからチーターも逃した。彼女が通路の奥まで来る頃には、十頭以上の大型捕食動物が檻から通路に歩き出ていた。彼らは彼女を見た。彼女も彼らを見た。

一頭ずつ、彼らは向きを変えて歩き出し、開け放たれたドアへと向かっていく。それは、自由への扉だった。カサンドラがトラの屋外展示エリアのメインドアにたどり着く頃には、指がいうことを利かなくなっており、鍵を差し込んで回すだけでも非常に苦労した。それでも彼女は諦めなかった。三つの施錠を解き、彼女は屋外エリアに足を踏み入れた。その途端、ドアが背後でバタンと閉まった。もう自分では開けられないだろうが、カサンドラは気にしていなかった。

よろめきながら凸凹した地面を横切り、彼女のお気に入りの雄トラが普段喜んで日光浴する岩へと向かっていった。そこに彼女は腰を下ろし、目を閉じた。遠くからメリーゴーラウンドが楽しげに回るカリオペの音が聞こえてくる。柔らかな舞踏曲は、彼女の心臓の鼓動のスローなテンポにピッタリの伴奏だった。

カサンドラはその場に座り続けた。そして、音楽がやむ瞬間を静かに待った。

発見されたノート

ブライアン・キーン

PAGES FROM A NOTEBOOK FOUND INSIDE A HOUSE IN THE WOODS

ブライアン・キーン
Brian Keene

PROFILE

小説家であり、コミックブックの原作者であるキーンは、ホラー、クライム、ダークファンタジー作品をメインとした 50 編を超える小説を著してきた。彼の 2003 年の小説『The Rising』は、ゾンビ系ポップカルチャーに影響を与え、しばしばゾンビ作品にクレジットされている（ロバート・カークマンの『ウォーキング・デッド』のコミックブックやダニー・ボイル監督による映画『28 日後 ...』など）。
HP：www.briankeene.com/
Twitter：@BrianKeene

今となってみれば、あれはたぶん愚かな考えだった。しかし、ジョンが俺たちに説明したときには、そんなふうには思えなかったのだ。銀行強盗は骨折り損だと彼は言った。銀行側が今利用しているセキュリティ技術を考えてみろ、と。スーパーマーケットや商店で強盗を働くのもバカげている――大勢の客をコントロールするのは難しいし、現金よりクレジットカードで買い物する客がほとんどだし、英雄を演じたい善意の一般市民がゴロゴロいるからだ。ジョンはこう提案した。

「その代わり、コミックブック・コンベンションを襲ってみよう。狙うのは、サンディエゴで開催されるような大型のコミコンではなく、ペンシルベニア中央部の田舎で行われる小規模の地域イベントだ」

というわけで、俺たち――俺、ジョン、タイニー、フィル、マルコの計画が決まった。俺たちは変装することにした。あとで目撃者が俺たちの格好を説明することになったら、四人の犯人のうち、二人はスーパーヒーローで、あとの二人はエイリアンとピエロだったと証言するだろう。タイニーは車で待機しておくので、コスチュームは着ることはない。

俺たちは登録エリアに向かい、持っていた銃を見せ（他の出席者は小道具用の銃だと勘違いしていた）、現金を全ていただいた。登録カウンターで対応していた女の子たち――名札には「カレン」と「アリシア」と書かれていた――は、何が起きているのか咄嗟《とっさ》に呑《の》み込めていないようだった。カレンは、「だからぁ、これはコミックブック・コンベンションなんですけど」と何度も繰り返していた。

とにかく儲《もう》けはたんまり出て、俺たちは誰も殺さずに済んだ。

すぐに〝殺戮《さつりく》〟は始まったのだが、俺たちが始めたわけじゃない。

俺は悪党ではない。ああ、たぶん悪い奴《やつ》ではある。だが、そこまで悪人ではない。俺には女房も子供もいる――シェリーとピート・ジュニアだ。息子はまだ二歳で、父親似だとよく言われているものの、俺はそうは思わない。息子の大きくてきれいな茶色の目は、母親譲りだ。人は、家族を養うために、するべきことをする。ハーレーダビッドソンの工場で働く者もいれば、製紙工場で働く者もいるだろう。会社員にしても、セールスマンにしても、家族を食わせるために仕事をする。俺？　俺の生業《なりわい》は強盗だ。とはいっても、誰も傷つけたことはない。財布の中身ならなんでもいいと、行き当たりばったりの犯罪に走る頭の悪い路上強盗でもない。大きな場所――俺みたいな奴から金品を保護する保険に入っているような店やイベントなど――だけを盗みの対象にしているのだ。

妻のシェリーと息子のピート・ジュニアに会いたい。二人が元気なことを願っているし、彼らの場所は状況が違っていてほしい。しかし、二階に上がって窓から死人の群れを見下ろすと、その希望はたちまちしぼんでしまうのだ。

とにかく、コンベンションでの盗みは滞りなくうまくいった。外に出るまでは、順調だった。表に足を踏み出すなり、複数のパトカーのサイレンが聞こえてきた。至るところで音が鳴っていたので、俺たちのもとにサツが集まってくるのではなく、あちこちで追跡劇が展開されているのかと思ったのを覚えている。救急車のサイレンも聞こえた。そっちも音の鳴り方が違っていた。普通の人間なら、サイレン音の違いなどわからないだろうが、俺は職業柄、聞き分ける必要があるのだ。

今思えば、あのときの警察は俺たちを包囲しようとしていたのではなかった。俺が言っているのは、問題はそこではないということ。歯車が狂い始めたのは、タイニーのせいだ。俺たちは、入念に計画を練り、調査をし、逃走ルートを考えた。タイニーが車をチェックしたことをわざわざ確認しなかった。それは奴の仕事だ。奴の唯一の任務だった。有効なナンバープレートと車検証を付けた車を用意することが。そして、ヘッドライトとブレーキランプが点《つ》くかどうかを点検し、整備不良や違法改造でおまわりに止められてキップを切られるような車ではないことを確かめる――実に簡単な仕事だ。そして、タイニーはそれらをちゃんとやってくれた。口が酸っぱくなるくらい俺たちがタイニーに言ったからだ。まさか、ガソリンは満タンにしておいたのかと奴に訊《たず》ねなきゃいけないとは、夢にも思わなかった。

コンベンションの会場だったホテル〈ホリデイ・イン〉から四ブロック走った街の外れで、車はガス欠になった。しばらく罵声《ばせい》と怒号が車内に満ちていたが、結局俺たちは自分たちが置かれた現状を受け入れざるを得なかった。通りかかったステーションワゴンをマルコがカージャックしようと試みたが、銃を構えたピエロを見たドライバーは驚愕《きょうがく》し、急ハンドルを切るや猛スピードで走り去ってしまった。

現金入りのバックパックを背負ったジョンが先導し、俺たちは線路沿いの小道を進むことにした。彼はタイニーを何度も罵《のの》った。フィルもジョンを真似《まね》、さらに口汚い言葉を並べた。マルコはステーションワゴンの運転手に対する文句を垂れていた。俺は黙って歩き、いざ走って逃げなければいけない事態に備え、体力と呼吸を温存していた。タイニーも口を閉ざしたままだったが、彼の場合は、恥ずかしさと自己嫌悪で俺たちの前で泣くのを堪《こら》えていたからだろう。

耳に入ってくるサイレン音はどんどん騒がしくなり、パトカーの数が増えているのがわかった。途中で突然、どこかの誰かが金切り声を上げていた。しかし、かなり遠くの方だったし、俺たちとは関係ないと判断した。もっと厄介なのが時折鳴り響く銃声で、様々な方角から聞こえてきた。

「一体何が起きてるんだ?」

フィルが不満そうにつぶやいた。「これ、俺たちのせいじゃないな」

「もしかして、戦争が始まったのかも」と、タイニーが肩をすくめた。

しばらく歩き続けた俺たちは、廃工場――ペンシルベニアでは木やコンビニと同じくらい当たり前に出くわす――にたどり着き、変装用のコスチュームを脱いだ。マスクを取ることができ、俺はホッとした。計画実行前にマスクを装着するなり、すぐに顔は汗だらけになり、かけたままのメガネはずっと曇っていたからだ。

周囲には悪臭が漂っていた。工場の敷地内、あるいは線路の上に動物の死骸《しがい》でも転がっているのかもしれない。そのことは敢《あ》えて話題にはしなかったものの、タイニーとフィルも匂いに顔をしかめている。俺たちは用なしとなったコスチュームを廃油用の二百リットルのドラム缶の中に捨て、次にどうすべきかを話し合った。

死人を最初に見かけたのは、そのときだった。

俺たちの左の方で金網のフェンスが音を立てたので、全員がそちらを向いた。工場の駐車場を囲むフェンスは錆《さ》びつき、ところどころがたわんでいる。足元に広がるアスファルトもあちこちひび割れ、穴が開き、裂け目から生えた雑草が茶色くしなびていた。

俺たちは、どうやってその男が死んでいるとわかったんだろうか？

まあ、一番の指標となったのは、そいつの喉が右耳から左耳までパックリと裂けていたことだと思う。男のシャツもズボンも血だらけになっていた。傷口はおぞましい状態で、カミソリのような鋭い刃物で切られたものではない。喉に大きくできた切創は笑っているようでもあり、まるで顎の下にもうひとつ顔があり、こっちにニヤリと笑いかけているみたいに見えた。噂《うわさ》で、このエリアにカルト集団が移ってくると聞いたのだが、それと何か関係があるのだろうかとチラリと考えた。しかし、もっと根本的な問題に目を向けた。こんなひどい怪我《けが》を負っているのに、どうしてこの男は立ち、なおかつ歩けるんだ？

そいつは俺たちの方を見ていた。瞬《まばた》きもせずに。はっきり言って、怪我以上に目がヤバい状態だった。俺からしてみれば、セメントで固められたような目だ。この男は死んでいる。こんな目をして生きている生物などいない。いたとしても、おそらくサメくらいなものだろう。

フェンスが再び音を立てた。見ると、そいつはよろめく足で、こちらに向かってこようとしている。四肢《しし》の関節がうまく嚙《か》み合っていないのか、その動きはひどく奇妙でバラバラだった。口はポカンと開いているものの、声は発していない。開いた喉の傷口の奥で何かが動いているのが見えた。声帯なのか？　わからないが、気になった。

自分でも驚いているが、俺たちは逃げ出さなかった。なぜ走り去らなかったのか、その理由は定かではない。他の連中の胸中を代弁することはできないが、俺の場合、単に走って逃げようという考えが浮かばなかっただけだ。俺はそこに立ち尽くし、そいつをじっと見つめていた。自動車が衝突事故を起こす瞬間みたいに、そいつが俺たちに迫ってくるのがスローモーションのように映った。怖かったとか、危険を感じたとか、そのときの気持ちは覚えていない。ただ、その男に関する細かなこと――どんな匂《にお》いがしたか（俺たちが廃工場に到着して気づいた悪臭の出処《でどころ》はそいつだったというわけだ）とか、皮膚の色や質感（薄汚れて灰色になった目の粗いガーゼのようだった）とかは覚えている。とりわけ目は、強烈な印象だった。その男は死んでいた。だが、動いていた。

そして、腹を空《す》かせていたのだ。

他の四人は、しばしの間、口をあんぐりと開けて棒立ちになっていたが、フィルはハッと我に返って拳銃を引き抜き、「それ以上近寄るな、クソ野郎」と威嚇《いかく》した。

その死人の口は、哀れなほどモグモグと動いていたが、やはり声は出てこなかった。

「俺は本気だぞ」

フィルはそう言い放ち、一歩足を踏み出した。

それでも男は足を止めなかったので、業を煮やした彼は大股で前進し、相手の胸に銃口をぐいと突きつけた。すると突然、男はフィルの襟首に両手を回した。驚いたフィルはわめき、引き金を引いたものの、銃声も弾も死人の体内に吸い込まれ、くぐもった音しか聞こえなかった。さらに二発、フィルは発砲した。弾丸に貫かれるたび、男の身体は弾み、ぐらついた。一瞬、男はフィルを摑《つか》んでいた手を離したかに見えた。だが、そうではなかった。男の頭が前に傾いたと思った次の瞬間、そいつはフィルの首筋に嚙みついたのだ。

フィルは絶叫した。残りの四人も叫んだ。

男の頭が後ろにぐらりと傾くと、噛みちぎられたフィルの肉と皮が口から垂れ下がっているのがわかった。彼の首は大きくえぐれ、表面が赤く泡立ったかと思うや、鮮血が噴き出した。それはまるで、フィルの体内に園芸用のホースがあって、水道を開栓したかのような勢いだった。フィルは銃を地面に落とし、痙攣《けいれん》しながらも男に殴りかかった。死人の男は音を立てて戦利品の肉片を噛みつつ、少しぐらついて下がったものの、まだフィルを摑んだままだった。白く濁った目は、ほとばしる真っ赤な血をぼんやりと眺めている。

とうとうフィルは立っていられなくなったのか、力なく地面に膝をついた。手で傷口を押さえ、必死に出血を止めようとしつつも、懸命に口を開け、俺たちに何かを訴えようとしていた。しかし、血がゴボゴボと音を立てるだけだった。

ジョンとマルコの拳銃が火を噴き、男の胴体に風穴を何個も開けた。今回、銃声はくぐもった音にはならず、その鋭い音で俺は耳鳴りがした。空《から》になった薬莢《やっきょう》が、次々と土やアスファルトの上に落ちていく。被弾するたび、男は身体を捻《ひね》り、揺らしていたが、発砲が止まると再び前に進み、フィルに手を伸ばしていた。銃弾のひとつが額の真ん中に命中し、ようやく男の動きが止まった。そして、あたかもスイッチが切れたみたいにその場に崩れ落ちた。

　マルコは男をつま先で突いていた。俺は脈を確認しようとし、フィルに駆け寄って膝をついた。その直後、誰かに肩を触られ、思わず叫びそうになったが、それがジョンだとわかり悲鳴を呑み込んだ。ジョンは俺の後ろでしゃがんでいた。

「フィルの脈は……ありそうか？」

「わからない。腕が血まみれでぬるぬるしてるせいか、脈を取るのが難しいんだ」

　ジョンはフィルの腰を触り、そこで拍動を感じようとし、俺は喉の怪我をしていない側面に指を滑らせた。

「ダメだ。脈は感じられない」と、ジョンは肩を落とした。

　俺も同じだった。息を吐き、首を横に振った。

「心臓マッサージをすれば、病院まで持たせられるかもしれない」

　現実を受け入れられないタイニーがそう提案した。

　ジョンは腰のベルトに拳銃を差し込んだ際、小さく声を上げた。どうやら腹に当たった銃身がまだ熱かったらしく、彼は慌ててそれを引き抜いていた。

「ねえ、何かしなきゃ」

　タイニーは泣きそうな顔で訴えている。

「いいか。フィルは死んだんだ」

　俺はタイニーをまっすぐに見据えて言った。「俺たちにできることはない」

「ここから離れないと」

ジョンは周囲を見回している。「誰かに銃声を聞かれたかもしれない」

マルコが同意してうなずいた。「急ごうぜ」

彼とジョンは線路へ向かって歩き出した。俺は後ろ髪を引かれる思いでフィルの死体を一瞥《いちべつ》し、小走りに彼らの後を追った。

「タイニー、行くぞ」

俺は肩越しに声をかけた。「ジョンたちは正しい。俺たちがフィルのためにできるのは、捕まらないことだけだ」

俺たちが土手を下り始めたとき、フィルが起き上がった。彼は唸り声を上げ、頭をガクガクと揺らし、歩くのを覚えたばかりの幼児のような動きをしていた。一瞬、俺は自分が間違っていたのではないか——やっぱり彼は死んでいなかったのではないかと、思った。だがすぐに、二つの点に気がついた。彼の傷口からの出血は止まっていた。そして、その目は……。

今回、銃を最初に抜いたのは俺だった。最初に出会った生ける屍《しかばね》は、腹に何発喰《く》らっても動きを止めなかった。息の根を止めるには——。俺はフィルの頭を狙った。一発目の弾丸は、彼の喉の左側を削り取っただけだった。フィルは少し前のめりになり、うめいていた。もちろんそれでは動きは止まらなかった。二発目は左目の上に当たり、脳味噌《のうみそ》の一部が後頭部から飛び散り、アスファルトの上にまだら模様を作った。フィルは撒《ま》き散らかされた脳漿《のうしょう》の上に倒れ、再び死んだ。

俺たちは走った。線路をたどり、森の中へと入っていった。

この家を偶然発見するまでの間に、俺たちを追いかける死人たちは結構な数になっていた。奴らは大股でよたよたと歩きながら、俺たちの後をついてきたが、一歩前進するごとに腐敗は進み、服が脱げるように、身体の一部や内臓がぼとぼとと地面に落ちていた。幸いなことに、連中は走れなかったので、俺たちが走っている限り、追いつかれることはなかった。ただ、あの凄《すさ》まじい悪臭は防ぎようがなかった。とはいえ、死人という死人が皆、鼻が曲がるほどの臭気を放っていたわけではない。少なくとも〝新鮮な〟腐敗臭ではない者もおり、見るからに死後数日は経《た》っていた。そういった連中は、路上で車に轢《ひ》かれてぺしゃんこになった動物が歩いているかのようだった。だからといって、真夏の今、それは問題を何も解決していない。熱気と湿気は強烈な悪臭に拍車をかけているだけだ。風も吹いていなかったので、臭気は霧のごとく空気中に漂っている。

フィルとフィルを襲った男の例から判断すると、奴らにダメージを与えるには、頭を狙うしかないらしい。腕や脚を失った死人、内臓がはみ出ている屍、おぞましい傷を負った死者を目にしたが、全員こちらに歩き続けていた。初めのうち、連中の歩みを止めるべく、俺たちはかなりの弾を無駄にした。離れた場所から標的の頭に命中させるのは、テレビでは簡単に見えたものの、実際はかなりの高難度だった。最悪なことに、銃声が連中の気を引いてしまうのだ。結局俺たちは、単に死人たちを避けることに集中した。

見つけた家の描写に時間を費やすつもりはない。これを読んでいる誰かなら、すでにどんな家なのか想像がつくだろう。森の中にぽつんと建つ古民家だ。この地域では、似たような田舎の一軒家があちこちで見かけられる。崩壊した鶏小屋や大きく傾いた納屋とは異なり、この家は驚くほどまともな状態だった。割れている窓はないし、屋根に穴も開いていなかった。ドアが閉まっていたので、誰かが住んでいるのかと思ったが、中に入って見ると、どこもかしこも埃《ほこり》まみれで部屋中が蜘蛛《くも》の巣だらけだった。もう長いこと誰も住んでいないらしい。

床に散らかっていた分厚い本の数々を片づけ、窓の前に埃を被《かぶ》った棚を移動させ、カビの生えたソファを押して玄関の入り口にバリケードを築いた（もちろん、ドアは最初に施錠した）。勝手口は冷蔵庫で開かないようにし、一階の窓は全部塞いだ。こうして、ようやく俺たちはホッとひと息つくことができた。こんなふうに落ち着けたのは、コミックブック・コンベンション会場に入って以来だ。しかし結局、連中は俺たちの居所を突き止めたらしい。姿は見えなくても、匂いと音が死人たちの接近を知らせている。

最初の数時間は緊張の連続だった。唸ったり、吐息のような音を出したりして、生ける屍たちが壁や窓を叩《たた》き、ドアを触りまくる間、俺たちはずっと息を潜めていた。だが、〝要塞〟は耐えてくれた。しばらくして、どうやら大丈夫そうだと判断した俺たちは気が楽になり、家の他の部屋を探索する気持ちの余裕ができた。タイニーに裏口、マルコに居間の見張りをさせ、ジョンと俺が家中を調べることにした。電気は止まっていたものの、戸棚に大量の缶詰と乾燥食品がしまってあった。一階の納戸で、六ケースの天然水のボトルと二ケースの炭酸飲料も見つけた。すぐに餓死することはなさそうだ。できるだけ節約して、最低でも飲み水を長く持たせよう。

奇妙なことに、以前ここに住んでいた者たちは、よほど慌てて逃げ出したらしく、ほとんどの所持品は置きっ放しになっている。壁には額に入った家族写真が掛けられ、思い出の品と思われる物が棚に飾ってあった。たくさんの衣類がクローゼットに残っており、ほとんどがカビ臭く、白くかぶれていたものの、それ以外は立派なままだ。冷蔵庫内の食べ物は（バリケードを築く際に見つけたのだが）腐ってからずいぶん時間が経過して、流しに放置された汚れた食器は、外にいる連中と同様、胸が悪くなる状態になっていた。この家の住人は、銃器さえも置き去りにしていた。俺たちは二階で、美しい木製の銃ケースを発見した。ジョンはライフルを手に取り、俺はショットガンを拝借した。タイニーとマルコにも他の銃を渡した。正直に言うと、状況は何も変わっていないのに、どういうわけかショットガンを握っただけで気が楽になった。拳銃では味わえなかった気持ちだった。

だが、残念ながら、その感情は長続きしなかった。

その女性を最初に見たのは、タイニーだった——。

俺たちは交代で睡眠を取ることにした。二人が一階の番をしている間、別の二人が二階のベッドで眠った。そのときはジョンと俺が見張りをする番で、午前二時を過ぎた頃だったと思う。外の死人たちは相変わらず騒々しかった。台所でインスタントコーヒーが入った容器を見つけたので、水のボトルにコーヒーの粉末を入れて掻《か》き混ぜようとした矢先、タイニーが叫び出した。

ジョンも俺も大急ぎで二階に上がり、ちょうど寝室から飛び出してきた寝ぼけ眼《まなこ》のマルコと危うくぶつかりそうになった。ベッドにいたタイニーは上体を起こしており、目を大きく見開いて俺たちを見つめ、訳のわからないことを口走っている。なんとか落ち着かせ、話を聞くと、次のようなことだった。

タイニーが寝ていると、誰かがベッドに腰かけるのを感じ、マットレスのスプリングが何かの重みできしむ音を立てた。ハッとして起き上がったとき、彼はマットレスが沈んでいるのを見た。まるでそこに人が座っているかのように。しかし実際には誰もおらず、再びマットレスのスプリングが鳴ると、マットレスの沈んでいた箇所も元通りになった。間髪置かずに、今度は床の上を歩く足音が聞こえ、タイニーの目の前にひとりの女性が現われたのだ。彼女は部屋のドアを開けて肩越しに彼を見つめ（タイニーは「ゾッとするようなまなざしだった」と振り返っている）、やがて姿を消した。

ジョンもマルコも俺も悪い夢を見たんだと決めつけたが、タイニーは夢などではないと言い張った。彼が眠れないから見張り番を変わると言ってきたので、俺は提案を受け入れることにした。三人は俺をその場に残し、部屋から出ていった。マルコは寝床に戻り、ジョンとタイニーは階下に降りていった。俺はため息をつき、ベッドに横になった。服は着たままだ。疲労困憊《こんぱい》だったので、靴を脱ぐのも忘れるところだった。カビ臭さはあったものの、枕の感触はこの上なく心地よかった。

突然、俺のいた寝室のドアがバタンと閉まった。あまりの勢いでちょうつがいが揺れ、俺はもちろん飛び起きた。眠気も吹き飛んでいた。壁の向こう側からマルコのわめき声が聞こえ、階下からジョンとタイニーが「何の音だ!?」「何が起きた？」と問いただす大声も耳に届いた。

結局、その晩は眠れなかった。

次の日、俺たちはタイニーが見たものは悪夢などではなかったという証拠を一日中突きつけられることになった。ドアも戸棚も開けたり閉まったりを繰り返し（なんの規則性もなかった）、家中に足音が響き渡っていた。何かが何度もコーヒーテーブルをコツコツと叩き、流しの蛇口が勝手に開閉した。俺たちは、誰かに見られている感じがした。ずっと。

三日目、マルコもタイラーと同様、女性を目撃した。彼女は階段の最上段にいて、降りてくる間に消えたのだという。言っておくが、マルコは人を威嚇するほどの巨漢にもかかわらず、全く鈍臭くはない。彼は、表にいる屍の数を確認しに二階に上がっていった。階段の途中で足を止め、窓から外を見ていた。やかましさから判断して、他の者の騒音に引き寄せられ、さらに大勢が集まってきていると思われた。そして、マルコが階段を再び登り始めたのを俺は覚えている。ジョンが言った皮肉に反応し、マルコは返事をしようと振り返り、口を開けた。その途端、いきなり大きな強打音が鳴り、彼は後ろ向きのまま飛んだのだ。階段から足が離れ、一番下まで一気に転がり落ちた。まるで誰かに押されたかのような落ち方だった。マルコから、何が起きたのかを直接聞くことはできなかった。なぜなら、彼は落下と同時に首の骨を折り、俺たちが駆け寄るまでに事切れていたからだ。

数分後、マルコは起き上がった。外にいる腐った連中と同じく、不気味な唸り声を上げている。ジョンはすかさず彼をもう一度死なせた。その銃声で、外の死人たちが興奮しているのがわかった。もはや俺たちは誰も眠らなかった。居間に集まり、必死で策を練ろうとした。

朝までに、ジョンは助けを呼びに行くと心を決めた。タイニーと俺は、その案には乗り気ではなかった。あれ――ずばり、幽霊と呼ぼう――と家に残りたくない一方で、俺たちは一瞬だってドアを開けるのは嫌だった。何があっても、あの死人の大群を家に入れるリスクを冒したくはない。しかし、ジョンは俺たちを説得した。いつも彼には言いくるめられてしまう。強盗を働こうと持ちかけてきたときとまるで同じだった。彼は、コミコンで奪った金を俺たちに置いていくとまで言った。

ジョンの案はこうだ。

タイニーが玄関のドアから離れたところの窓をガタガタと揺らして音を立て、屍たちの気をそらす。俺がほんの少しだけ玄関のドアを開け、ジョンを外に出す。それから俺たちは再び玄関のドアを内側から施錠し、ソファを戻して入り口を塞ぐ。ジョンは死人の数が少ない方角を見出し、森に逃げ込んで連中をまく。そして、救助を求めるというものだった。しかし、強盗の件と同様、すぐにとんでもない事態に直面することになった。

なんと、玄関のドアを開けることができなかったのだ。タイラーは連中の気を引くのに素晴らしい仕事ぶりを見せてくれたものの、ドアはびくともしなかった。本締錠《ほんしまりじょう》は難なく開けられたにもかかわらず、ドアノブを引っ張ってみても、扉はうんともすんとも言わない。ジョンもドアを開けようとしてみたがダメで、次は二人で引っ張ってみた。やはりダメだった。すると、自分たちの見ている前で、開けたばかりの本締錠が、ゆっくりと元に戻っていったではないか。ひとりでに。俺たち三人は誰も触っていないというのに！

「あの女の仕業だ。彼女は俺たちを外に出したくないのか……」

呆然とドアノブを見つめながら、俺はそうつぶやいた。

らえだ！」

「クソッ！」

ジョンは声を荒らげた。「おい、幽霊女、聞こえるか？　おまえもおまえの家もクソく

彼はそう吐き捨てるなり二階に駆け上がった。タイニーと俺も慌てて後を追った。二階の窓を開けようとしてもびくともしなかったので、ジョンはライフルの銃尻で窓ガラスを叩き割った。俺たちが止めるよりも先に、ジョンは外へ出て屋根に上り、雨樋《あまどい》からぶら下がった。そこから手を離し、彼は茂みの中に落下した。一瞬、姿が見えなくなったものの、ジョンはすぐに立ち上がり、こちらに手を振ると、木々の間を駆け出した。タッチダウンを狙うフットボール選手よろしく、彼は死人たちを巧みにかわしていく。その姿を見た俺は、これはいけるかもしれない、とかすかな期待を抱いた。

ところが、一縷《いちる》の望みはものの見事に打ち砕かれた。連中は彼をたった数メートルしか走らせなかったのだ。あっという間にジョンは連中に取り囲まれてしまった。大群に襲われた彼の身体は、見るも無残に引き裂かれた。

ここからは距離があったため確かではないのだが、連中にひとしきり食われた後、ジョンの残骸の口と目が動いた気がした。おそらく彼の頭部がまだあったため、生ける屍になったのだろう。しかし、身体がほとんど食われてなくなっていても、首から上がきれいに残っていたら、生き返るということなのか。あまりにおぞましく、俺はそれ以上考える

のをやめた。

その翌日、残っていたボトルの水が全て、台所の床に撒き散らかされているのを俺たちは見つけた。

タイニーと俺は、眠らないと誓い合ったが、俺は結局睡魔に負けていまい、壁に寄りかかって舟を漕《こ》いでいた。そのとき、ショットガンの銃声が響き、俺は目を覚ました。自殺だったのか、それとも幽霊がそうさせたのかは定かではない。少なくとも、タイニーの頭部の大半が吹き飛んでいたので、蘇《よみがえ》った彼に食われる心配はなくなった。

とうとう、俺と死人たちだけになった。外の死人と家の中の死人——幽霊——と俺だけ。恐怖もパニックも通り越し、今の俺はもはや何も感じなかった。眠れない。喉がカラカラだ。

妻のシェリーと俺は、息子のピート・ジュニアが生まれる前、よく映画を観に行っていた。幽霊屋敷もののホラー映画を観た帰り道、シェリーは俺に訊《き》いた。なぜ屋敷にいた人々はさっさと出ていかなかったのか、と。なかなかいい質問だ。当時は答えられなかったが、今ならその理由がわかる。彼らが出ていかなかったのは、幽霊が人々を行かせたくなかったからだ。タイニーが自殺した後、俺は何度かやってみた。幽霊は、まだ俺にドアを開けさせるつもりはないらしい。

表の死体たちは休むことなく動き回っている。だが、俺は？

俺はというと、ここに座り、一冊のノートに全てを記しながら、玄関のドアをじっと見つめている。それがひとりでに開く瞬間を待ちながら――。

全力疾走

チャック・ウェンディグ

DEAD RUN

チャック・ウェンディグ
Chuck Wendig

PROFILE

アメリカの小説家、コミックブックの原作者、脚本家、ブロガー。彼は、オンラインブログ「Terribleminds」で知られ、2015 五年の『スター・ウォーズ　アフターマス』（ヴィレッジブックス 刊）は、ニューヨーク・タイムズのベストセラー小説となった。他に『ゼロの総和』（ハーパーコリンズジャパン 刊）などがある。
HP：terribleminds.com/ramble/
Twitter：@ChuckWendig

気つけ薬で起こされたことなど、それまで一度もなかった。だから、ビリーにそれをやられたときには、鼻の奥と脳天に、崖の上から牛の大群が降ってきたかのごとくガツンと来た。俺の頭は勢いよく後ろに傾き、約五秒間、全てが高速で回転していた。

だが、動いたのは俺の頭だけだ。俺の手は？　身体の後ろで縛られている。で、俺の足はというと、身体の下で固定されている。一体どういう状態なのか、把握するのに少し時間がかかった。

俺は椅子に縛りつけられている。

粘着テープをずいぶん気前よく使ったものだ。ぐるぐる巻きでびくともしない。

ビリーの顔が徐々に見えてきた。緩みきった不潔な頬。手入れされてないボサボサの髪。ニヤリと笑った口元からは、糸切り歯が覗《のぞ》いている。

「兄貴、あんたを捕まえたぜ」

それが、最初に彼が発した言葉だった。

兄貴、あんたを捕まえたぜ。

善行でも施したような口調だった。俺の世話でもしているかのような（皮肉めいた言い方ではなかった）。

「ビリー、俺を自由にしろ」

「すぐに自由にするよ。たぶん」と、彼は言った。「たぶんね」

ビリーは俺の頬を軽く叩《たた》いた。一、二、三回。親が子供に対して偉そうな態度でそうする感じで。

俺たちがどこにいるのかを訊《き》こうと思ったものの、ぼやけていた俺の目の焦点が合い、訊こうとしていた質問の答えがわかった。俺たちは、ウォレンポーパック湖近くに建つ両親所有の山小屋にいる。部屋の隅は蜘蛛《くも》の巣だらけで、まるで幽霊が佇《たたず》んでいるかに見えた。全てが脂で汚れた埃《ほこり》を被《かぶ》っている。ドアにはアーミッシュの魔よけが下げられ、革製のソファには、ばあちゃんが作ったキルトカバーが掛けられていた。キッチンは自分の右手にあり、廊下と二つの寝室は左手にある。窓は四方にあり、ガラスの向こうは漆黒の闇に満ちていた。

俺の銃。スミス＆ウエッソンM327。ごついグリップ。お馴染《なじ》みのずんぐりした357マグナム弾。この親指みたいな銃弾が脳天に命中すれば、後頭部から脳味噌《のうみそ》が弾《はじ》け飛ぶ。万が一の場合に備え、常にこの銃をトラックに置いている。コヨーテからカージャック犯まで、道路の先で何が待ち構えているかわからない。そして今、事態はさらにひどくなっている。

「ビリー、俺たちはなんでここにいる？」

　俺はもがきながら訊《たず》ねた。

「マックス、理由はわかるはずだ。あんたなら」

「トラックは表か？」

「トラックは表だ。トレーラーも」

「じゃあ、俺を自由にしろ。俺たちは出発すべきだ。ビリー、ここでグズグズしてる時間はない。外の状況は悪化の一途をたどっている。何かが起きているんだ」

「確かに、何かが起きている」

「いいから早くしろ！」

　俺は叫んだ。思った以上に怒気を含んだ物言いとなった。

「それはできない」

　ビリーはうろうろと歩き出していた。部屋の中を行ったり来たりしている。板ばりの床のみずぼらしいカーペットにできた凹みを、何度も踏んで目立たなくしようとしているかのように。ひと足ごとに床がきしみ、例の厄介な死者たちみたいに耳障《みみざわ》りな音を立てていた。

「ビリー、おまえ、ハイになってるな」

「少しね。錠剤を何粒か飲んだだけだ。いい感じの高揚感だよ。まともに頭が働く」

なんてこった。俺は声の抑揚を抑え、落ち着いて話そうとした。彼を威嚇《いかく》したり、からかったりするのは逆効果だ。怖気《おじけ》づかせてしまう。

「ビリー、俺はおまえを迎えにここに来た。なぜなら……こんな状態だからこそ、家族は一緒にいるべきだと思ったからだ。ビリー、俺の家族はもうおまえしかないし、おまえの家族はもう俺しかいない。今、俺たち家族はお前と俺の二人だけなんだ」

俺は弟の目を見据え、できるだけ真摯《しんし》に訴えた。「外で何が起きているのか、俺は見た。ニュース映像だけでなく、この目で実際に。高速道路でも、近所でもだ。だから、俺はおまえを迎えに行かなければと思った」

すると、洞窟内で反響する声のように、俺の中で母親の言葉が蘇《よみがえ》った。

弟の面倒をみて。ビリーにはあなたが必要なの。弟の面倒をみて。ビリーにはあなたが必要なの。弟の面倒をみて。ビリーにはあなたが……。

ビリーは足を止めた。両側の頬骨に届くくらい口角を上げて笑みを作っていたが、それはうれしさからこぼれたものではなかった。彼の表情には悲しみが宿っている。あるいは、息絶えた悲しみが顔に張りついたままになっているのかもしれない。

「わかるよ、兄貴。わかってる。あんたが何をしたかったのかも、僕はわかっているんだ。そして、あんたにそれをさせてやることはできなかった。これは奴《やつ》らの問題じゃない。僕たちの問題だ」

「俺たちはみんなを助けることができる」

「まずは、自分たちを助ける必要があるだろ」

「ビリー、いい加減にしろ！」

　俺は冷静さを失いつつあった。頭に血が上り、頬がカッと熱くなるのを感じた。俺は弟に怒鳴りつけた。ツバが唇を濡《ぬ》らす。興奮のあまり、意せずして彼の名前を何度も呼んだ。ビリーは精神的に脆《もろ》く、常に頭が混乱している。今まで、理路整然と物事を考え、実行に移したためしはない。俺の言葉が、狩猟用ナイフで木の枝を削るように弟を削《そ》いでいく。ひと言ひと言が彼を傷つけていた。なぜわかるかというと、ビリーはパンチを喰《く》らっているかのごとく、何か言われるたびにギクリとして後ろに下がっているからだ。というう俺の怒号は、彼の臨界点を超えたらしかった。弟の次の行動は察しがついていた。案の定、彼はテーブルの下から道具箱を引っ張り出し、粘着テープを俺の顔に二重に巻きつけて黙らせた。そんなことをされても、俺の怒りが収まるわけではなかったが、ようやく黙ることができた自分に俺自身も安堵《あんど》していた。しかし、粘着テープは俺の発言を止められても、思考までは止められない。

　頭の中で俺は考えていた。〝奴ら〟のことを。

最初に見かけたのは、路上でだった。国道八十号線沿いの森から現われた少女が、腕を振り回しながらトラックの真ん前に躍り出てきた。風の中でドレスが揺れていたのを覚えている。俺は急ブレーキを踏んだ。少女は、ピータービルト社製の大型トラックが迫ってくるのに気づいて目を剝《む》いた。そして、よろめき、ショックで道路に倒れた。油圧ブレーキが金切り声を上げ、急停止したトラックが揺れた。俺は目をつぶり、高速道路を司《つかさど》る神様が誰であれ、トラックがいたいけな少女を踏み潰していないことを祈った。

そのとき、森を抜けて何かが出てきた。

俺が〝何か〟と言ったのは、それしか言いようがなかったからだ。外見は人間の形をしていた。しかし、明らかに人間ではなかった。そいつはゆっくりとやってきた。片方の脚は使いものにならないらしく、ただ肉の塊《かたまり》として引きずって歩いている。しかも、太ももから骨が突き出ており、膝の上で折った箒《ほうき》の柄のように見えた。

ヘッドライトの明かりの中によろよろと入ってきたそいつは、顔の大半を失っていた。赤く爛《ただ》れた額は腐敗が進み、ボロ布のような頭皮が垂れ下がっている。顎は一見無傷に見えたものの、嚙《か》み合わせが片側に数センチずれており、ひどい空腹に苛《さいな》まれているのか、ガチガチと空気を嚙んでいた。そいつの全てが土気色だった。すっかり腐った肉の色をしていた。

ヒーロー然としてトラックから降り、助けを申し出ようかと思った。

しかし、俺は降車しなかった。

力任せにクラクションを鳴らすのが精一杯だった。ピータービルトのトラックのクラクションはなかなか優秀で、霧を切り裂いて出現する船を思わせる音を響かせた。クラクションの音で少女は目を覚まし、立ち上がるなり、森と反対の方向に走り去っていった。

クラクションは人間ではない奴の方の気も引いた。

そいつは俺に顔を向けた。太った野うさぎを飲み込もうとしているヘビよろしく、顎を大きく開け、舌を忙《せわ》しなく動かしている。

俺は車を急発進させた。こういった大型トラックは、アクセルを思い切り踏んでも飛び跳ねるように動き出したりはしない。加速するのに時間がかかるのだ。とはいえ、シューッという音を立て、巨大な丸太が転がるごとく圧倒的重量感を伴って前進する。俺の前に立つ奴は、そんなトラックの接近を何も気にしていないように見えた。ひるむどころか、そいつは向かってくるトラックに両の手を伸ばしたのだ。そうすれば、トラックの窓から俺を摑み出せるとでも思っているかのように。もちろん、そんなことはできなかった。たちまちそいつはヘッドライトの光に呑《の》み込まれ、バンパーが頭に当たって鈍い音を立てた。トラックとトレーラーの全てのタイヤが、そいつを踏み潰す感触が伝わってきた。ドスン、グシャッ、バリッと、次々に。

バックミラーで後方を見ると、テールランプの明かりの先に無残な姿を確認できた。轢《ひ》かれたリスのようにペチャンコになってもなお、そいつは動いていた。月の光でも摑むつもりなのか、必死で腕を上げ、天に向かって伸ばしている。

そいつは人間などではない。

自分の想像の産物でもない。あのおぞましい音だって空耳ではなかった。


二度目は、スーパーマーケット〈ジャイアント・イーグル〉の駐車場だった。ショッピングカート置き場の横で、その死人は、地面に横たわる男性――まだ息があった――に覆いかぶさっていた。倒れていた男性の後頭部から、まるでスープか何かのように、頭蓋《ずがい》の中身をすすっていた。驚いたことに、その死人には腹から下がなかったのだ。背骨が露出し、垂れ下がった臓物は途中で切れていた。つまり、そいつが何を食おうと、全て胴体の下に絞り出されるわけだ。その様子はソーセージ製造機を彷彿《ほうふつ》とさせた。生きながら食われていた男性が絶叫した。俺は嘔吐《おうと》した。


その夜、俺はもっと目撃した。相当な数だ。

道路沿いの森の中にいた連中が、よろめきながら陸橋を渡っていた。俺はトラックで数体を跳ねたが、止まらなかった。衝突しても前進した。どでかいタイヤがそいつらを踏み潰して吐瀉物《としゃぶつ》みたいにしても、俺は車を走らせ続けた。

計画を思いついたのは、そのときだった。

俺はトラック会社から、〈ジャイアント・イーグル〉の商品の運搬を任されていた。食品の運搬だ。冷蔵食品ではない。エンプ・エージー食品会社が、そのスーパーの商品の多くを納入していた。棚にある商品の五つにひとつが、エンプ・エージーの製品だろう。シリアル、スープ、スパイス、炭酸飲料、ボトルウォーターなどを扱っており、オーガニック製品や店のブランド製品も請け負っていた。食にうるさい客のための地元産の高級食材や、貧困層しか買わない安物もあった。つまり、店内のほとんどの商品を揃《そろ》えていたので、俺がそれらを運んでいたというわけだ。

一度に運ぶのは一種類の製品だけではない。トラックの荷台がシリアルだけで埋まっている状態ではなく、あらゆる品の箱がトレーラーに搭載されている。というわけで、サバイバルに欠かせない食品と水を、俺は確保していた。シリアルと炭酸飲料。ビーフジャーキーとレモネード。そんな贅沢《ぜいたく》な組み合わせも可能だ。

消防車のサイレン音が消え、ラジオ放送が途絶えたとき、俺は、何かとてつもなくヤバいことが起きたのだと悟った。いずれ事態は収束するのだろうが、おそらく今日ではない。ということは、この事態がなんであれ、何がやってくるにしても、自分は生き延びなければならないのだ。

だが、俺はひとりで生き延びられるとは思っていない。トラック運転手は孤独な稼業だが、何かに属してはいる。自分はアメリカという血管を流れる血液細胞のひとつだ。Ａ地点からＢ地点に移動するのが俺の仕事。この国を崩壊させるには、トラック運転手を絶滅させれば簡単だ。この国を守りたければ、トラック運転手を保護すべきだ。そうすれば、ひとつの国家として維持できる。

だから俺は自分に言い聞かせた。

俺は排除されない。

俺は思った。この計画《ショー》を道路上で実行してやる。

俺は高速道路を知っている。裏道も知っている。

俺はいい人たちが住んでいる街を知っている。

俺は誰が助けを必要としているかを知っている。

頭の中で構想が花開き、俺は興奮し、めまいがしそうだった。その高揚感は、粗相《そそう》してしまいそうなほどの恐怖に打ち勝ち、俺は何かでハイになったような気分になっていた。車を走らせ、食べ物と水を分け与えるのだ。避難する街を見つけ、そこの人々を助けよう。このピータービルト社製の大型トラックが俺をそこへと導いてくれるはずだ。あの連中をやり過ごすこともできる。出くわすたびに撥《は》ね飛ばし、轢き殺せばいい。

しかしその前に、弟が必要だった。

ビリーは俺に話しかけ、目を覚まさせた。眠ったつもりはなかったが、どうやら寝ていたらしい。無精ヒゲの生えた頬から粘着テープが乱暴に引き剝がされると、激痛で鼻が鳴った。顎が胸につくくらい首を垂れていたので、目覚めて頭を急に起こした瞬間、首に痛みが走った。長いこと、悪い姿勢でいたせいだ。

「気候変動が――」

いきなりビリーはそう言った。一瞬、発言の最初の部分を聞き逃したのかと思った。彼はさらに言葉を続けた。「全てを溶かしている。はるか昔に氷に閉じ込められたトナカイを解凍すれば、炭疽菌《たんそきん》も放たれる。おそらくこの事態は、炭疽菌か何かのせいだ」

すると彼は俺を見た。「おや、起きたのか」

まるで俺が寝入ったのを知っていたのに、話し続けていたかに思えた。「僕は、気候変動のせいだと言ったんだ。人間は自業自得だよ。世の中の気温が高くなれば、病気が蔓延《まんえん》していく」

彼は歩み寄り、俺の口に貼《は》られていたテープの一部を剝がした。テープの切れ端《はし》が口元に残ったままだったので、俺が話し出すと、それが蛾《が》の羽みたいにパタパタと揺れた。テープを剝がされた俺の頬は、平手打ちをされたみたいに熱かった。

「これは病気じゃない」

俺は顔をしかめた。「病気のせいでこんなことにはならない」

「わかってないな。僕は読書家だからいろいろ知ってるけど、兄貴は本なんて読まないだろ」

「漫画は読むぞ」

「それが問題なんだよ」

弟は指をパチンと鳴らした。「僕は文字だらけの本を読む。それが読書だ。蟻《あり》を生ける屍《しかばね》に変化させる寄生菌があるのは、兄貴も知ってるよね？　脳に毒を注入してゴキブリを操るハチのことは？　猫の糞《ふん》を介して人間の脳に寄生し、宿主となった人間の性格を変えてしまう寄生虫も存在する。ネズミから猫に移り、猫から寄生虫をもらった人間が最終宿主になるんだ。菌や寄生虫が何を起こすのか、僕たちは正確にはまだ解明できていない」

「そんなこと関係ない」

俺の声は少しうわずった。「俺とおまえじゃこの事態を根本的に解決することはできないだろうが、他の人々を助けることはできる」

「僕たちが互いに助け合うのは理解できる。家族だから」

「他に生き残った人々も助けることができる」

「その人たちは家族じゃない」

「家族である必要はない」

「必要はあるとも！」

弟は強い口調で返した後、彼は口を強く嚙みしめた。あまりにも顎に力が入っている様子だったので、歯が折れるのではないかと心配した。「家族でなくちゃ。母さんと父さんが言ってたじゃないか。家族が全てだって」

「親父は警官だった。もっと大口を叩いていた」

ビリーは一歩後ろに下がった。彼はいつだって独善的だ。己《おのれ》を守るかのように腕組みをしている。「で、そのせいで父さんはどうなった？」

そのせいで親父は死んだよ、ビリー。俺たちには周知の事実だ。

「クソ野郎め。おまえはどうしようもなく弱い人間だ」

ビリーは俺の口にまた粘着テープを貼りつけた。

「兄貴は僕に感謝することになる」と、弟は言い放った。「僕たちにはお互いが必要だって、すぐに思い知らされることになるはずだ」


親父は警官だったから死んだ。一般的に思い浮かべられる殉職の仕方ではない。彼は撃たれて死んだわけではなかった。いつものように高速道路で速度違反を取り締まっていたときのことだ。彼がスピードを出し過ぎていた車を止め、ドライバーにキップを切っていると、購入したばかりだと思われるカマロの新車が、猛スピードでその現場を通りかかった。カマロの運転手は明らかに酔っ払っていた。次の瞬間、車のフロントバンパーの端が親父の腰に当たり、その勢いで親父は螺旋《らせん》状に進むジェットコースターのように回転しながら跳ね上がった。彼の内臓のほとんどは瞬時に破裂した。腹から下が欠損していたあの死人と同じ状態で、大量出血して死んだ。

母親も故人だ。彼女の場合、死はゆっくりと忍び寄ったが、やはり下腹部に問題があった。結腸ガンを患い、母の腸は次第に機能を失っていった。何ヶ月も、何年もかけて。実際にガンがいつ発症したのかわからないから、正確な闘病期間は言えない。大腸ガンの末期は症状が重いものの、すぐには死なないので、俺たちはいろいろ話し合う時間があった。

母の顔は紙のように白くなり、一方で、目は真っ赤に充血していた。ある日、二人で会話したとき、彼女は俺の手を握った。日に日に弱っていたが、驚くほど強い握力だった。そして、母はビリーについて話し始めた。

「あの子は、あなたとは違う」

「わかってるよ。だけど、大丈夫だ」

「大丈夫じゃない。ビリーは協調性がないし、物事を秩序立てて考えることができないもの」

「そのうちなんとかなるさ」

「そのうち？　もうちゃんとしているべきよ。三十歳を過ぎているんだから」

俺は肩をすくめ、昔の大人に比べ、今の若者は成長するのに時間がかかる奴もいると話して聞かせた。それが単なる詭弁《きべん》なのはわかっている。ある意味、ビリーがああなったのは、俺たちのせいだ。俺たちの彼に対する接し方がそうさせたのか、あるいはDNAに仕込まれた何かがそうさせたのか。いずれにせよ、俺たち家族が彼をあんなふうにしたんだ。

「あなたはビリーのたったひとりの兄弟。お兄さんなんだから」

そう言う母は、まるで俺を咎《とが》めているようだった。

「そんなこと言われなくてもわかってる」

「私が死んだら――」

「またそんなことを言う。死ぬって決めつけちゃダメだよ」

俺はそう返しつつ、母親の死期が近いと思っていた。母も俺もそれは感じ取っていた。まあ、誰だっていずれは死ぬんだが。死だけは、誰も避けることはできない。だけど、彼女の場合は、健康な人間よりも早くお呼びがかかっていた。今の自分たちは、切り立った崖に向かって車を走らせているのに、その先には三百メートルの断崖絶壁ではなく、普通に道路が続いているふりをしているのと等しい。

「私はもう死んでるようなものだわ。頭がもう働かないの。私が死んだら――異論は受けつけないわよ、今度は！　――私が死んだら、弟の面倒をみて。あなたが彼の面倒をみるのよ！　ビリーにはあなたが必要なの。聞いてる？　ビリーはひとりではやっていけない。弟の面倒をみて。最後まで」

「そうするよ、母さん」

「そうして」

「ああ、そうする」

「マックス、あなたはいい子ね」

「母さんがいい母親だったからだよ」

〝だった〟と俺は過去形を使った。現在形ではない。そうすることで、自分が面と向かって言いたくないことを暗に、だが正確に示したわけだが、そんなふうでしか言えない自分が間抜けな臆病者に感じた。俺は母をじっとみつめた。視線が突き刺さるくらい強いまなざしで。とはいえ、なんの意味もない。自分が放った言葉を取り消し、時を遡《さかのぼ》って違う表現で言い直したりはできないのだ。俺が今できるのは、せいぜい微笑《ほほえ》むことだけだった。

そして俺は、彼女に約束した。

ビリーの面倒をみるよ。最後まで。

そういう経緯があって、俺はその晩、彼を迎えにやってきたのだった。


ビリーの荷造りにはあまり時間をかけさせなかった。彼は時間をかけ、スーツケースいっぱいに必要なものを残らず詰めたかったらしいが、無駄にできる時間はないと急《せ》かした。俺は、あいつらをこの近所でも見かけていたのだ。ネズミが徘徊《はいかい》しそうなコンドミニアムが建つ一ブロック離れた場所から、叫び声が聞こえてきた。ちょうど田舎者たちが大麻や覚醒剤を売っている辺りだ。ビリーが荷造りを終え、俺は彼に計画を話した。トラックに乗って走り回り、人々を救うのだ。この世の終わりの日に、せめて人々を和ませようとアイスクリームを売る男みたいに、俺はどこか自分に酔っていた。弟は何も答えなかったので、俺は軽いをおしゃべりを始めた――。

ジャスミンだったか、あの娘《こ》とまだ付き合っているのか？

（いいや、と彼は即答した）

あの質屋でまだ働いているのか？

（いいや。自分が辞めたのは店側のせいだ、と言って、彼はぶつぶつと不満を垂れた）で、請求書の支払いはちゃんとできてるのか？

（もちろんできていると、彼はやけに身構えて答えた。つまり、支払えていないということだ）

俺は仕事――おそらくトラック会社の職――を紹介できると彼に話した。弟は自分と同様、大型自動車免許を持っており、かつて採石場のダンプトラックを運転していたことがある。だから、どうトレーラーを扱うかも知っているのだ。

ビリーが荷造りを終えたので、俺たちは表のトラックへ向かった。

そのとき、弟が芝生《しばふ》の上から何かを拾い上げた。

振り向いた俺は、それが素焼きの植木鉢だとわかった。枯れたゼラニウムが植えられたままになっている。ビリーは鉢植えを頭の上まで掲げた。

あっと思った瞬間、それは俺の頭に振り下ろされた。

次に気づいたとき、俺は両親の山小屋で椅子に縛られていた。そういうことだ。


若者ならやったことがあるだろうが、ビリーは、インスタント麺《めん》を茹《ゆ》でないでそのまま食っていた。まるでビスケットでもかじっているかのように、口を動かし続けている。大きな口を開け、麺に大胆にかぶりつくと、ボリ、ボリ、ボリと音を立てた。俺が見ていることに、弟は気づいたらしい。なぜなら、「コーンチップスの箱も見えたが、荷台の奥に押し込まれてたんでね」と言ってきたからだ。コーンチップスにたどり着くには、その前に置かれている箱を全部どかさなければならない。しかし、ビリーは何かにつけて「面倒くさい」「かったるい」と言い放ち、重い腰を上げようとしない怠け者だった。俺は「おまえがどんな最低な人間か教えてやろう」と言おうとしたのだが、粘着テープを貼られていたので、モゴモゴと口ごもるだけだった。

しかし、それでもビリーの関心を引くには十分だった。彼は目を丸くして近寄り、俺の口からテープを剝がした。

「食べたいのか?」と、弟は手にしていたラーメンの袋を俺の顔の前に突き出した。食べやすいようにプラスチックの袋を下げてくれたので、袋にシワが寄って乾いた音が鳴った。だが、俺は「要《い》らない」と首を横に振った。「いいから水を飲ませてくれ。喉がカラカラだ」

弟はうなずくと、「開けたやつがあるよ」とコーラのボトルを取ってきた。

炭酸がシューシューと音を立てて泡立っていたが、生温《なまぬる》いコーラだった。やけに甘い液体はうまくはなかったものの、干からびた土に雨が染み込むがごとく、喉越しは格別だった。俺は喉を鳴らして夢中で飲んだ。一気に飲み干してげっぷをし、俺は顔を上げた。

「ビリー、いいか。ここには危険な奴がうろついているんだ。しかも、俺たちはひどく辺《へん》鄙《び》な場所にい――」

弟は俺の言葉をさえぎるように返してきた。

「まさしく。ここにいれば、僕たちは見つからないよ」

「おまえはことの重大さがわかってない」

「何が周囲にあるってんだ？　何もないよ」

「何もないだと？　ここから十キロも行かないうちに、キャンプ場が二つあるし、カーブを曲がったところには、古いメソジスト派の教会が建っている。そこには墓地もあるじゃないか」

「だから、これは病気だって。病気は、すでに死んでいる奴には移らないだろ」

俺をあざけるかのように、ビリーは声を立てて笑った。正真正銘のイカれ野郎というより、弟は何かのエキスパート然としていた。

こうなったら正攻法はダメだ。覚悟を決めた俺は弟に鋭い視線を向け、きっぱりと言った。

「ビリー、おまえと俺にはすべきことがある。まずはトラックに戻る。ここで起きていることについては全部忘れよう。俺たちは走り出したら、どこにも止まらない。他人を助ける必要もない。おまえと俺の二人だけのロードトリップだ。すぐに出発しよう。トラックには寝台も付いている。トレーラーはしっかりと施錠できるから安心だ。まさに動く要塞じゃないか」

この発言には、嘘も含まれている。俺は自分の計画を諦めたわけじゃない。ビリーに俺の言葉を信じさせなければならなかったのだ。その気になってくれれば、俺は弟を殴り倒してどこへでも連れていけるし、あるいは森の中に放置して連中に食わせることも可能だ。

彼は明らかに俺の発言を鵜呑《うの》みにしていた。

「兄貴は外に出たいんだな」

手を振って俺の言い分を拒絶し、彼はこう続けた。「ちょっと強く叩きすぎて、頭が変になってしまったかな。いい？　外は奴らがいる場所で、ここなら僕たちは安全なんだ。加えて、これは僕らの山小屋。僕たち家族の山小屋だ。兄貴、覚えてるかい？」

ビリーの目は、どこか遠くを見つめていた。そして、ニッコリと微笑んだ。「ここに訪ねてきたときのことを。外の焚《た》き火で炙《あぶ》って食べるためのマシュマロの袋をいくつも買い込んでたっけ。フランクフルトソーセージも。父さんはパイプを吹かし、母さんはワインを飲んでいた。僕と兄貴は外で走り回って遊んだね」

それから、弟はため息をひとつつき、さらに昔を回顧し続けた。「あのキノコみたいなヌメヌメした草——シャクジョウソウだったかを裏庭で引っこ抜き、僕の頭になすりつけたことを覚えてるかい？　ヌメリが付いたところの髪を切らなければならなくて、母さんに切ってもらった。でも、切り過ぎてしまって地肌が見え、結局、僕は坊主頭《ぼうずあたま》になったんだ！」

ビリーはロバのいななきに似た声を上げて爆笑し、しまいにゼイゼイと息を切らして涙ぐんでいた。弟はひとしきり笑い転げていたが、その反動なのか、急に感傷的な表情になり、ソファに腰を下ろしてじっと床を見つめていた。

俺は、覚えているよと言おうとした。ビリーが誰にも告げずにどこかに行ってしまい、俺たち家族が一日中心配したこと。彼が親父のタバコで遊んでいて、危うく山小屋で火事を起こしそうになったこと。理由はよく覚えていないのだが、とにかく何かに腹を立て、俺のウォークマンを湖に放り投げたことも、みんな記憶している。

しかし、俺はそれを言う機会はなかった。

なぜなら、言おうと思った矢先に音が聞こえたからだ。二人ともそれを聞いた。外で、鋭い音が鳴ったのだ。枝が真っ二つに折れたときの音に似ていた。

ビリーはハッとしたものの、すぐにこう言った。

「なんでもないよ。きっとシカだ」

次に、足を引きずるような音が続いた。山積みになった落ち葉の中を歩くような音だ。ゆっくりと近づいてくる。歯の間から息が漏れるような音も聞こえた。

「銃を持て」

俺は小声で訴えた。

ビリーは声を出さず、口の動きだけで「何？」と訊いてきた。

「銃を持て」

ビリーはツバをゴクリと呑み込み、周囲を見回した。俺はリボルバーの場所を顎で示したが、彼は俺を見ておらず、最終的に自分でそれを見つけた。そして、震える手で銃を摑《つか》み上げた。

ただの動物の可能性もある。

俺はそう思った。ビリーの言い分が正しいかもしれない。あるいは、生き残った誰かということもあり得る。だが、後者だった場合を想像し、俺は不安になった。生き残った人間が皆、避難する場所や助けを求めているとは限らない。こういった異常事態が起きた場合、ほとんどの人間は誰かを傷つけるより助けたいと思うものだが、中には、混乱のどさくさに紛れて、盗み、レイプ、殺人を犯そうとする悪い連中もいるのだ。そうだった、と俺は心の中でうなずいた。何が実際に起きていようとも、本当に危険なのは、新たに出現した者たちではなく、もともといる人間の方なのだ、と。

室内で、異様な静寂が広がっていく。

「ビリー」と、俺はできる限り小さな声で、だが、弟に聞こえるように呼びかけた。「粘着テープを切って、俺を自由にしろ」

弟は人差し指を唇に当て、「静かに」とジェスチャーを返してきただけだった。

俺はそろそろ我慢の限界が来ていたので、激しく叱《しか》り出すところだった。

しかし、その機会はなかった。

突然、俺の後方の窓ガラスが割れたのだ。そして、細かな破片が足に当たる感触がした。背後で何が起きているのか、俺は見ることができなかったものの、部屋に誰かが侵入したのは人影でわかったし、ゴボゴボと喉が鳴る音を背中で聞いた。ぎくしゃくと動く手足。胴体からはみ出し、ぶら下がっているおぞましい内臓。ビリーが恐怖で大きく見開いた瞳に、それらが全部映し出されていた。彼は震えながらも、銃を持ち上げた。

俺は弟に叫んだ。

「撃て！」

ビリーは引き金を引いた。

ところが、弾丸は発射されず、カチリという音が鳴っただけだった。

クソッ。

彼は弾を装塡《そうてん》していなかったのだ。

俺も普段は弾を込めない。使わないときに弾を銃に入れっ放しにしておくのは違法だからだ。俺は、弾薬をすばやく装塡できるスピードローダーという装置をトラックの運転席の下に置いていたが、もちろんビリーは、そこを確認するなど思いもつかなかっただろう。彼はバカではないが、ハイになっていたし、普段から銃のチェックなどしたこともなかったのだ。

俺は、背後から何かに摑まれた。腐ってブヨブヨにふやけた手が肩の上に置かれると同時に、鼻が曲がりそうなほどの悪臭がした。真夏の運転中に、路上に放置されたシカの死体の横を通り過ぎるときに嗅《か》ぐ匂《にお》いだ。甘酢漬けの死体というか、温まった吐瀉物というか、とにかく胸の悪くなる匂いだった。俺は叫び、できる限りの抵抗を試みた。そう、左右に椅子を激しく揺らしたのだ。

椅子が傾き、俺の身体を摑んでいた手が肩から外れたものの、俺は床の上に倒れ、肩をしたたかに打ちつけた。俺は首を曲げ、何が山小屋に入ってきたのかを見た。

ひとりの男だ。あるいは、男だった何か、とでも言おうか。土気色の頰には、どす黒くなった赤ワインの筋のようなものが何本も走っている。膨張したコルクのような目が、腫《は》れ上がった眼窩《がんか》に辛うじて収まっていた。割れた唇からは液体が垂れ、黒く変色した鼻血がしぼんだ鼻腔《びこう》から流れている。俺は、この男がかつてどんな人間だったのかを想像しようとした。血痕だらけのポロシャツ。裂けてボロボロになったカーゴパンツ。泥と血にまみれたデッキシューズ。たぶん、キャンプに来ていたんだろう。家族と一緒に。となると、既婚者で子供もいる。

が、そんなことはどうだっていい。

こいつが生前どんな人間だったにせよ、今の男は変わり果てていた。キャンプに来ていた家族思いの男は、もはや存在しないのだ。死と飢餓感が、グロテスクに絡み合っている腐肉の塊――それが今の男だ。

そいつは、よろよろと俺の方に向かってきた。

他に何をすればいいのかわからなかったが、とにかく腰を浮かせ、椅子を激しく床に打ちつけた。すると、そいつの足が、椅子の脚の間に踏み込んできた。それから前のめりになって、グラリと倒れた。

男の口が俺の顔の真上にあった。口腔《こうくう》内の朽《く》ちかけた歯。調教師の手から逃れようとするヘビみたいな動きをする舌。悪臭とともに、その口や歯や舌が迫ってきた。

ところが次の瞬間、重たく低い音が響き渡り、そいつの身体が俺の上にドサリと落ちてきた。

もはやこれまでか。俺は観念して目を閉じた。ところが何も起きなかったので、恐るおそる目を開くと、上からビリーが顔を覗かせていた。弟は、男の身体を俺から引きずり下ろした。そして、その身体をまたぎ、奴のポロシャツの胸ぐらを摑んで持ち上げ、瞬時に床に叩きつけた。

何度も。

繰り返し。

ほどなく男の頭が割れ、そいつはただの肉塊となって動きを止めた。何台もの車やトラックに轢かれたアライグマのようだった。

ビリーは俺を自由にしてくれた。今しがた起きたことで、すっかり混乱していた。俺も動揺していたが、少しはまともに考えられた。

「ここは安全じゃない」

彼はバッグに細々したものを詰め込んでいる。その声は震えていた。震えているというよりも、揺れ動いていたと言うべきか。「兄貴は正しかった」

「もういい。わかったから」

俺は弟をなだめるように言った。

「兄貴の計画通りにしよう」

「いいんだ。ビリー、もういいんだ」

　俺はプライドを呑み込み、「おまえが俺の命を救ってくれた。一生忘れないよ」と告げた。

　すると、彼は弱々しい笑顔を浮かべた。

「母さんが死ぬ前、僕に言ったんだ。兄貴の面倒をみてって。兄貴には僕が必要だからって」

　それを聞いた俺は、思わず噴き出した。母が同じことを俺にも言っていたことは、敢えて明かさなかった。俺はただうなずき、そうだなと同意した。その通りだ。俺がここに弟を迎えに来た理由は、彼が必要だったからだ。

「僕、兄貴の面倒をみるよ」と、ビリーは言った。

「じゃあ、俺もおまえの面倒をみよう」

　俺はそう返した。

　トラックへ向かう途中、俺は見つけてしまった。ビリーの右上腕の横に、二ヶ所の半月型の傷があるのを。紛れもなく噛まれた痕《あと》だ。なんてこった。あいつは弟に噛みついていたらしい。俺は胃が締めつけられた。ビリーが病気や寄生虫について語った全てが脳裏に蘇り、俺は彼が手にしている銃を見下ろした。運転席の下のスピードローダーには、即座に銃に装塡できるよう十分な弾が込められているはずだ。

そのとき、母の声が再び頭の中でこだました。

弟の面倒をみて。

弟の面倒をみて。最後まで……。

孤高のガンマン

ジョナサン・メイベリー

ジョナサン・メイベリー
Jonathan Maberry

PROFILE

ブラム・ストーカー賞を５回受賞した、ニューヨーク・タイムズベストセラー作家であり、コミックブック原作者。『Joe Ledger』シリーズ、『Rot & Ruin』シリーズ、『The Nightsider』シリーズ、『Dead of Night』シリーズをはじめ、多くの小説を執筆。彼のヤングアダルト小説『Mars One』は、『Joe Ledger』シリーズや『V-Wars』シリーズ同様、映画化の企画が進行中。『X-ファイル』シリーズや『Scary Out There』『Out of Tune』『Aliens : Bug Hunt』などのアンソロジー小説の編集者を務め、本著でもジョージ・A・ロメロと共同編集者として名を連ねている。また、『キャプテン・アメリカ』など、原作を担当したコミックブックも数多く、『Bad Blood』はブラム・ストーカー賞を獲得し、『Marvel Zombies Returns』はニューヨーク・タイムズのベストセラーに。2016年の初頭には、『V-Wars』のボードゲームも発売された。作家が集うカフェ〈ライターズ・コーヒーハウス〉の創設者で、作家のネットワークグループ〈ライアーズ・クラブ〉の共同発起人でもあるメイベリーは、プロの小説家になる前の25年間、雑誌のライターや劇作家としてキャリアを積む傍ら、マーシャル・アーツのインストラクターも務めていた。彼は、歴史エンターテインメントの専門チャンネル『ヒストリーチャンネル』のドキュメンタリー『Zombies : A Living History』やTVシリーズ『True Monsters』に専門家として参加。人気のポッドキャスト番組『Three Guys with Beards』では、メインキャスト３人のうちのひとりを務めている。カリフォルニア州デル・マーに妻のサラ・ジョーと暮らす。

HP　www.jonathanmaberry.com
HP : www.jonathanmaberry.com/
Twitter : @JonathanMaberry

―1―

横たわるその兵士は死んでいた。
ほぼ死んでいた。
だが、完全に死んでいたわけではなかった。
世の中も同じだった。
ほぼ死んでいたが、完全に死んでいたわけではなかったのだ。

―2―

彼は埋められていた。
普通とは違い、地中二メートルの深さに埋葬されたのではない。土の中だったなら、ある程度の快適さはあったのかもしれない。棺《ひつぎ》に入れられ、密閉されていれば、きちんとした手続きを取った措置だったとも言えたのかもしれない。

とにかく彼は、そのようには埋められていなかった。埋められている場所は墓地ではなかった。当然のことながら、父が望んだアーリントン墓地でももちろんなかったし、祖父母が大理石の墓石と緑の芝生《しばふ》の下で眠る、故郷カリフォルニアの小さな墓地でもなかった。

その兵士は、ペンシルベニア州のファイエット郡のとある町の薄汚れた場所にいた。地面の下ではなく、棺桶《かんおけ》の中でもない。

彼は死体の下に埋まっていたのだ。

何十体もの死体の下に。

いや、何百体もの死体だ。死体の山ができていた。彼の周りに、うずたかく積み重なっている。その重みが彼を押し潰し、窒息させ、殺しつつあった。

自分は人を殺してきた。とはいえ、歯で相手に嚙《か》みつき、割れた指の爪で生肉を引き裂いていたわけでもない。そんな連中がはびこる今、少なくとも、そうでない方法で人を殺《あや》めるのは、逆にすごいことだと思える気もする。それにしても、今の自分の状況は、漫画に出てきそうなジョークみたいなものではないか。漫画なら滑稽な場面として、笑い飛ばされるだけなのに。彼のような人間を殺す奴《やつ》は、己《おのれ》の上に死体を積み上げられて殺されるという設定。けたたましい能動的な死を与えてきた猛者《もさ》の静かな、受け身の死。墓石などないが、通りすがりの誰かが、もしかしたらそんなふうに死んだ者もいるかもしれないと、くだらない詩を添えてくれるかもしれない。

しかしながら、サム・イムラは、別に詩才のある感受性豊かな人間ではなかった。彼は詩を理解し、称賛していたが、詩の題材にされたいとは思っていない。願い下げだ。

彼はそこに横たわり、今の状態を考えていた。彼は死につつあった。これが現実で、実際の死だということは、あまり気にしていなかった。

いや、気にしてないなんて嘘だ。せいぜい迫りくる死を正当化するのが精一杯。禁欲主義者が最後に己の手淫《しゅいん》を許してしまうがごとく、恐怖を緩和させるため、彼は自分に言い聞かせた。

大丈夫だ。これで良き死を迎えられる。

そんなの、全くのでたらめだ。サムは現実に向き合おうとしない自分に訴えた。死に、いいも悪いもない。死は死だ。いい死などない。彼はずっと兵士として生きていた。最初は陸軍の一般部隊に入隊し、次に特殊部隊に配属され、〝軍事科学部門〟と呼ばれるグループと一緒に隠密作戦を行った。その後、フリーランスの兵士となり、通称〈ボーイスカウト〉という重武装兵士集団の第一人者として活躍した。彼は常に兵士だった。思い起こせば、幼少期から銃の引き金を引いてきた。あまりにも多くの場所であまりにも大勢を殺したので、途中からカウントするのをやめた。数を数えて自慢するなど、愚かな人間のやること。慢心したバカのすることだ。仲間のスナイパーで仕留めた人数を記録している奴はたくさんいた。サムはしなかった。そこまでクレイジーではなかったからだ。

だが、今になってみれば、数えておけばよかったとも思う。彼がこれまで銃火器、刃物、爆弾、素手で殺めた人間の数は、今、自分を埋め尽くしている死体の数に等しいかもしれない。

奇妙なものだが、それはそれで自業自得で実に公正な措置だと納得する自分がいた。そして、どこかの誰かが、サムに命を奪われた全ての人々が彼とつながっており、皆、ヴァルハラへと航海する黒船の乗客であるという美しい詩を詠《よ》んでくれる。それが何かのメタファーだったとしても、やはり彼にはどうでもいいことだった。とにかく、サムは死につつあった。積み重なった悪鬼《グール》の大量の死体の下で。連中の腐った死体は、かれこれ何時間も彼を圧死させようとしていた。だから、詩もメタファーもクソ食らえだし、あらゆることがクソ食らえだった。

自分は気が触れたのだろうかと、サムは思った。

気が触れたことを論理的に説明できる可能性はある。

「違う……」

サムは自分がそう言ったのを聞いた。単語を、言葉を発したのを。とはいえ、それが彼自身の口から出たのだとしても、正確には何を意味していたのかわからなかった。違う。

自分は正気ではない？　違う。自分は宇宙の実例のひとつではない？　違う。自分は死なないのでは？

「違う」

彼はもう一度言った。自分自身の言葉として。今度は、その言葉の意味を理解していた。

違う。

俺は死んでいない。

違う。俺は死なない。

サムは、それがどういうことなのかを考え、拒絶した。

「違う」

彼は唸《うな》るように言った。そして今、自分自身とこの崩壊した世界に何を言おうとしているのかを頭の中で反芻《はんすう》した。

違う。俺は死ぬつもりなどない。

ここではなく、今でもなく、こんなふうにでもなく。とにもかくにも俺は死なない。この人肉を食い漁《あさ》る奴らなどクソ食らえだ。この宇宙もクソ食らえだ。詩なんて知るか。神様はどっかに行ってくれ。何もかもクソ食らえだ。死ぬなんてまっぴらなんだ。

「違う」

彼は再びそう言った。今回は、自分自身がその言葉を発するのを聞いた。兵士として、生存者として、殺人者としての自分の声を。

死者たちの重みは、まだ彼を死に追いやってはいなかった。それでも、奴らは着実にそうしようとしている。とはいえ、この世の中は彼を数十年も生かしてきた。そして、今日もまだ生きている。そういや、そろそろ夜になっているはずだ。夜にだって自分の命を奪われてたまるか。絶対にそんなことはさせない。

だから、彼は動こうと試みた。

言うは易《やす》く、行うは難《かた》し。

死者たちの身体は、自動小銃の砲撃を受け、バラバラになっている。武装集団〈ボーイスカウト〉の生存者たちが、スクールバスに子供たちと搭乗していたデズ・フォックスという女性警官を助けるべく戦い、その間に他の大人たちが複数のバスに乗った子供たちを救出する際に、銃弾の雨を屍《しかばね》たちに浴びせたのだ。彼らは全員、サファイア食品物流倉庫に立ち寄り、南下して救援本部に向かう前に物資の補給をした。死者たちも〝食料〟を求め、次々にやってきた。何千という数だ。女性警官フォックスと〈ボーイスカウト〉の面々は協力し合い、逃げ道を確保するために戦闘を繰り広げた。

まあ、そういう経緯だ。

その過程で、サムは死人たちの波に呑《の》まれてしまった。チームの狙撃者ジプシーが彼を助けようとして、人食い悪鬼たちを射殺しまくった。弾倉をいくつ空《から》にしたかは定かではない。当然のことながら、連中はどんどん倒れ、容赦なくサムの上に覆いかぶさっていった。結果、大勢の死者たちの下敷きになった彼を捜し出し、掘り起こそうとしてくれる者は誰もいなかったということになる。

死体に埋もれてほどなく、サムの耳にバスのエンジンが唸りを上げるのが聞こえてきた。ジプシーが叫ぶのも聞こえたが、彼女が腹を減らした死人たちに捕まえられたからなのか、それとも自分を救えなかった無念の叫びだったのかはわからない。どちらだったか見極めるのは不可能だ。ここから這《は》い上がって彼女の状況を確認しない限り、真相を知ることはできない。しかしながら、サムが倒れるのをジプシーが目撃していたとすれば、彼は死んだと思い込むのは当然だろう。だが、死んでもおかしくない状況だったとはいえ、簡単に死ぬわけではないのも明白だった。というのも、彼はケブラーの防弾チョッキ、強化腕パッドと脚パッド、スパイダーシルクで作られた手袋、強化プラスチックのバイザーが付いた戦闘用防弾ヘルメットという完全防備だったのだ。ゆえに、奴らの歯が彼の肉まで届くことはあり得ない。加えて、ジプシーとサムの攻撃は、死人を正真正銘の死人にしていたのだ。この世で「死人」「死者」「屍」は、もはや単純に死んだ者を指すわけではない。「歩いたり生者に嚙みついたりする死者」と「本当に死んだ死人」の二つに分かれる。

自分はどうでもいいことばかり考えている。サムはそう悟った。人間の精神的な防衛機能か。恐怖を中和させようとしているのだろう。

「違う」と、彼はまた言った。その言葉は彼の命綱であり、自分を奮い立たせる鞭《むち》でもあった。

違う。

彼は動こうとした。右手なら、二十センチほど動きそうだ。足の調子も悪くはなかったが、膝と胸と頭には死体が積まれている。この死体の山がどれほどの高さなのかは見当もつかない。まるで自分がパーティゲーム〈ジェンガ〉の一ピースになった感じだ。何体もの死体の重さがのしかかっていたものの、圧死するほどではないらしい。まあ、今のところは。ともあれ、この悪臭漂う腐肉の塊《かたまり》たちが、本当に自分を押し潰してしまわぬよう、慎重に動く必要があった。

これは、物理学と工学のパズルであり、忍耐力と戦略が試される難題であった。サムは日頃から感覚派ではなく、思考派であることを誇りに思っていた。スナイパーは得てして思考派だ。冷静で、厳格で、正確。そして忍耐強い。

例外はあるが……。

彼が動き始めたとき、死体の山も動くのを感じた。最初は、単純に原因と結果、すなわち、ぐったりと自分にのしかかる重さの重力との反作用、それを支えている物が移動した場合にどう作用してくるかを考えていた。彼は一旦動きを止め、耳を傾けた。目も凝《こ》らしてみた。射《さ》し込んでくる光はなく、何も見えない。しばらくの間意識を失っていたはずだから、今は夕方か、それ以降のはずだ。つまり、もう夜になっている可能性がある。無数の死体の下で、彼は触覚と聴覚――手、腕、尻がゴソゴソと動くときに身体が何かに触れる感触と音――に頼るしかなかった。自分が動くたびに、死体や死体の一部がわずかに移動するのがわかった。

ところがそのとき、右側で何かが動いた。自分は右腕も右肩も動かしてはいない。その方向で自分の周囲に何か動きを及ぼすようなことは、断じてしていない。これまでの動きは全て、足や尻の可動域を作っただけだった。なぜなら、足や尻が最も力が出せる部位で、腕や肩よりも長い時間効果的な作業ができるからだ。彼の胸に直接乗っている死体やヘルメットの上に留まっている何かは、全く動いていなかった。

それまでは。

何かが少しだけ移動した。いや、ピクピクと引きつる感じだった。死体の山の内部で起きた小さな動きだ。何かが動いているのか？　サムのせいではない。

そいつが自発的に動いているのだ。

ああ、神よ。

彼はそう心の中で口走った。今度は左側で、何かがビクッと引きつったのだ。一瞬、彼は凍りつき、指も動かさず、呼吸もできるだけ浅くした。

彼は五分間、そのままで待った。十分間かもしれない。正確な時間などどうでもいい。

次はそこか。

そう、別の動きがあったのだ。彼の上で。近くではないが、そう遠くでもない。この山は一体どのくらいの大きさなのか？　距離はどのくらいあるのか？　右肩から二メートルほどか？

何かが確実に動いていた。

ぬるぬるとした重たい動きだった。ぎこちない、不器用な動きだ。しかし、動いたのは明白だった。衣服同士が擦《こす》れる音や肌と肌が触れてずるりと剝《む》けるような音も聞こえた。近くで。かなり近い。二メートルどころじゃない。自分を塞いでいる死体の手足や身体が、次々と共鳴し始めたかのように。

神様、神様、神様。

正直言って、サムは神など信じていなかった。神どころか何も信じていない。そんなことは、今問題ではなかった。二人用の小さな塹壕《フォックスホール》に無神論者はいないように、生きる屍の山の下に埋められた無神論者などいない。苛酷な極限状態では、神を信じてすがる者もいれば、なんでこんな目に遭《あ》わせるのかと神を罵《ののし》り、呪う者もいる。天国でも地獄でもなんでもいいから、とにかくどこかに何かがいるはずだ。わざと自分を弄《もてあそ》んで喜んでいる、酔っ払った、意地悪で下衆《げす》な存在が。

何かが引きつるような動きが再び起こった。それまでよりも強く、はっきりと、そして近くで……。

クソッ。

そいつは、こちらに向かってくる。自分に引きつけられている。引きつけているのは、呼気か？　体臭か？　それとも、自分が動いたせいか？　距離は一メートル半くらいか？　まるで、死体の間を縫って這い寄ってくるヘビのような動きに思える。死体に湧《わ》いた蛆《うじ》を貼《は》りつけつつ、ゆっくりと執拗《しつよう》に迫ってくる。そうだ。奴らのひとりに違いない。死んだ屍の中に埋もれた、死に損ないの死人だ。

クソッ、クソッ、クソッ。なんてことだ。クソッ。

サムの心臓の鼓動が早鐘のように鳴っている。いや、それ以上に速く、やかましい動悸《どうき》だ。あの〝何か〟に聞かれてしまうだろうか？　まるでマシンガンの発砲音のようだ。何も見えない彼の目に、汗が垂れてきた。己が抱く恐怖の悪臭が鼻腔《びこう》に刺さる。それは、彼を取り巻く腐肉、排泄物《はいせつぶつ》、血の匂《にお》いよりもひどかった。

逃げるんだ。逃げなければ。

彼は腰を捻《ひね》り、自分に覆いかぶさるたくさんの死体を支えるつっかえ棒になろうと試みた。死体の塊はグラグラと揺れ、彼が横向きになると、できた空間に沈み込んだ。太ももを引き上げ、動きに余裕を持たせる。物理学と工学の知識を駆使し、ゆっくりと着実に行動すれば、この〝競争〟に勝てるはずだ。彼が動いた際に立てる音の方が、何かが引きつり、擦れる音より大きかった。もはや静止して耳を澄ましている余裕などない。サムは、そこにあった硬直した死体に自分の膝の下の部分を当て、突っ張らせた。そして、位置を下げてから押した。五センチほど、その死体が動いた。彼は再び押し上げた。その動作をさらに六回繰り返したところ、突然、腰の上にかかっていた重みが、彼がさっき動かした死体の向こう側の空間へと傾き出した。

ジェンガだ。

彼はそう思った。

俺はたくさんの死体でジェンガをやっているのか。この世は完全にイカれてる。

そうしているうちに、ヘルメットと肩の上の重さもずれ、サムは後ろに向かって頭と肩を押し出してみた。少しずつだが確実に新たなスペースを得ていった彼は、上に乗っている死体を、自分が元いた場所へと滑らせていった。すると、死体の山に動きが伝播《でんぱ》し、波のように揺れているのがわかった。そこでサムは一旦動くのをやめた。雪崩《なだれ》のように死体の山が総崩れしたら大変だからだ。しかし、そんなことは起きなかった。

ふとサムは、何かが自分の上を這っていることに気づいた。肩の上だ。巨大な虫の脚の感触がした。上に移動した死体から彼の肩へと歩いてくる。タランチュラのように、ゆっくりとした忍耐強い動きだ。これだけの大きさは、タランチュラの他には考えられない。しかし、待てよ。ここはペンシルベニアだ。ここにタランチュラは棲息《せいそく》しているのか？　サムは定かではなかった。コモリグモならいる。丸網を張るオニグモとか、“黒い未亡人《ブラック・ウィドウ》”と呼ばれるクロゴケグモとかだ。しかし、自分の顔に這い上がろうとしている何かと比べると、コモリグモ科のクモはずっと小さい。カリフォルニアならば、そのように毛深くでかい虫はごまんといる。でも、ここではあり得ない。ここにタランチュラはいない。

クモの足の一本が彼の顎の横――プラスチック製のバイザーと顎のストラップの間――に触れた。何かを慎重に探っているかのような動きだった。クモの足の感触は柔らかく、恐るおそる彼の皮膚に触れ、それが何かを調べているふうに思えた。サムは急に吐き気を催し、身体の向きを変えてクモを避けようとしたが、どこにもそのスペースはなかった。するとと、二本目の足も彼に触ってきた。三本目も。顎の上を進み、それは荒く呼吸する口へと向かっていく。

そのとき、サムはその匂いを嗅《か》いだ。

タランチュラは強い匂いなど振り撒《ま》かない。砂漠の太陽の下で腐らない限りは。

この生き物は強烈な匂いがした。路上で車に轢《ひ》かれ、放置された動物の死体のような匂い。それはまるで……。

サムは悲鳴を上げた。

彼は悟った。今、自分の顔を這っているものが何なのか。それは、クモの太い脚ではなく、這うように蠢《うごめ》き、何かを摑《つか》もうとしている人間の指だった。ズルズルと滑るような音、時折ギクリと引きつる感じ。彼と一緒に埋められた死体の一体に違いない。完全に死んでいないのだ。そして、もちろん生きているわけでもない。肉体の腐敗は進む一方なのに、いまだ活力にあふれ、肉塊の山を超え、死体と死体の隙間を縫い、それは闇を抜けて向かってきた。生肉の匂いに引き寄せられて。そう、〝食べ物〟の匂いにつられて。

指が彼の唇と鼻を不器用にまさぐってきて、鋭い爪の先が当たるのがわかった。爪が刃物のように、彼の肉を引き裂こうとしている。

サムは叫んだ。叫びまくった。膝と足を使い、できる限り強く蹴り、押し、踏ん張った。痛い。のしかかってくる死体の重さは尋常ではない。あたかも死体たちは、本当に死んでまでも、サムを逃さまいとしているかのようだ。仲間の手が見つけた獲物に、その歯や舌が届くまで、押さえつけておくつもりなのか。

彼と人間ではない何かの力との格闘は続いた。彼が全身を覆う死体をどかそうとすると、筋肉が膨らみ、痣《あざ》を作り、張り詰めるのがわかった。関節と腰に激痛が走る。手は彼の唇の端《はし》に到達し、フックのように指を曲げて肉を引きちぎろうとした。

自分の唇に触れる指に、彼は敢《あ》えて嚙みつこうとはしなかった。死体は訳のわからない細菌やウィルスの宝庫だ。もしかしたら、すでに自分は感染しているのかもしれないが、わざわざ確実に感染して病気になるのは、まっぴらごめんだ。嚙む行為は、自殺行為……

すなわち頭に銃弾をぶち込む行為に等しい。銃弾より死に至るまで時間がかかるだけだ。

「とっとと失《う》せろ！」

彼は唸った。そして、顔を横に向け、真っ暗な空間に口の中のある全て——唾液や血液、あるいは肉片——を吐き捨てた。できれば胃の中のものも全部嘔吐《おうと》してしまいたかったものの、そこまでの時間はなかった。時間だけではない。空間的余裕も、精神的余裕もなかった。

というわけで、彼は少し気が触れた。

かなり正気を失った。

完全に。


—3—

死体の山が崩壊したとき、あの〝クモ〟も彼から離れていった。決定打となったのは、おそらく彼の繰り出した蹴りだろうが、それに重力と幸運も加わり、何十体もの死体が滑り落ち、あるいは転げ落ちていった。たぶん、〝サム・イムラ劇場〟をもっと見たいと望む酔っ払った神様のお力添えもあるのかもしれない。彼は自分自身も転がっていることに気づいた。死体の山腹を跳ねながら、何かにぶつかりながら、転がり落ちていた。その振動は、彼が身に着けていたごつい防弾チョッキのせいで増幅されていた。ケブラー製の防弾着は銃弾が貫通するのを防いでくれるが、身体に加わる衝撃は全く吸収してくれない。

舗道に落ちる直前に手から先に地面に着き、ぶつかった衝撃を軽減しようとしたものの、着地時の体勢が悪かった。彼の肩が最初に道路に当たり、その直後に全身がアスファルトに叩《たた》きつけられた。激しい痛みとショックが、脳天からつま先まで駆けめぐる。自分の何もかもが傷ついたかに思えた。銃撃戦では頼りになる防弾チョッキさえもダメージを受けているかのように。

サムはその場に横たわり、大きく喘《あえ》ぎ、まともに呼吸しようとした。閉じたままのまぶたの下で弾《はじ》け飛ぶ火花をじっと見つめていた。少しして火花が収まったので、彼は目を開けて空を見ようとした。ところが、真っ先に彼の視界に入ってきたのは、空ではなく自分の両足だった。両足が自分の上にある。片方の足のかかとはティーンエイジャーの少女の喉に突き刺さり、彼女の身体がその脇にぶら下がっていた。もう一方の足は、全裸の太った男がかつて胃を収めていた辺りの腹腔《ふっこう》にすっぽり入っていた。彼はかつて埋まっていた辺りを見た。崩れたとはいえ、その山には少なくとも五、六十体がまだ積まれている。周りには、何百という死体が散らばっており、ここで起きた激戦のせいで、バラバラになっていた。バスの車輪でぺしゃんこに踏み潰された死体もある。その連中は死んでいる。全て死人だ。しかし、おとなしく死んでいる者だけではなかった。轢死体《れきしたい》の中には、尻や足や背骨が潰されたり、粉砕されていたりしているにもかかわらず、身体を起こそうとする者もいた。六歳くらいの女の子が、金網フェンスに背をもたれかけて座っている。両足がなく、腕は一本だけで、下顎が欠損していた。その子の近くには、アジア女性がいた。整った顔立ちと見事なプロポーションの片鱗《へんりん》が見て取れ、生前はかなり美しかったはずだ。しかし、今の彼女の顔には、下顎から髪の生え際にかけて、八ヶ所以上の弾痕が点々と残されている。

とまあ、そんな感じだ。

彼の周囲にある死体は、どれもかつては人間だった。それぞれが、それぞれの人生の物語を事細かく刻んで生きてきたはずだ。それが彼らをひとりの個人にしていた。だが、今は名もなき死体の一体に過ぎない。その場に横たわりながら、彼は自分にのしかかっていた死体の重みをまだ感じていた。数分前に死体の中にいたときと同じように。サムは骸《むくろ》となった人間を誰ひとりとして知らなかったが、なぜか奇妙なつながりを覚えていた。

彼は目を閉じ、何も見ないようにした。しかし、連中がそこにいる事実に変わりはない。まるで網膜に焼きつけられたかのように、まぶたの向こう側に隠れているのだ。

そのとき、うめき声が聞こえた。

死体の山の反対側から聞こえてくる。言葉ではなく、助けを呼ぶ声でもない。うめき声だ。空腹のあまり吐き出された音。食っても食っても満たされない底なしの食欲が生むうめき声だ。しかし、それは全く訳のわからない、あり得ない欲求だ。なぜ死人に食べ物が必要なんだ？　奴らが食べ物を摂取してなんになる？　俺の雇い主が、犠牲者の死体を活性化させる寄生虫や、冷戦時代の生物兵器について話していたことがある。生物兵器の方は、遺伝子操作された幼虫を人間の血液中に放つと、大脳皮質と運動皮質の辺りに群がるらしい。とにかく、そんなのどうでもいい。科学なんてクソ食らえだ。目の当《ま》たりにしている死体は科学じゃ説明できない。奴らはたった今、墓場から這い出てきたような感じで、普通の死体と異なり、謎だらけだ。サムはそれをなんと呼んでいいのかわからなかった。彼がはるか昔に神を信じていたとき、この連中は聖書にも出てこなかったし、日曜学校で教えられもしなかった。ラザロはイエス・キリストの奇跡によって死から蘇《よみがえ》ったし、言うまでもなくイエスも復活している。とはいえ蘇った際、イエスが十二使徒のひとりを貪《むさぼ》り食ったりしなかったはずだ。じゃあ、一体全体、こいつらの正体は？

うめき声は大きくなっている。近づいているのだ。

立て、この野郎！

内なる声がサムを叱《しか》りつけ、彼はその声に反発した。

「なんだよ。ただここに横になって、あいつに『失せろ』って言うことはできないのかよ？」

ショック状態だからって、今動かなかったら、死ぬことになるぞ。

サムはふと、その言葉の意味を考えた。ショック状態？　ああ、そうかもしれない。脳《のう》震盪《しんとう》か？　戦闘用ヘルメットは爆弾や銃弾の金属片を止めることはできるものの、統計上、被っていても外傷性脳損傷の起こる確率は驚くほど高い。外傷性脳損傷で退いた最前線の兵士を、彼は大勢知っていた。今の自分は頭が混乱し、思考が寸断している。そして……。

人影が視界に入ってきた。這っているのではない。歩いている。奴らのうちのひとりだ。修理工の作業着を着ている。顔は咬《か》み傷だらけで、その目に浮かんでいるのは空腹と憎悪だけ。そいつは歩いていた。足を引きずるでも、のろのろと歩くわけでもなく、よろめくこともなかった。歩きながら空気の匂いを嗅ぎ、口から顎にかけて、血の混じった黒いよだれを垂らしている。

サムは咄嗟《とっさ》にホルスターに手を伸ばしたが、そこに拳銃は入っていなかった。ならばと、ナイフを探したものの、どこにも見当たらなかった。

クソッ、クソッ、クソッ！

死体の山から足を引き抜くと同時に、彼は腰の筋肉の内部で何かが爆発したかのような激痛を感じた。あまりにも強い痛みに、彼は思わず叫んでいた。

死んだ修理工は、声に反応し、こちらに顔を向けた。目の焦点が合っている。そいつは唸り、折れて血まみれになった歯を見せた。そして、こちらに向かってきた。歩くのが速い。彼が今まで見た他の奴らより速かった。あるいは、おそらく彼の状況処理能力が鈍っていて、そいつの歩調は普通なのに速く見えるだけかもしれない。戦闘の熱気の中では、世界が非常にゆっくり動いているように感じることがある。その場合、サムだけは自身の時間の流れで動けるので、時間が緩やかに流れる世界の中を慎重に歩み、時間をかけて全てを正し、全てを見渡し、一瞬一瞬自分の思いのままにすることができる――ように思えるのだ。しかし、今はそうではなかった。

耐えがたい空腹から唸り声を上げ、その悪鬼はサムに飛びかかってきたのだ。

皮膚を噛み裂かれる寸前、彼は腕を上げ、相手の喉にチョップを見舞った。指先が喉笛にのめり込み、軟骨が砕ける感触が伝わると同時に、相手の唸り声がゴボゴボと液体が泡立つような音に変わった。修理工の身体がサムの上に倒れ込んできたので、その重みで彼の腰の損傷した筋肉が引っ張られ、彼はまた悲鳴を上げる羽目になった。やっと死体の山から抜け出せたというのに、再び死体に覆いかぶさられ、彼は窒息しそうだった。

裂けた喉に片手を突っ込んだまま、弧《こ》を描くようにもう一方の手を上げ、横から相手の顔を殴りつけた。一回、二回、三回。そして何度も、何度も。骨が折れ、鼻が砕ける。相当な打撃のはずなのに、相手がダメージを受けている様子は見られない。そのうち、腰の痛みは耐えがたいほど強烈になり、彼に忍び寄ってきたあの何かの悪臭以上に彼に吐き気を催させた。修理工は噛みつこうと歯をガチガチと鳴らしているが、サムはなんとか相手の口を近づけないようにしていた。とはいえ、口元はすぐそばにある。気を抜けば、たちまち肉を噛みちぎられてしまうだろう。

彼は片足を地面にピンと伸ばし、その足を使って、無理やり尻と肩の向きを変えた。背骨の何がおかしくなっているのかはわからなかったが、脊椎《せきつい》の中で壊れたガラス片をすり潰すかのような痛みが走る。それでも、サムは動いた。タイミングを見計らって空腹の屍に思い切りパンチをして、彼の上から叩き落とし、その勢いを利用して尻をぐいと上げるなり体勢を変えた。二人は一緒に回転する形となり、今や修理工が下になり、サムはそいつの上に乗っていた。彼は自分の身体を持ち上げ、修理工の胸を膝で突いた。ちょうど、アスファルトと死体の山の境目にいたので、相手の身体を死体の山のスロープに押しつける形となった。サムは片手で男の顎を、もう片方の手で相手の後頭部の髪を摑んだ。

映画では、首をへし折るなど、いとも簡単なことのように見える。誰でもやれそうに思える。

映画だからだ。

現実には、首には筋肉も腱《けん》も骨もあるわけで、想像以上に頑丈だ。しかも、映画でやっているのと同じ速さで、同じ角度に首を回すのは、まず不可能だ。人体というものは、そうたやすく壊れるようにはデザインされていない。その上、今のサムは疲れ果て、痛み、吐き気がし、弱っていた。

渾身《こんしん》の力で、男の首の骨を徐々に捻っていく。

なんてことだ。俺がこれほど強く首をねじ曲げて折ろうとしているのに、相手の首はゆっくりとこちらの力に抗《あらが》ってくる。それどころか、数センチずつ顔の向きを変え、執拗にサムの肉を噛もうとしているのだ。彼は首を引いたり押したりするのに、前傾姿勢をとらなければならなかった。傷ついた身体で力を維持し続けるために、重力の助けを少し借りる必要があった。修理工の首は、尋常ではないほどねじれている。それでも首が折れることがなく、相変わらず歯を鳴らし、サムに食らいつこうとしていた。さらに、そいつの伸ばした指先は彼の衣服を切り裂き、ケブラー製の膝当てに穴を開けようとしている。

俺を食いたいのか？　食料として？　食うのは生きるためか？　死んでいるのに、そいつは生きようとしていた。

ついに、首のねじれは限界を突破した。突然、首の骨が折れたのではなく、不意に圧力から解放されたのでもなかった。椎骨《ついこつ》が限界点を超えてねじ曲がり、脳幹が脊髄とつながる地点が内部でギリギリと狭まるにつれ、修理工の首が立てていた音は、次第に、湿った何かをすり潰すような胸の悪くなる音になっていった。締めつけられ、圧迫され、首の中の堅強なものがとうとう断裂した。

爪を立てていた男の手が、急にだらりと垂れた。サムの下になっていた相手の身体は、抗うのをやめた。顎は耳障《みみざわ》りな音を立てて折れ、口が大きく開いた。

サムは、相手の首が永遠に破壊されたことを確認した。一時的に休戦状態になっているわけではなさそうだ。首の骨が折れたときのひどい音が、それを物語っていた。修理工の内部で抵抗していた全てが解放されたのだ。

大きくため息をついたサムは、修理工と並ぶようにして地面に転がった。二人の身体は、肩、尻、太もも、足が接触しており、彼の指にはまだ髪が絡まっていた。まるで彼らは、みだらな行為を終えたカップルのようだった。一方は生きており、もう一方は生きてはいなかった。頭上の夜空には、木陰からカップルの行為を覗《のぞ》いていた覗き魔よろしく、月が梢《こずえ》の間で光っていた。

―4―

サムが立ち上がる頃には、月は木々の上高くに完全に姿を現わしていた。彼の腰はひどい状態だった。圧迫され、引っ張られ、切り裂かれ、それ以上に苛酷な仕打ちもされ、とても言葉で簡単に表現できるものではなかった。痛みに関しては耐性があると自負していたのだが、この激痛は限界を超えている。さらに、もし他の兵士が周りにいるときだったら、己を奮い立たせて毅然《きぜん》とした態度をとり、スタスタと歩くくらいできただろう。かつてのボス、レジャー大尉はどんな状況でも平然としていた人物だった。被弾していても、ジョークを言って笑い飛ばしていたのを見たことがある。

しかしながら、今、サムの周りには誰もいない。虚勢を張る必要はなく、弱さや脆《もろ》さを露呈し、痛みに対して白旗を上げるのは簡単だった。

自力で立ち上がるのに、三十分を要した。世の中が急に腕立て側転でも始めたかのごとく、景色がグルグルと周り、めまいのせいで吐いてしまった。胃が空っぽになるまで、彼は嘔吐を続けた。

シグザウエルを見つけるのに三十分を費やし、その弾倉を発見するのにさらに十五分かかった。弾は九発残っている。それから彼は、三体の死体の下になっていたある人物を見た。巨漢の男性で、サムと同じ、何も表示のない黒い戦闘ユニフォームを着ている。彼はふらつきながらも歩み寄り、慎重にその男性の横にひざまずいた。そして、上に乗っていた死体を一体だけどかし、それが誰なのかを確認した。顔を見たサムはショックを受けた。男性は、サムが所属する〈ボーイスカウト〉のメンバー、ダニエル・シュープマンだった。コールサインは〝ショートストップ〟。いい奴だったし、優秀な兵士だった。

そいつは死んでいた。喉を切り裂かれて。

ところが、突如としてショートストップの目が開き、視線がサムに向けられた。自分が知っているその男性——友であり、同じ志を持った兵士だった——は、こちらを見ているのではなかった。その目からは何も感じられなかった。生ける屍としての魂すらなかった。それが、この化け物の不気味な特徴でもある。目は魂の窓とされているが、彼が覗き込んだショートストップの茶色の瞳は、まるで空っぽの家の窓で、そこには虚無感しかなかった。

ショートストップの両腕は、身体の横で伸びたまま動かなかった。かつてのたくましい戦士の胸と肩は大きく肉がえぐられ、腕を動かそうにも動かすための筋肉がなくなっている。だから、たとえ自由の身になったとしても、彼はおそらく腕を上げることはできない。周囲に散らばる死体もそんな状態のものばかりで、ほとんどに欠損があった。人肉を食らう悪鬼たちの餌食《えじき》となったせいだ。しかしながら、肉体の残骸《ざんがい》と化してもなお、再び動き出す。わずかに残った身体だけでも、起き上がって生者を狩るには十分らしい。

サムは片手をショートストップの左胸に置いた。もちろん、心臓の鼓動は感じられないが、彼がどれだけ勇敢な心の持ち主だったかは覚えていた。高潔な男でもあった。一緒に飲んだり、冗談を言い合ったりしてきた仲間をそう表現するのは感傷的すぎると言われても、ともに〝死の影の谷〟を歩き抜いた戦友なのだ。ここに横たわって腐敗し、肉体が徐々に朽《く》ちて何もなくなるまで絶望的な空腹で徘徊《はいかい》するだけだなんて。とても彼にはさせられない。

「そんなの違う」と、サムはぽつりとつぶやいた。

拳銃には弾が九発入っているが、生き残るためには一発も無駄にはできない。それでも、今どうしても一発だけ使う必要があった。

闇夜に銃声が響き渡った。

サムは、ショートストップの傍《かたわ》らに長いこと座っていた。その手はまだ、相手の胸の上に置かれていた。心臓はずっと静寂を保っている。サムは友のために涙を流し、この呪わしき世界を嘆いて泣いた。

—5—

サムは、食品物流倉庫の中でその夜を過ごした。倉庫内には、悪鬼が十一体うろついていた。芝生の手入れ道具が置かれたセクションで、彼は結構な重量の鉈《なた》を二本見つけ、さっそく作業に取りかかった。

やるべきことを終えた時点で、サムの身体は悲鳴を上げ、あまりの痛みで彼は立っていられなくなった。奴らがいなくなった倉庫のあちこちを物色したところ、幸い、痛み止めの在庫品が積み重ねられていることに気づいた。「すばやい効果」「持続する効《き》き目」とかなんとか、薬のボトルに宣伝文句が書いてあったが、とにかく六錠を手に取り、クソみたいな味の地ビールで飲み干した。結局、文句を言いつつもビールを六缶開けた。ドアには鍵をかけることができたので、彼は久しぶりに自分だけの空間を確保し、その夜は死んだように眠った。

—6—

目覚めたサムはまた痛み止めを飲んだが、今度は今流行《はや》りの電解質補給水とやらで喉の奥に流し込んだ。それからビーフシチューの缶を二つ開け、キャンプ用のコンロで調理した。

痛み止めを飲み、食事をし、睡眠を取る。その単純な繰り返しだったが、数日が過ぎても彼は生きていた。

痛みは、薬の謳《うた》い文句とは異なり、ゆっくりと軽減していった。

その日の朝、サムは事務所に入るための鍵束を見つけた。そこにはラジオ、テレビ、電話だけでなく、グロック26と空の弾倉が四つ、九ミリのホローポイント弾の箱が三つ入った鍵つきボックスもあった。彼は泣きそうになった。

電話は通じなかった。

サムはテレビを点《つ》け、グロックの弾倉と彼が持っていたシグザウエルの唯一の弾倉に弾丸を詰め始めた。聞き覚えのある声が流れてきたので、彼は画面に顔を向けた。そこには、痩《や》せ型のブロンド頭の男性が映っていた。スクールバスの子供たちと女性警官と一緒にここにいた、ケーブルテレビのニュース番組のリポーターだ。

〈ビリー・トラウトが、世界の終焉《しゅうえん》ともいえる現場から中継でお送りしています……〉

トラウトはたくさんニュースを伝えていたが、悪いニュースばかりでいいニュースなどひとつもなかった。彼の取材チームの車は、今、バージニアにいて、避難民であふれ返った道をのろのろと進んでいた。生者と死者との争いと同様、逃げようとする生存者たちの間でも、たくさんの諍《いさか》いが起きていた。

よくあることだ。

そう彼は思った。

人間の最悪の敵は常に人間だ。

正午になると、気分が良くなり、次の場所に移動したい衝動に駆られた。とはいえ一方では、この場所に引きこもっていたいとも思った。ここには、おそらく五年、いや十年は生きられるくらいの食料と水が蓄えられている。だが、後者を選択してもきっとうまくいかない。一週間も経《た》たないうちに、銃を口にくわえて引き金を引いているだろう。誰もが同じ行動を取るはずだ。孤独と信頼できる情報の欠如によって、人は二度と這い上がれない暗闇に閉じ込められてしまうのだ。つまり、自分以外の〝人〟を捜すことが賢い選択と言えるだろう。

まずは、移動の足だ。車を見つけ出さなければならない。

ここは、物流倉庫。言うまでもなく、トラック——セミトレーラーがあった。

一台ではなく、何台も。

そこでサムは四時間かけ、フォークリフトでセミトレーラーの荷台に生活必需品の箱を積めるだけ積んだ。武器として使えそうなものをできるだけ集め、それらも持っていくことにした。もし誰かを見つけたら、相手にも武装してもらう必要がある。この先、複数の生存者たちとグループになって行動と生活を供《とも》にするケースに備え、寝袋、トイレットペーパー、紙おむつ、その他必要となりそうな物品も荷台に収めた。サムは実践的に問題解決を図るタイプだ。賢明で思慮に富んだ決定をするたび、彼は絶望の淵《ふち》から一歩下がったような気がするのだった。彼はあるミッションを計画しており、それに集中して精神を安定させていた。発見し、保護すべき人々がどこかにいる。ならば、彼らを発見し、守ってやろう。こうして、サムの目的ができた。

駐車場の隅に設けられた給油所で、車のガソリンを満タンにした。新たな人食い野郎が三体、柵の開口部からゆらゆらと揺れながら入ってきた。距離はあるものの、サムは迷うことなく始末した。ここを出発する際、あいつらと衝突したくはなかった。大型トラックの部類に入るセミトレーラーとはいえ、何かにぶつかればダメージを受ける。そのリスクは極力避けなければならない。

実用的に考え、行動する。それが堅実なのだ。

セミトレーラーを発進させ、交差点までやってきたサムは車を停車し、アイドリングしながら、どちらの方向に行くべきか考えた。バージニアに向かったケーブルテレビの取材バスを追って南下するのは意味がない。ビリー・トラウトが放送できる状態であれば、取材スタッフは生きているということになる。スクールバスと〈ボーイスカウト〉の生き残りも彼らと一緒にいる可能性が高い。ならば、自分の助けは必要ないだろう。スクールバスは物流倉庫から生活物資を山のように補給していたし、武装兵士が護衛しているのだ。そこで彼は右に曲がり、ピッツバーグの北、ハリスビルにある銃専門店〈ナショナル・アーモリー〉に向かうことにした。店が無傷であれば、救援拠点を設置するのにもってこいの場所だし、万が一屍の巣窟《そうくつ》になっていても、奪還するまでだ。

計画は立った。

サムはセミトレーラーを走らせた。

車のラジオを点けても、聞こえてくるのは悪いニュースと興奮状態になった人間の声ばかりだったので、うんざりした彼はダッシュボードの小物入れを探った。そこには、カントリーやウエスタン音楽のCDが何枚も入っていた。その手のジャンルの歌は大嫌いだったものの、ラジオのクソニュースや自分の考えで頭の中が満たされるよりはマシだ。サムは、ブラッド・ペイズリーという歌手のCDをプレイヤーに挿《さ》し入れた。流れてきたのは、ケンタッキー州のハーラン郡の炭鉱夫たちについての歌だった。聴いていて楽しくなる曲ではなく、逆に憂鬱《ゆううつ》になりそうだったが、ドライブのＢＧＭとしては許容範囲だと思うことにした。

彼がエヴァンス・シティという小さな町に到着したときには、夜もかなり更《ふ》けていた。一日中走っても、夜になっても、運転中に視界に入ってきたのは、この世界の残骸だけだった。焼け野原になった町、黒焦げの車、ほとんど灰と化した農家の母屋、無残な焼死体などだ。路上には何千という薬莢《やっきょう》が落ちていて、セミトレーラーの車輪が踏み潰して乾いた音を立てた。たくさんの生ける屍も見た。最初はあてもなくさまよっている感じだったが、トラックの音を聞きつけるや、奴らはサムの方に向かってきた。連中を撥《は》ねたくなかった彼は、なんとか避けようとハンドルを巧みに操った。それでも時には、回避が間に合わなかった。その場合、彼は車の速度を下げ、衝突の衝撃が少ないようにして連中を道路から排除した。何体かは地面に倒れてしまい、サムは不承不承《ふしょうぶしょう》奴らを轢いて前進しなければならなかった。二十四時間前には人間だった奴らを踏み潰し、砕きながらセミトレーラーを運転した。

田舎道を選ぶ方が悪鬼たちとの接触が少ないことがわかったので、彼は農場の方にハンドルを切った。途中、二度ほどガソリンを補給し、そのたびにトラックを守るべく、彼は銃弾を数発使う羽目になった。サムは優秀な狙撃者だが、動きが鈍い相手とはいえ、遠距離から一発で脳天に命中させるのは至難の技だし、加えて腰にまだ痛みが残り、鉈や斧《おの》を使える状態ではなかった。最初のガソリンスタンドに立ち寄った際、彼は十九発を費やした。二度目の燃料補給時では十三発。銃弾のひと箱の半分以上がなくなった。これではダメだ。消費ペースが速すぎる。このままでは、せっかく手に入れた弾が長くは持たない。

エヴァンス・シティの外れにある墓地に通りかかったとき、彼は煙が立ち上っているのに気づいた。木にぶつかってひしゃげた乗用車一台、爆発したガソリン給油機の隣で焼け焦げた状態の小型トラック一台の横を、セミトレーラーで通り過ぎていく。しかし、それらが煙の出どころではなかった。なぜなら、トラックは焼け尽くされ、すでに火は消えていたからだ。

ほどなく農場が現われた。なんと、その母屋の前で死体の山が燃えているではないか。彼は車を止め、目を凝らして周囲の光景を観察した。月が出ていて十分明るかったものの、サムはヘッドライトを点けたままにした。死体の山から高く立ち上り、揺らめく薄灰色の煙柱以外、動くものは見当たらない。

「クソッ」

そう言って彼はセミトレーラーから降りた。車のエンジンはかけっ放しだ。ほんの少しその場に佇《たたず》み、腰に激痛が走らないか、膝がきちんと動くかどうかをチェックした。シグザウエルが肩のホルスターに入っているのを確認し、両手でグロックを握りしめ、燃え盛る山の方へと近づいていった。

それは、彼が埋まっていたのと、ほぼ同じ高さの山だった。何十体もの死体が、何十体もの死体の上に重ねられている。見たところ、どの死体も硬直しており、四肢《しし》は高熱で丸まり、骨は火床《ほど》の薪《たきぎ》のごとく炎に巻かれて縮み、焼け崩れていく。時折、パチパチと火花が上がり、暗い星空に届く前に消えていた。

サムは向きを変え、農場主の家へと歩き出した。彼は、経験を積んだ兵士ゆえ、戦闘の痕跡を読み取ることができる。彼が今見ている場所は、実際に熾烈《しれつ》な戦いが繰り広げられた場所だ。地面やポーチのあちこちには、死人たちのものと思われる血痕が残っている。血液は黒ずんでいたので、日光に当たったに違いない。ちょうど、太陽の光に晒《さら》されて、ミミズが乾燥して黒くなり、しぼんでいくようなものだ。サムは倉庫から失敬してきたマグライトを点灯させ、光が進行方向を照らすようにして左手で握った。拳銃を持った右手を左手の上で休め、家の中へと入っていく。ライトの光と銃口が同じ方を向いているため、明かりが標的を捉《とら》えると同時に発砲することができる。

誰かがこの場所を占領しようとしたらしい。見るからに、それは明らかだった。窓という窓は板が打ちつけてあり、家具は移動されてバリケード代わりに使われている。窓を塞いでであったはずの板のほとんどは壊され、裂けた木片《もくへん》がおびただしい数の薬莢と血飛沫《ちしぶき》とともに床を覆っていた。部屋を抜け、キッチンまで行ったが、どこもかしこも同じ状態だった。この場所を保持し、要塞化しようと試みたものの、失敗したらしい。

二階はさらに血まみれだったが、もぬけの殻だった。階段の汚れ方から判断すると、複数の死体が引きずられて階下に運ばれていったようだ。

居間にあったドアのひとつが開いていた。それは地下室へと続く扉だった。耳を澄ましてみたが、何も音は聞こえてこなかったので、サムは地下室へ降りていくことにした。慎重に、暗闇に沈んだ室内をマグライトで隅々まで照らしていく。そこには、折り畳み式の木挽《こび》き台とベッドがあるだけだった。またもや、ここも血で染まっていた。まるで血の色のペンキをめちゃくちゃに塗りたくったかのようだった。肉片と骨片も落ちていた。

他には何もなかった。

他には誰もいなかった。

重い足取りで階段を上がったサムはポーチに出て、月明かりの中に佇んだ。この状況を静かに分析してみる。この家にいたのが誰であれ、抵抗を試みたが、戦闘に敗れたのは明らかだった。

となると、あの死体の山を積み上げたのは誰なんだ？　誰が死体を引きずっていったのか？　誰の薬莢が庭に落ちているんだ？

サムは使用済みの真鍮《しんちゅう》の薬莢をじっと見つめた。軍用のものではない。口径が三十ミリかそこらのものもあれば、二十二ミリのものもあり、さらに九ミリ弾のものもある。

ショットガンの薬莢もあった。となれば、これを使ったのはハンターか？

おそらくは。

きっと、地元の警察も発砲したのかもしれない。

だが、それが警察のものだったとしても、なぜここに来た？　救助任務があったが、到着したときにはすでに手遅れだったとか？　あるいは、なんらかの掃討作戦？　この田舎町の武装した住人たちが反撃した？

いくら考えても正しい答えは見つからない。

土の上には犬の足跡もあった。ブーツや靴が踏んだ痕跡も。大人数だ。十分に武装し、集団で行動していた連中に違いない。何か仕事をやり終えようとしていたのか。

そして、反撃があったとも考えられる。

ペンシルベニアに〈ボーイスカウト〉と一緒に来て以来、初めてサムは気持ちが高揚した。子供たちと女性警官を乗せたスクールバスも、武装集団の仲間も自分を置いて逃げ出した。見捨てられた感がずっとつきまとっていた。だが今、誰かがレジスタンスを組織したのだと思い、一筋の光が見えた気がした。たぶん、発足を言い出したのは、田舎者の陸軍兵だろう。だが、そこはあまり重要ではない。

サムは家の周りを歩き、足跡から何かを読み取ろうとした。ここに来たグループは、農場の敷地を越えて東に向かったようだ。だが、どこに行くつもりなのだろう？　別の農場？　町？

　戦いがあるところならどこでも？　彼らを必要としそうなところならどこでも、か？

「Ｈｏｏａｈ《フーア》」と、彼は吐き捨てた。昔のアーミー・レンジャーが「Ｆｕｃｋ　ｙｏｕ《ファックユー》（くたばれ）」から「Ｆｕｃｋ　ｙｅａｈ《ファックイェイ》（やったぜ）」まで、あらゆる意味に使っていた言葉だ。

　東か。彼は思った。なかなかいい方角だ。まあ、他のどの方角でも同じふうに思っただろうが。おそらくこのハンターたち、もしくは田舎者の率いるレジスタンスは、自分たち自身を守っているのだろう。サムは自分が乗ってきたセミトレーラーを一瞥《いちべつ》した。運んできた食料や自分のプロフェッショナルな助言が役に立つかもしれない。

　だといいが。

　彼は闇に向かって微笑《ほほえ》みかけた。きっとあまり愛想のいい笑顔ではない。ハンターの笑み。兵士の笑み。殺戮者の笑み。たぶん、自分を含め、そういった連中は、美しい笑顔を作るのが下手だ。とはいえ、笑顔は唯一、生者の特権である。

　サムは笑みを浮かべたまま車に乗り込み、古い家屋の前で方向転換した。暗闇に沈む市道を見つけ、彼はセミトレーラーを走らせた。一路、東へと――。

現場からの中継

キース・R・A・ディカンディード

LIVE AND ON THE SCENE

キース・R・A・ディカンディード
Keith R. A. DeCandido

PROFILE

ゾンビ映画のイカれた世界に真正面から取り組み、映画『バイオハザード』の初期３作やテレビドラマ『スター・トレック』シリーズのノヴェライズを手がけた小説家。20 年以上、自分や他人が創作した何十もの世界を文章に綴り続けている。最新作は、ソー、シフ、ウォリアーズ・スリーが登場するマーベルの『Tales of Asgard』三部作、テレビドラマ『オーファン・ブラック　暴走遺伝子』の百科事典『Classified Clone Reports』。他にテレビドラマ『スターゲイト　ＳＧ−１』のノベライズ、『Kali's Wrath』、『Furnace Sealed』で始まる、モンスターを狩るブロンクス出身のユダヤ人少年を主人公とした都会派ファンタジー小説シリーズ、中編小説『Super City Cops』三部作の３巻目『Secret Identities』、他に『Aliens : Bug Hunt』、『Baker Street Irregulars』、『A Baker's Dozen of Magic』、『Joe Ledger : Unstoppable』、『Limbus Inc.』三部作第３巻、『TV Gods：Summer Programming』、『V-Wars：Night Terrors』などがある。プロのミュージシャンでもあり、ベテランのポッドキャスターでもある。空手は黒帯二段の腕前。万年寝不足の多才で多忙なキャリアの持ち主。日本では、前出の『バイオハザード』の映画シリーズ『バイオハザード２　アポカリプス』『バイオハザード III』（角川書店 刊）が邦訳されている。

HP：decandido.net/
Twitter：@KRADeC

ペンシルベニア州バトラーに建つ、アメリカの典型的な瀟洒《しょうしゃ》な一軒家。ここに住む一家四人は殺害され、いずれの死体も無残に嚙《か》みちぎられていた。検死結果によれば、なんらかの動物に攻撃された可能性が高いという。しかしながら、このリポーターが目撃者のエラ・ライマーという女性にインタビューしたところ、彼女は、一風変わった話を語り始めたのだった。

「ええ、私は男の子があの家から離れ、足を引きずりながら歩いているのを見ました。その様子はひどく奇妙で、つまずきながら歩いていた……と言っていいかもしれません。男の子を呼び止めようとしましたが、聞こえていなかったのか、彼はそのまま歩き続けていきました。わかります？　地面から足を上げていないんですよ。あんな歩き方、絶対におかしい。しかも、顔にはおびただしい血が付いていましたし」

　インタビューの動画が切り替わり、リポーターひとりがカメラに向かって立っている。

「ミス・ライマーは、この少年のことを警察には伝えなかったそうです。犠牲となった一家を襲った動物の所有者が、この不思議な歩き方をする男の子だなんてあり得ません。事実が明らかになるにつれ、事件は新たな様相を示しています。WIC‐TVニュースのハーヴィー・リンカーンがお伝えしました。では、スタジオにお返しします」

ハーヴィーは電話ボックスの前に立ち、地方テレビ局KDKAのリポーターが公衆電話を使い終えるのを辛抱強く待っていた。ピッツバーグのものとは異なり、いかにも郊外に設置されていそうな全面ガラス張りの電話ボックスで、使用者の反応は丸見えだ。とにかく、ハーヴィーは待っている間、電話ボックスのガラスに近づき、自分の髪型が乱れていないかをチェックした。同行しているカメラマンのフランクに「ブライルクリームは、人気ナンバーワンの男性用へアクリームだとさんざん宣伝しているくせに、意外と効果がないんだな」と言われ、中継時に髪の毛が乱れていたのかと、ハーヴィーは気になっていたのだった。

KDKAのリポーターの姿がいやにぼやけて見えるな、と思ったそのとき、ハーヴィーは自分がメガネをかけていなかったことに気づいた。

耳と鼻にプラスチック製のメガネフレームを載せるとほぼ同時に、ピッツバーグのリポーターが電話を切って、中から出てきた。

「お待たせ」

「どうも」

ハーヴィーはコイン投入口に十セント硬貨を入れ、局の電話番号をダイヤルした。

〈こちらWIC-TV〉

「やあマリア、ハーヴィーだ。ジャックと話せるかな？」

〈ちょっと待ってて。ボスが電話に出られそうか調べてみるわね〉

マリアがジャック・オールデンを捜しに行っている間、彼は公衆電話機の金属製の釣銭ホルダーに映る自分の姿と歯をチェックした。

「クソッ」

彼は唸《うな》るように吐き捨てた。歯の隙間にゴマ粒が挟まっていたのだ。ニュース業界に入った当初はモノクロ放送だった。それならゴマ粒はあまり目立たないだろうが、カラーの今はどうだ？　フランクの奴《やつ》め、ヘアクリームよりゴマ粒だろ！　彼は、ゴマ粒のことを指摘しなかった同僚をうらめしく思った。一度、顔面にパンチを喰《く》らわせてやろうか。

ハーヴィーは丁寧に手入れをした爪で、小さな黒い粒を取り出した。

〈ハーヴィー、今度はどんな文句を言うつもりだ？〉

受話器の向こう側から、テレビ局責任者の声が聞こえてきた。

「ジャック、取り立てて重要な用件ではないんだが、今日のライブ中継は大丈夫だったかな、と思って……」

〈問題ない。ただ、あれがライブ中継だと口にしてくれれば良かったかな〉

「あの映像、あとで他の番組で使うかもしれないと思って敢《あ》えて言わなかったんだ」

〈君は自分のことばかり考えている。図星だろ?〉

「違うよ。あの事件のことばかり考えてる。なんと言っても、二十世紀では、ピロー・キラー事件以来だからな、バトラー郡で複数が犠牲になる殺人事件が起きたのは。もし必要なら、過去の資料を探って、週末の番組でピロー・キラー事件について取り上げるのはどう――」

上司は滔々《とうとう》としゃべるハーヴィーの言葉をさえぎった。

〈そんな時間はないだろう〉

「そんなの不公平だ。こっちは――」

〈人生が公平だったことがあるか? とにかく、君が電話してくれて良かった。というのも、信じるか否かは別として、バトラー郡で複数の犠牲者が出た殺人事件が、また発生したんだ。ピロー・キラー事件以来、二件目だな〉

二度も言葉をさえぎられ、さらに愚痴るつもりだったハーヴィーは、思わず言葉を呑《の》み込んだ。

「なんだって?」

〈ウェスト・ペン通りとノース・チェスナット通りが交差する辺りへ向かってくれ。角に建つ家で死体が何体も発見されたそうだ〉

「任せてくれ」

受話器を置いたハーヴィーは、電話ボックスのドアを勢いよく開けて叫んだ。「フランク！」

名前を呼ばれたカメラマンは、まん丸の目を向けた。いつものことだが、迫ってくるヘッドライトに驚いて凍りつくシカを彷彿《ほうふつ》とさせる。

「で、俺はどうしたらいいいんだ？」

ハーヴィーの声の調子で、何かが起きたとわかったのだろう、彼は身構えて訊《き》いてきた。

とりあえず、ゴマ粒の件は後回しだ。

「今、心配することは何もない。別の事件現場へ直行だ！」

「ああ、神様！　なんてこった。また起きたのか？」

WIC-TVの白いバンの助手席に乗り込み、ハーヴィーは言った。

「みだりに神様を口にすべきじゃない」

「この三日間で、バトラー郡とアームストロング郡だけで、複数が犠牲になった殺人事件が四件も連続で発生しました。私はその四件目の事件現場に来ています。似たような事件は、クラリオン郡、アレゲニー郡、ウェストモアランド郡でも起きています。郡の検死局と市、郡、州の警察はいずれも、この襲撃は野生動物によるものという見解を示していますが、目撃者の証言からは異なる可能性が垣間見えてきます」

リポーター単独で映るものから、彼にマイクを向けられた目撃者の男性の映像に切り替わる。

「隣の家からひどく騒がしい音が聞こえたので、様子を見に行ったんだ。全知全能の神に誓って言うが、私は本当に見たんだよ。家の中でエドナをむしゃむしゃと食べている男を！」

興奮して早口になっている目撃者に、リポーターは冷静に問いかけた。

「ミスター・ポージー、『むしゃむしゃ食べている』と、おっしゃいましたね。どういう意味でしょう？」

「そのまんまの意味だよ！　そいつはエドナの腕を食っていたんだ！」

「他の同様の事件現場でも、似たような目撃証言が出てきています。バトラー市警察署長のブランドン・ペインターは、この件について次のように話しています――」

映像が再び切り替わり、今度はペインター警察署長がカメラを見据えて話し始めた。

「人間が他の人間を食べるといった訳のわからん噂《うわさ》が広まっているのは、好ましいことではない。その手の話は得てしてデタラメだし、一連の恐ろしい事件を解決すべく懸命に捜査している実直な警官たちにとって、なんの手助けにもならない。この職に就《つ》いて三十年経《た》つが、私はそのような場面を一度たりとも見たことがない。こういった犯罪には、おかしな噂を広める連中がつきものなんだ」

憮然《ぶぜん》とした表情の署長から、画面は再度リポーターにバトンタッチされた。

「ペインター署長の確信とは裏腹に、これらの目撃証言は単に『おかしな噂』として切り捨てることはできません。実は、郡検死局の職員が匿名を条件にインタビューに応じてくれました。彼は私に、この連続殺人事件の犠牲者を襲ったのは野生動物と発表されているものの、既存のどの動物も、被害者の傷口の解剖結果と一致しないと断言しました。特に、この州で見られる動物ではないとのことです。地元の動物園からは、脱走した動物がいるとの報告はなされていません。WIC-TVのハーヴィー・リンカーンがお送りしました」


WIC-TVニュースのスタッフとの朝のミーティングに参加するため、ハーヴィーは会議室に向かっていた。事件の目撃証言のことで頭がいっぱいで、自分の足元を見つめて廊下を歩いていたのだが、リノリウムの床を高いヒールでコツコツと鳴らす音が聞こえ、彼は顔を上げた。目の前にリンダ・カミンが彼の行く手を塞ぐように立っており、彼は慌てて歩みを止めた。

「あなた、自分がシラミ同然だってわかってる？　誰かの血を吸わないと生きていけない虫けらと同じってことよ！」

いきなり辛辣《しんらつ》な言葉を浴びせられ、ハーヴィーは苦笑した。

「僕はリポーターだよ、リンダ。リポーターはみんな、ろくでなしの虫けらだ。この世界で生き延びるのは厳しい。君も殺虫剤を撒《ま》かれればイチコロさ。僕同様にね」

彼が平然とそう言ってのけると、リンダの表情は見る見るうちに険しくなった。

「検死局職員のコメント、あれは私が入手した情報なのに！　私が自信満々であなたに話したのを覚えてるわよね。私が使うはずだったのよ。よくも抜け駆けしてくれたわね！」

「おや、本当に？　いつ使うつもりだったんだい？　君が教育員会のお偉方にインタビューした前か？　後か？　それとも、井戸端《いどばた》会議を取り上げ、ＰＴＡの内情を暴露したついでに？」

皮肉たっぷりに彼が返すと、リンダは口をへの字に曲げた。

「私だって立派なリポーターよ。あなたと全く同じ！　私だって、この連続殺人事件に関われたかもしれない。誰にだってチャンスはあるはずよ。とにかく、こんなふうに人の情報を横取りするのは不公平だわ！」

「人生はいつだって不公平だよ。おっと、君もミーティングに出るんだろ？」

「ええ。でも、その前にひとつ言っておくわ。今後、私たちの会話は全て録音されていると思ってね。あなたがもし再び同じようなことをしたら、みんなにあなたの本当の苗字《みょうじ》を発表するから」

ハーヴィーは一瞬、言葉に詰まった。「……まさか」

「ふん、覚悟しておきなさい」

そう肩越しに言いながら、彼女は会議室に入っていった。

ハーヴィーは急に顔が汗ばみ、メガネが鼻の上からずり落ちるのを感じた。メガネの位置を直してため息をつき、彼は会議室に足を踏み入れた。

リンダを睨《にら》みつけつつ、ハーヴィーはニュース・ディレクターとテクニカル・ディレクターの間の空席《くうせき》を見つけた。普段から同業者《リポーター》の隣に座るのは嫌なのだが、特に今は絶対に避けたかった。

リンダの本当の苗字はカミンスキーだが、彼女は、自分がポーランド系だと知られても別に気にしていなかったものの、リポーターとしてカメラに映るときは〝カミン〟と名乗るのを好んでいた。カミンスキーという長い苗字だと、うまく発音できずに口ごもる人もいるからだ。

ハーヴィーの本当の苗字は〝リップシッツ〟で、他人に知られないようにずっと注意してきた。

すると、上司のジャック・オールデンが入室し、皆に声をかけた。

「おはよう、諸君。さっそくだが、事態が新たな展開を見せていることを伝えなければならない」

そのひと言で、部屋は静まり返った。

新たな展開？　ハーヴィーも思わずツバを飲み込んだ。

「ノースサイド、グリーンローン、マウント・ロイヤル、キッタニング、ウェスト・ビューの各共同墓地からの信頼できる情報だ。墓の中で死体が起き上がり、地上に抜け出しているらしい」

ジャックが言い終えるなり、静寂は一転、笑いの渦に変わった。

「もうハロウィンの話題かい？」

「今どきの死体は、ずいぶん元気がいいんだな」

「ジャック、エイプリルフールの冗談は四月一日に言ってくれ」

「――私は真剣だ！」

真顔で怒鳴ったジャックに、ハーヴィーはビクリとした。彼はこの十年のほとんどをＷＩＣで働いてきたが、ジャックが声を荒らげるのはこれが初めてだった。

「聞いてくれ。これから数日間、この情報は嫌というほど耳にすることになる。動物が何頭も逃げ出したのでも、連続殺人犯の仕業でもない。死体が息を吹き返しているんだ」

死体が息を吹き返している――。

「ジャック、本当なんですか？」

リポーターのひとりが怪訝《けげん》そうに訊《たず》ねた。

「私が冗談を言っているように見えるかね？」

「いいえ。局長は今にも吐きそうなほど顔色が悪いので、心配になって……」

「ああ、君の言う通りだ。こんな現実を知って、平気なわけがない」

ジャックはうなずき、それからハーヴィーの方を見た。「君が言っていた検死局の情報だが、一般に公表できる正式なコメントを得られるか？」

そう問われた彼は顔を引きつらせてリンダを一瞥《いちべつ》し、「たぶん。先方に訊《き》いてみます」

と、簡潔に答えた。

「よし。ちょうど今、州知事からのお達しがあり、死亡後の遺体は全て火葬が義務づけられたそうだ」

それを聞いたハーヴィーは、さらに面食らった。

「事実ですか？」

「もちろん、事実であり、常識だ」

「ですが、その……ユダヤ人に関しては？」

ジャックは片眉を上げた。

「ユダヤ人がどうかしたのか？」

「ええ、火葬にするのは……ユダヤ教に反するんです」

遠慮がちに答えた彼に対し、上司は肩をすくめた。

「君の言い分はあるだろうが、この異常事態の対策として決められたルールだ。それに、死んでしまったら、土葬にされようが火葬にされようが、死んだ本人はわからない」

ハーヴィーは顔をしかめた。ジャックの言葉が真意で、本当にそんなルールが実行されたら、それはまさしく〝神への冒瀆《ぼうとく》〟ではないか。しかし、雇用のためにキリスト教信者であると偽っているハーヴィーは何も言い返せなかった。

「では、次に業務の割り当てについて——」

ジャックはすぐに別の話題に移ったが、頭が真っ白になったハーヴィーの耳には、何も入ってこなかった。


会議の後、リンダと接触したくなかったハーヴィーは、ほどんど走るようにしてデスクに戻った。デスクに着こうとしたとき、マリアが手を振っているのがわかった。

「ハーヴィー、あなたに電話。外線4番よ」

「ありがとう」

椅子に腰掛けて背もたれに寄りかかると、木製ゆえに椅子がギシギシと鳴った。彼は受話器を上げて耳に当て、点滅していた「4」のボタンを押した。

「もしもし、ハーヴィー・リンカーンです」

〈申し訳ない。てっきり、ハーヴィー・リップシッツの電話番号だと思っていた。私は彼

の父親なのだが〉

反射的に彼は背筋を伸ばした。父親の声を聞くたび、どうしても姿勢を正してしまう。

「父さん、僕だよ。調子はどう？」

〈おまえがその名前を使っているのを聞くたびに、身体が拒否反応を示して死にそうになる〉

職場の他のスタッフに聞かれぬよう、彼は小声で話した。

「父さん、前にも言っただろう？　ユダヤ人のリポーターは雇ってもらえないって。特に罵《のの》りの言葉みたいな発音の苗字のユダヤ人なんて、絶対にお払い箱だから」

リップシッツという忌まわしい苗字。アルファベットの表記はＬｉｐｓｈｉｔｚだが、発音すると、リップ（唇）シッツ（糞《くそ》）と聞こえ、他人の失笑を誘ってしまうのだ。

〈バカなことを言わないでくれ。おまえが恥じているのはわかっている。だが、ナチスのポーランド侵攻前に、おまえの両親がやっとの思いで逃げた事実をなぜ認めずに恥じる？　私が祖国のために敵と戦い、ブーフェンヴァルト強制収容所の解放を手助けしたことを、どうして皆に知らせずに隠す？　なぜ――〉

「父さん、僕は今、本当に手が離せないん――」

〈今日電話したのは、母さんのことだ〉

ハーヴィーは、長年の経験から、いかに自分が多忙かを切実に訴えて電話をすばやく切る術《すべ》を身につけていたが、今回は素直に父の話に耳を傾けた方が良さそうだと判断した。父が電話を寄こした理由が、母についてだったからだ。

「母さんがどうかしたの？」

〈もう長くはない〉

「母さんが本当に死にかけているのか、それとも、母さんが一回咳《せ》き込んだから、父さんが勝手にそう思い込んでるだけなのか、どっち？」

〈母親が危篤《きとく》だっていうのに、よくもまあペラペラとしゃべりやがって。母さんは深刻な状態で、呼吸もままならないんだぞ！　酸素吸入はもう効果がない。ドクター・シフの診療所に電話をして受付の女性にメッセージを残したんだが、一向に電話を返してこないんだ！〉

憤る父親の怒声に、ハーヴィーは息を吐いた。

「父さん、きっと先生はすごく忙しんだよ」

〈そんなことわかってる。だから私は心配してるんだ！〉

「いいかい、父さん。電話をかけ続けるんだ。僕は本当に今、目が回るくらいに忙しいんだよ。新しいニュースも入ってきて、やらなければならないことが山ほどあるんだ」

〈新しいニュースって、死んで生き返った人間の話か？〉

いきなり言い当てられたため、ハーヴィーは咄嗟《とっさ》に返事ができなかった。

「あ……それは……」

〈図星みたいだな。ドクター・シフが診療しようとしないのも、そのせいか。いいか、ハーヴィー・リップシッツ。くれぐれも気をつけろ。おまえが妙な死人の現場に行って、何か悪いことが起きなければいいんだが〉

「父さん、大丈夫だよ。相手は死人なんだから、何もできないよ」


「こちらにいるのが、マウント・ロイヤル共同墓地の管理責任者アルヴィン・ジェファーソンです。ミスター・ジェファーソン、今日あなたが見たことを話していただけますか？」

「ミスター・リンカーン、嘘みたいに聞こえるかもしれませんが、これは本当に起こったことなんです。あれはまるで地の底から悪魔が這《は》い出し、地上でその怒りを爆発させたようなものでした。聖書の中のヨハネの黙示録に書かれていたことが、現実に起きたんです」

「なるほど。ですが、もっと具体的に教えていただけますかね？」

するとジェファーソンは眉間《みけん》にシワを寄せた。

「何が問題なんです？　死は死。それ以外に説明はできません！　死体が墓の中から出てきて、生きた人間を餌《えさ》にするなんて！」

ジェファーソンは半ば悲鳴を発するかのように言い放った。

「ミスター・ジェファーソン、ありがとうございます。W―C―TVのハーヴィー・リンカーンがお送りしました」

ペンシルベニア州グレンショーで、故障しておらず、なおかつ誰も使っていない公衆電話を見つけるのに、ハーヴィーは永遠とも思える時間を費やした。だが、ようやく見つけることができたので、彼はフランクにバンを路肩に止めるよう頼んだ。

「電話するまでもないよ。このまま局に帰ればいいじゃないか」

声の調子から、フランクが不機嫌なのは明らかだった。「二十分も運転すれば着くのに」

「父から伝言が届いていないか、チェックしたいだけだ」

フランクは大きくため息をつき、バンを停車させた。

ハーヴィーは車から降り、コイン投入口に十セント硬貨を数枚入れ、局の番号をダイヤルした。実際に父親に電話して直接話すより、父親が自分に電話してきたかどうかをチェックする方がずっとマシだった。

〈WIC-TVです〉

「やあ、マリア。ハーヴィーだけど、何か伝言は残ってるかな?」

〈リンダがあなたを捜してたわ。喧嘩腰《けんかごし》だったけど〉

ハーヴィーは眉をひそめた。彼はいまだに解決方法を探っていた。リンダのハイヒールのかかとで目を刺されずに、彼女の検視局の友人にどうコンタクトすればいいのかを聞き出さねばならない。

〈それと――〉と、マリアは付け加えた。〈あなたのお父さんから電話があったわ。かなり狼狽《ろうばい》しているみたいだった〉

「そうか。ありがとう、マリア」

ハーヴィーの心はズシリと重くなった。相手が電話を切っても、彼はほんの少しの間ダイヤルトーンを聞き、放心していた。フックレバーを下げると釣り銭口に十セント硬貨が落ちてきたので我に返り、その金を再び投入口に入れた。今度は彼が生まれ育った実家の番号をダイヤルした。

〈――もしもし?〉

ハーヴィーは一瞬、会話を続けるかどうかためらった。父親の声はひどく憔悴《しょうすい》した様子だったのだ。

「父さん、僕だ」

〈ハーヴィーか!　良かった、かけてきてくれて。母さんの容態は悪くなる一方だ。911番にかけても、誰も応答してくれないんだよ!〉

彼は目を閉じ、こう言うしかなかった。

「父さん、電話をかけ続けて。できるだけ早くそっちに行くから」

電話を切ったハーヴィーは、急いでバンに戻った。

「次はキッタニングに向かう」

「今、なんて言った？」

フランクは目を剝《む》いた。口もあんぐりと開け、まるで魚のような顔になっている。

道路の先を指差し、ハーヴィーは強い口調で繰り返した。

「キッタニングへ向かうんだ。今すぐに」

「車で一時間はかかるぞ！」

「なら、さっさと車を出せ」

「なんだよ、そんなの――」

「車を出すんだ、フランク。さもないと、先週、マリファナをこっそり吸っていたことをジャックに報告するぞ」

フランクは両手を広げて訴えた。

「それはないだろう、ハーヴィー。不公平だ」

「人生が公平なときなんてあったか？　いいから運転してくれ」

フランクは「最悪だ」とブツブツ文句を言いながら、車のギアを入れた。

アレゲニー川が貫く町、キッタニングに到着する頃には、辺りはすっかり暗くなっていた。

「あーあ、もう夜じゃないか」

相変わらず文句ばかりのフランクに、ハーヴィーはきっぱりと言い放った。

「頼むから黙っててくれないか」

彼は、フランクの首を絞めてやりたい衝動に駆られた。こんなことなら、一旦フランクと局に戻り、自家用車でここまで来るんだった。しかし、父の声を聞いて、彼は不安でたまらなくなったのだ。父があんなふうにしゃべることなどなかった。祖母が死にかけたとき以外は。

「クソッ！」

フランクがふいに大声を出した。何ごとかとハーヴィーが顔を上げると、薄暗いマーケット通りの真ん中に、ひとりの男性が立っていたのだ。このままでは正面衝突してしまう。

男性を避けるため、フランクは急ハンドルを切った。男性は驚くふうでもなく、その場に佇《たたず》んだままだ。バンは大きく弧《こ》を描き、そのまま銀行の正面玄関へと突進していく。あっと思ったときには、ハーヴィーは前方に激しく投げ出されていた。頭を思いきりフロントガラスにぶつけ、ダッシュボードで胸を強打した。

数秒間、彼は助手席で突っ伏していた。ひどい耳鳴りがする。なんとか身体を起こし、助手席のドアの把手《とって》を摑《つか》んだ。ゾッとするような金属の摩擦音とともに、ドアが開いた。

会社のバンをぶつけてしまった。一体どれほど大量の書類を書かねばならないのか。

それが、まずハーヴィーの頭に浮かんだ。続いて運転席に視線を向けた。フランクは自分のシートベルトに固定され、そこに座ったままだったものの、意識がないように見えた。自分のシートベルトは切れたのか、無意識に外したのかは定かではない。ハーヴィーはゆっくりと車から降りようとしたが、身体が思うように動かず、舗道に転げ落ちる形になった。

何か生温かいものがハーヴィーの目に入ってきた。まぶたを擦《さす》ると、手の指に血が付いた。額に触れると、ぱっくりと割れているのがわかった。不思議と痛みは感じなかった。

よろめきながら立ち上がった彼は、肩越しに、あの男性がまだマーケット通りの真ん中に立っているのを見た。

「おい！」

ハーヴィーは大声で呼びかけ、男性の方にゆっくりと歩いていった。「一体どうしたんだ？　道の真ん中に立っているなんて」

そのとき、彼は男性の姿をはっきりと確認した。その目は乳白色に濁っており、歯はボロボロに朽《く》ち、フランネルシャツに大きな穴が開いていた。シャツだけではない。胴体にも穴が開いていたのだ。穴の向こうの景色まで見える。穴の内側は、砕けた骨や筋肉でグチャグチャになっており、ドロリとした血液や体液が垂れていた。

三十時間前から、死体が生き返っただの、奇妙な歩き方で人が歩いているだの、ややもすると正気を失った者の戯言《ざれごと》にしか思えない話をずっと聞き続けてきた。しかし、自分がそれに直面するのは、これが初めてだった。

ハーヴィーは走り出した。純粋にパニックに陥り、どちらの方向に走っているかなど、全く考えていなかった。とはいえ、潜在意識はまともに働いていたらしい。一分もすると、自分がサンプソン通りを走っていて、実家に向かっていることに気づいたからだ。

その男性――動き出した死体以外、通りには誰ひとりいなかった。

もっと奇妙な事態が起きている気がしてならない。

正門までやってきた彼は、必死で門の留め金を探した。血に濡《ぬ》れた手は汗が混じり、さらにぬるぬるになっている。ようやく留め金を外して門を開けると、昔からそうだったように、重たい金属音が響いた。半ばつんのめりながら、ひび割れたコンクリートの通路を進み、玄関までたどり着いた。木製の玄関ドアのノブを回してみると、鍵は掛かっていなかった。

「父さん？」

勢いよくドアを開け、ハーヴィーは家の中へと入っていった。「いるの？」

「ハーヴィー？　ハーヴィー、おまえなのか？」

「僕はここだよ、父さん」

居間から現われた父は、いつも家にいるときの格好――白いTシャツ、ボクサーパンツ、革のスリッパ——だった。父は泣いていた。涙が頬を伝い、豊かな口髭《くちひげ》の中へと消えていく。

「ハーヴィー、母さんがあとどのくらい生きていられるか、私にはわからない」

父と一緒に居間に向かうと、ソファーベッドに母が横たわっていた。酸素ボンベから伸びたビニールのチューブが鼻に差し込まれている。深いシワが刻まれた顔は、シーツのように白かった。胃の辺りがわずかに上下しているのがわかる。つまり、母はまだ生きていた。だが、一方で母が示す生命反応は、そのかすかな呼吸だけだった。

壁の一方には、大きなサイドボードが設置され、その中にはテレビも置かれている。テレビの画面にはニュース番組が映っており、見覚えのあるキャスターがニュースを伝えていた。そのキャスターの名前は思い出せなかったが、放送中にメガネをかけているなんて、あり得ないと思った。キャスターは、遺体を火葬にする重要性をダラダラと語っていた。

「ハーヴィー、一体何があったんだ?」

父に問われて思い返してみたものの、彼が覚えていたのは、フランクをバンに残してきたことだけだった。

「大丈夫だよ、父さん。えっと、つまり……大丈夫ではないんだけど——」

「まあ、座りなさい。怪我《けが》の手当をしてやろう。陸軍時代に応急処置を習ったんだが、結構役に立っている」

そう言って、父は包帯、消毒用アルコール、コットン、紙テープ、ペーパータオルなどを持ってきた。アルコールで消毒されたときに額の傷口が刺すようにしみた。包帯で頭を巻いた後、父はこう言った。

「もう一度、911番に電話してみる」

「そうだね。それがいい。電話が通じたら、フランクのことも話しておいて」

父親が傷口を消毒し、包帯を巻いている間、ハーヴィーは思考が回復したので、マーケット通りで何が起きたのかを細かく話して聞かせておいたのだ。

父は電話のところへ向かい、受話器を上げた。911と番号をダイヤルした後、呼び出し音が鳴るのが、ハーヴィーの耳にも聞こえてきた。しかし、十二回目の呼び出し音の後、父は乱暴に受話器を置いて電話を切った。ちょうどそのとき、テレビの画面は、マウント・ロイヤル共同墓地の管理人にハーヴィーがインタビューする場面に切り替わった。

「おまえもキャスターの人みたいに、テレビに出るときはメガネをかければいいのに」

父にそう言われ、ハーヴィーは息を吐いた。

「メガネをかけると、頭が悪そうに見えるんだよ。みんな、大体はそうだ」

それから母を一瞥し、彼は父に提案した。「父さん、僕が病院まで行って、何が起きているかを見――」

突然、母は身体が震え出し、激しい咳の発作に見舞われた。

「リフカ!」

父は母の名前を叫び、ソファに駆け寄った。傍《かたわ》らで膝をつき、咳き込む母の手を握る。彼女の咳は痰《たん》が絡んでひどく湿っており、時折喉を詰まらせていた。

ハーヴィーは成す術もなく、その場に立ち尽くしていた。母のために何かをしたかった。フランクのためにも。しかし、911番にかけるのが精一杯であり、最善策だと思っていた。緊急の場合は、誰もが911番に電話をするべきだからだ。〝緊急番号＝911〟が頭に刷《す》り込まれているので、地元の担当医の番号や病院の番号を知っておく必要はない。普段なら。

しかし、911が機能しなかった場合は……。

ハーヴィーはハッとし、ポケットに手を突っ込んでメモ帳を取り出した。ページをめくり、二十八号線沿いにあるアームストロング郡立病院の緊急病棟の番号を探した。急いで電話をしてみたが、結局呼び出し音だけで終わった。次に彼は、アームストロング郡の保安官事務所に電話をかけた。そこでも結局、呼び出し音が繰り返されただけだった。彼は、父親がしたよりも、もっと力強く受話器を叩《たた》きつけた。

「父さん、僕が――」と、振り向きざまにそう言いかけたとき、父が叫んだ。

「リフカ!」

ソファへと急ぎ、母親を覗《のぞ》き込んだハーヴィーは、彼女の咳が止まっていることに気づいた。それだけではない。呼吸も止まっている。

父は立ち上がり、ハーヴィーの腕を摑んだ。

「母さんを助けてくれ！」

「え？　どうやって？」

「去年、テレビでマウス・トゥ・マウスのやり方を教わっていただろう？」

「あれは、講習会の取材をしただけで、実際に学んだわけじゃない」

「なぜ母さんを助けようとしない⁉」

「父さん、僕にできることは何もないんだ！　病院の電話はつながらないし、警察は電話に出てくれないし――」

しかし、ハーヴィーの訴えを理解するどころか、父は彼の胸を叩き始めた。

「おまえはいつも私たちを憎んでいた。私たちを恥じていた！」

「父さん、今ここで、そんなこと――」

「だからおまえは苗字を変えた。おまえは私を憎み、私の苗字になった母さんを憎んだ。その母さんが死んで、おまえはさぞかしうれしいんだろうな！」

「父さん！」

ハーヴィーは父の手首を摑んだ。「やめてくれ！　僕の話を聞くんだ。いいかい、母さんの遺体は火葬にしないといけない」

「何だって？」

「土葬にはできない――」

ハーヴィーの手から無理やり腕を離し、父は烈火のごとく怒鳴った。

「よくもそんなバチあたりなことが言えたもんだな！　おまえの愚かな仕事のせいで、先祖代々の伝統すらも拒絶するのか⁉」

「父さん、お願いだから、冷静になってくれ。これは僕の仕事とは一切関係ない。父さんも最近何が起きているか、ニュースで知っているだろう？　死体が次々と生き返っているんだ！」

「そんなの神の領域だ。神様が、ゴミみたいに死体を燃やすなと言っているんだぞ。さあ、家から出ていってくれ！　なんと汚らわしい。出ていけ！」

「父さん、僕は――」

父を振り切った彼は、激しい勢いで父の横を通り過ぎると、キッチンを抜けて勝手口から裏庭に出た。

予想通り、そこには薪《まき》が山のように積まれていた。父はかつて自分で薪を割っていたが、年老いた今は、近隣の子供に小遣いをやって薪割りをさせている。マウス・トゥ・マウスの仕方は知らないが、何年も前にボーイスカウトに入っていたので、火の点《つ》け方は知っている。数分もしないうちに、彼は薪を並べて母親の遺体を載せられるようにした。

「何をしている？　家を燃やす気か？」

様子を見に来た父親は、キッチンの出入り口のところで立ち止まり、怪訝そうな表情でこちらを見ている。肩越しにハーヴィーはこう答えた。

「違うよ、父さん。さっき話したように、死体は燃やさないといけないんだ」

「死体などない。彼女はまだ生きている！」

ハーヴィーは向きを変え、父親と向き合った。父の険しかった顔に笑みが浮かんでいる。

「今、なんて――？」

「母さんは生きてるんだよ！」

父が一歩脇にずれると、廊下の向こうからよろよろとこちらに向かってくる母の姿が見えた。

ハーヴィーは心拍数が急上昇するのを感じ、全身に戦慄《せんりつ》が走った。

「父さん、そこから離れて！　父さん！」

「おまえは私たちのことを気にかけたことなどなかった。そうだろ、ハーヴィー？　おまえの気持ちが変わって――」

すると、母の手が父の肩を摑んだ。

父は叫び、ハーヴィーも叫んだ。どこからどこまでが父の悲鳴で、どこからどこまでが自分の絶叫なのかはわからなかった。しかし、本能的に父を助けなければと思い、勝手口のドアまで走って父をグイと引き寄せ、首に嚙みつこうとする母から引き離そうとした。

しかしながら、ほんの少しだけタイミングが遅れた。父は床に倒れ、首から真っ赤な鮮血を噴き出していた。母親は、次にハーヴィーに襲いかかろうとしたが、父親を払いのけたときと同様、簡単にその手を振り払うことができた。そして、母親の手首を握って裏庭へと引っ張っていき、火の中に押し入れた。奇妙なことに、母親は声を上げることも、抵抗することもなく、呆気《あっけ》なく炎に巻かれていく。火中に突っ立ったまま彼女は焼かれ、肉の焦げる強烈な匂《にお》いが、ハーヴィーの鼻腔《びこう》を刺激した。

彼は再び家の中に戻り、父の身体を引きずって裏庭まで運び出した。数々の殺人事件を取材してきた経験上、キッチンのリノリウムの床を血の海にするほど出血した父が助かることはないとわかっていた。父の身体は母よりもずっと重かった。

裏庭に来ると、母は炎に全身が包まれても、まだ立っていた。こんな奇妙な光景は見たことがない。死んでも生き返る。生き返った死体は生きている人間の肉を嚙みちぎる。これは一体どういう生存競争なんだ?

頭が混乱しつつも、ハーヴィーは必死で父親を運び、母親の足元へと転がした。父の身体にも、みるみるうちに火は燃え移っていく。なぜ自分が火葬禁止の戒律を破らねばならなかったのか、神が理解してくれることを願った。おそらく、いや絶対に、父は理解してはくれないだろうが。

赤い炎で焼けただれていく両親の傍らで、ハーヴィーは父親に向かって吐き出した。

「僕はね、立派なリポーターになりたかっただけなんだよ、父さん。『ハーヴィー・リップシッツを現場に行かせよう』なんて真顔で言ってくれる人なんて誰もいない。リンカーンは偉大な大統領だけど、リップシッツはジョークのオチみたいに聞こえてしまう。そんな名前の人間が深刻な犯罪現場からリポートしても、最後に自分の名を明かした瞬間、全てが笑い話みたいになって、真面目《まじめ》に報告した内容が全部パアになってしまうんだ」

ハーヴィーは大きく息を吐いた。「父さんが僕を理解してくれなかった理由はわかるけど」

数分もすると、彼は火葬の様子を見ていられなくなった。

彼は家に沿って歩き、サンプソン通りに出た。そこには、たくさんの死人がぎこちない動きで歩いていた。死人の数は格段に増えている。それぞれ、当てもなくさまよっているように思える。皆、足をまともに持ち上げられないのか、足を引きずり、やけにのろのろと進んでいた。

そこにフランクの姿があった。

考えるより先に、身体が動いていた。ハーヴィーはこの愚かなカメラマンに会えて、これほどうれしかったことはなかった。喜び勇んで駆け寄り、両手を広げてこう言った。

「フランク！　良かった！　カメラを取ってきてくれ。この様子を撮影しよ――」

しかし、相手は立ち止まることなく歩き続け、こちらに近づいてくる。そして、いきなりハーヴィーの腕に嚙みついた。

激痛のあまり、彼は悲鳴を上げた。それでもフランクはひるむでもなく、ますます歯を肉に食い込ませてくる。ハーヴィーは抵抗して離れようとしたものの、フランクは執拗《しつよう》だった。あたかも、骨にしゃぶりつく犬のように。

それでもハーヴィーは必死に抗《あらが》い続けた。相手の頭や肩を押し、自分と引き離そうと試みた。そのうち彼は後ろによろめき、舗道に倒れ込んでしまった。今やフランクがハーヴィーの上に被《かぶ》さる体勢となり、じっとこちらを見下ろしている。その目は乳白色に濁っていた。

こんなふうに死ぬなんて、絶対にいやだ！　死ぬもんか！　こんなの不公平だ！

フランクに首の肉を引き裂かれながら、ハーヴィーは最後にこう思った。

人生が公平だったことがあるか？

「今朝のキッタニングの現場は、惨憺《さんたん》たる状況になっています。州兵によって一帯が制圧される前、アームストロング郡保安官事務所の保安官補が何体かの歩く死体を捕まえ、焼き払いました。エミット・ネルソン保安官にお話を聞くことができたのですが、保安官は繰り返し、この重大な危機に備え、慎重に行動するようにと訴えています」

　画面はリポーターからネルソン保安官に切り替わる。

「一連の出来事に対して、政府が原因について言及しているのはわかっているが、実際のところ、何が発端《ほったん》でこんな事態になったのかは、ここまで状況が悪化した今はどうだっていい。重要なのは、極力外出せずに家に留まることだ。万が一あの化け物に遭遇してしまった場合、連中の頭か脊椎《せきつい》にダメージを与えるんだ。それにより、あいつらを無力化できると思われる。それと、死体を見つけたら、とにかく燃やしてくれ！　小さなマッチでもなんでもいい。火を点けて、あいつらを燃やすんだ！」

　真剣な表情で訴える保安官から、再びリポーターに画面は変わった。

「今回の取材で、キッタニングで火葬された死体のうち二体は、WIC–TVのハーヴィー・リンカーンとフランク・ディマルティノだと判明しました。二人の優秀な社員を失ったこと、その他大勢の住民が実際に二度も命を落とすことになったという事実は、私たちにとっても非常に耐えがたい悲しみです。WIC–TVのリンダ・カミンがお送りしました。現場からは以上です。スタジオに一旦お返しします」

死線を越えて

ニール＆ブレンダン・シャスターマン

DEADLINER

ニール&ブレンダン・シャスターマン
Neal Shusterman & Brendan Shusterman

PROFILE

ヤングアダルト小説をメインに30編もの小説を手がけてきたニューヨーク・タイムズベストセラー作家。ニールの代表作は、『Unwind Dystology』シリーズ、『エヴァーロスト』(ソフトバンククリエイティブ刊)をはじめとする『Skinjacker』三部作、全米図書賞を獲得した『僕には世界がふたつある』(集英社 刊)など。邦訳は他にも『父がしたこと』(くもん出版 刊)、『シュワはここにいた』(小峰書店 刊)がある。息子のブレンダン・シャスターマンとは、アンソロジー小説『Violent Ends』をはじめ、タッグを組むことも多い。

HP:www.storyman.com/
www.facebook.com/nealshusterman/
Twitter:@NealShusterman
Facebook:facebook.com/nealshusterman

オーウェンのことを〝暴利を貪る者《プロフィッター》〟と呼ぶ者もいるが、もっとずっとマシな呼び名もあった。それは〝生存者《サバイバー》〟だ。

この社会的混乱――歩き回り、友や隣人を食う死者の突然のアウトブレイク――は臨機応変に物事を処理できる優れたサバイバーにとっては、絶好の機会だった。

このアウトブレイクが起こる前、彼は長年、巡業サーカスで働いてきた。無知な（いや、無邪気なというべきか）田舎者《いなかもの》どもを喜ばせて金を儲《もう》けていたわけだが、正直、そこ以外、社会に彼の居場所はなかった。社会のほとんどの場所で、彼は必要とされていなかった。彼は、サーカスの開催に合わせて各地を転々としていた。そうせざるを得なかったからだ。サーカスの田舎の客たちに人気があったものの、彼は田舎者を嫌悪した。しかし、腹を空《す》かせた死者たちが通りにあふれるようになって、これはひょっとして一攫《いっかく》千金《せんきん》の大当たりのチャンスかもしれないと、彼は思うようになった。ヒッピー・ムーブメントが起きた一九六七年の夏は、〝愛の夏《サマー・オブ・ラブ》〟と呼ばれたが、一九六八年は、さしずめ、〝死の夏《サマー・オブ・デス》〟だろうか。

最初にそれが起きたとき、彼はジョージア州サバンナでサーカスのテントを設営し終えたばかりだった。奴《やつ》らがフラフラとやってきたのは、そのときだった。彼は、五年間一緒に働いてきた同僚が生きながらにして食われるのを目《ま》の当たりにした。そして、一度嚙《か》まれると体内の組織に何か作用するのか、たちまち同僚は死者たちの集団の一員になったのだ。その日、オーウェンは五人の人々を救い、彼の英雄伝はどんどん伝播《でんぱ》していった。

次の数週間で、オーウェンがサバンナの路上や住宅地で殺した死者の数は数百体に上り、彼はしがない巡業者から街のヒーローとなった。平和の使者。一連の出来事で、人々が彼をそう呼んだ。六ヶ月も経《た》つと、生ける屍《しかばね》は人間の管理下に置かれた、というようなことが正式に発表された。人々は、集団で移動し、常に武器を携帯し、人気《ひとけ》のない暗い場所には近寄らないようにとのお達しを受けた。いつ自分の腐った身内が現われて食われるかもしれぬため、それらは一般常識として定着した。そのうち、ゾンビよりも共産党員の方がずっと脅威だから共産主義の方を心配すべきだという声に、人々は賛同し始めた。そう、管理されるようになったゾンビは、恐怖の対象ではなくなったのだ。

サーカスのテントは今も立っていたが、閑散としていた。時期が来るのを待っていた。そして、オーウェンは知っていた。新しいショーがすぐに始まると。そして、その舞台監督は、オーウェンなのだ。

「あのトラックに気をつけろ！　窓から手を離しておけ！」

積み荷に細心の注意を払うよう、オーウェンは作業員たちに注意しなければならなかった。〝一般常識〟のない人間は、新しくできた自然淘汰《とうた》のルールによってすでに排除されていた。しかしながら、ときに、愚か者はゴキブリ並みにしぶとい。

「十七体捕まえました」

オーウェンに雇われているハンター、クリストフが言った。「依頼された条件に見合った奴は五体。そのうちの一体は、きっとあなたも信じられませんよ」

しかし、本当に信じられないほどの地獄を見てきたオーウェンは、多少の〝信じられない〟レベルのことも素直に信じられるようになっていた。そのハンターは捕まえた連中の顔ぶれを説明し、オーウェンはそれを信じた。まあ正確には、辛《かろ》うじて信じたと言った方がいいかもしれない。

「ノーマルな奴は、一体につき千ドル。スペシャルな奴は五千ドル。大物は二万ドルをお願いしますね」

狩りに出発した際、ハンターは十人いたはずだが、今は七人に減っていた。

「三人は噛まれたので、始末しなければなりませんでした。三人の家族に渡す死亡手当として、ひとりにつき一万ドルも頼みます」

実際にその死亡手当とやらがそのままの金額で遺族に渡されるのかは疑わしかったもの

の、オーウェンはそこまで関与するつもりはなかった。彼と彼に投資する者たちは、この〝デリバリー〟にクリストフが要求する以上の金を喜んで支払う。だから、交渉成立の握手を交わす前に、ほんの少しだけ値切ればいい。

「だが、君も君の仲間のハンターも、このまま仕事を続けたいんだろう？」

オーウェンは、新たな取引を匂《にお》わせることにした。「実は、射撃の名手が必要でね。セキュリティ要員だ。給料も弾むよ」

サーカスの敷地の裏手には、トラックを移動させる作業員たちがおり、誰もがトラックから大きく距離を開けていた。オーウェンは自分の従業員たちを見やったが、彼らの顔は想像していたほど興奮しているようには見えなかった。

「みんな、心配するな！」

オーウェンは大声を出した。「ここにいる奴らより、ライオンの方がもっと危険なんだから」

「オーウェン、あんたは野蛮人ね」

背後からそう言われ、彼は振り向いた。クララが腕組みして立っており、うんざりしたような面持《おもも》ちで荷物が運び込まれるのを眺めている。彼女はオーウェンが一目置く、若く美しい綱渡り芸人だ。街の英雄になる以前の自分なら、彼女に取り入ろうとして、そんな表情をさせたことを後悔しただろう。とはいえ、美貌もさることながら、綱渡りで彼女の右に出る者は彼のサーカス団にはいない。オーウェンのショーでは、誰もが素晴らしい才能の持ち主だ。〈サバンナ・ポスト・アポカリプタム〉は、紛れもなくこの世で最も壮大で奇抜なショーを提供することになる。目玉となる演目の性質上、移動はしない。世界中の人々がここに足を運ぶのだ。ショーだけでなく、オーウェン自身を見るために。彼はそれほどの伝説的人物なのだ。西部開拓時代に、腕のいいガンマンであり、人気カウボーイショー〈ワイルド・ウェスト・ショー〉の興行主であったバッファロー・ビルという人物がいた。さながらオーウェンは、ゾンビ殺戮《さつりく》時代のバッファロー・ビルだ。また、見世物小屋やサーカスで成功したP・T・バーナムという興行主もいたが、オーウェンは、新世界のP・T・バーナムという異名も取る。人々は、サバンナを救った男との〝ふれあい〟を待ち望んでいた。オーウェンの方は、客とふれあいたいとは別に思わなかったが、喜んで彼らから金をむしり取るつもりでいた。

「クララ、これはビジネスなんだ」と、オーウェンは彼女に言い聞かせた。

「誰がなんと言おうと、野蛮なものは野蛮よ。これまで、こんなに非人間的なものは見たことがないもの」

「奴らが君んちのドアを乱暴に叩《たた》いたとしたら？　君の生活を脅かしているとは思わないか？」

そう言ったのは、道化師のひとり、ハリーだった。彼は夕方のショーに備え、すでに道化師のメイク済みだったものの、一部、汗で化粧が崩れていた。それはプロとしていただけない。オーウェンはあとで注意しなければいけないと心に留めた。だが今は、かつての名ロデオ・クラウンが戻ってきてくれたことで十分満足だった。彼はハリーをテキサスから呼び寄せたのだった。ハリーの妹と叔父が歩く屍と化した事実をオーウェンは知っていた。

「君は連中を僕らと同等に扱う気なのか？」

ハリーは神妙な面持ちのクララを見て笑った。「あいつらは、僕たちとは全然違うのに」

「彼らはかつて、私たちと同じだった」

クララはつぶやくように言った。「ここはサーカスよ。サーカスなのに……」

「サーカスだからって何だよ？」

呼び込み屋のひとりがそう声を上げると、皆が笑い出した。

「もし人々が金を払ってこれを見に来るなら、これはれっきとしたショービジネスだ」

そう言ったのは、フィラデルフィア出身の若き曲芸師で、名前はロニーといった。最初の攻撃があったとき、オーウェンが何十体もの死者を倒す手助けをしてくれたのは彼だった。ロニーは歩きながらボールを使ってジャグリングをしていた。ボールを放り投げるたびにその数が増え、最終的には六個のボールを回すことになる。ロニーはクララを見て、意味ありげな笑みを浮かべた。

「僕のボール芸は好きかい？　みんなに好評なんだよ。すごいねって褒められる。ボール芸だけじゃない。ボーリングのピンだってお手の物さ」

　ロニーはボールを地面に落とすと、今度はボーリングのピンを取り出し、後ろ手に二本をジャグリングし始めた。

「路上でボーリングのピンで芸を始めると、ボール芸よりも、見物人の輪が大きくなるんだ。火を点《つ》けたピンだと、人々はもっとチップを弾む。死者たちが通りを歩き回るようになったときは、チェーンソーでジャグリングしていたっけ。生者が死者を管理下に置いたのは、ごくごく自然の成り行きだ。この現実を素直に受け入れた方がいいよ」

　ロニーは、その場ではチェーンソー芸を披露しなかった。それは本番のショーまでお預けだ。

　クララは頭では理解しているが、まだ受け入れられないだけなのだろう。

「これでお金を取るなんて。悪魔のお金だわ」と、彼女は吐き捨てた。

「これはサーカス。サーカスで儲けるお金も悪魔のお金だ。今着ている服は、それで買ったんだろう？」

　ロニーのその発言が、さらに他の曲芸師たちの笑いを誘った。オーウェンはクララの心中を推し量り、話題を変えようと口を挟んだ。

「開園時間まで一時間を切ったぞ。さあ、今夜もいつものように仕事だ。明日からは一ヶ月の休演期間となる。これまで誰も見たことがない、完全に新しいショーを作り出すんだ」

一ヶ月も休演することに文句を言う者も大勢いたが、その間も給料が支払われると知った途端、不満を漏らす者はいなくなった。ショーの演者たちは解散し、それぞれの控え室へと戻っていった。ただクララだけはその場に残り、じっとトラックを眺めていた。積み荷の中からは、かすかなうめき声が聞こえてくる。彼女はオーウェンの方を向いた。そして、侮辱したり、責めたりするふうではなく、柔らかな口調でこう言った。

「あんたが彼らをコントロールできるとは思えない」

率直かつ簡潔で誠実な意見に、オーウェンは一瞬言葉を失った。

「クララ、私は自分のこと以上に奴らを知っている。私に任せておきなさい」

そう言って、オーウェンはクリストフと彼のハンター仲間に視線を向けた。彼らは全員、殺し屋よろしく武装しており、いつでもライフルを撃てる状態になっている。順番制でトラックの生ける屍たちを監視するよう、話はつけてあった。

オーウェンの視線の先をたどったクララは、深いため息をついた。

「自分たちが絶対に殺《や》られないと確信しない限り、彼らの網を外しちゃダメよ。それだけは断言しておくわ」

彼女は踵《きびす》を返し、綱渡り芸人の完璧な歩き方で立ち去っていった。

オーウェンは、ハリウッドからプロのメイクアップアーティストと衣装係も呼び寄せていた。「間近で見れば、何もしなくても連中は本当に恐ろしいんだが」と、彼は口を開いた。「離れていても、観客を震え上がらせるほどに恐ろしく見せてくれ。それが君らの仕事だ」

メイクアップアーティストには、ショーに携わる人間の中で最も高い給料を支払った。いくら死者たちを鎖につなぎ、手枷足枷《てかせあしかせ》をしたとしても、メイクをする際に、どうしても彼らの手が死者の凶暴な口元に近づく。その危険性を考慮した特別手当としての高給だった。オーウェンはそういったことに金を出し渋るつもりはなかった。

メイクアップアーティストのひとり――完璧なメイクデザインを施す、逸材の若い女性――は、新しいショーの〝花形スター〟を見るなり泣き始めた。

「私……できません」

彼女は大粒の涙をこぼしながらオーウェンに訴えた。「無理です」

「彼女は君を傷つけたりしないよ」

オーウェンはなだめるように優しく諭した。「彼女のことはしっかり拘束してある。頭すら動かすことはできない」

しかし、その娘を説得することはできなかった。一番優秀だったメイクアップアーティストは辞《や》めていった。

オーウェンは、最高の照明係と舞台デザイナーも用意していた。特殊効果スタッフもだ。

「とにかく観客を恐怖のどん底に落とし込みたい」

彼は、舞台演出に関わるスタッフにそう説明した。「観客と死者たちの間にフェンスがあることを忘れさせたいんだ」

数週間という短期間で、彼らは最高の仕事ぶりを見せてくれた。

〈ポスト・アポカリプタム〉はすでに成功していたものの、新しいショーの宣伝が公になって驚異的な売り上げを記録することになった。常人には手が出せない破格の高値にもかかわらず、前売り券は爆発的に売れたのだ。

オーウェンに投資している面々——太りすぎているか、痩《や》せすぎているかどちらかの黒いスーツ姿の男たちで、どこか生ける屍のようにも見える——は、楽観している者もいれば、神経質になっている者もいた。

「君のスタッフの仕事ぶりに感心した。きっといい結果を残すだろう」

彼らのひとりが満足そうにうなずいた。

投資家たちに納得のいく答えを示さなければならないのは厄介だったものの、オーウェンの自信が揺らぐことはなかった。

「この新しいショーには、金鉱以上の価値があります」

彼は堂々とした態度で語り出した。「もはや造幣局レベルと表現してもいいかもしれません。初日公演の後、自分たちの金を印刷するかのようにいくらでも紙幣が舞い込んでくるでしょう」

クリストフは冷淡で不愉快な人間だったが、死者の世話係として申し分ないことが判明した。連中を狩っていたハンターだった彼は、意外にも、よく奴らの面倒を見た。彼は市場から悪臭のする生肉――連中が生きた人間の肉以外で唯一口にする食べ物――を調達し、トラックの中にいるときは鎖を緩めて楽になるように調節し、死者に蹴りを入れて虐《いじ》めていたサーカスの従業員の鼻をへし折った。クリストフは、生ける屍のアウトブレイク前に動物園で飼育係をしており、世話をしていたのは毒ヘビだったのだ。しかし毒ヘビの知識だけでなく、象やトラやクマなど、サーカスで使われる動物の危険性も熟知していた。そんな彼にかかれば、人を噛んで殺す死者も人を噛んで殺す毒ヘビや猛獣も大きな違いはなかったのだろう。

「ぜひ君にもショーに参加してほしいのだが」

オーウェンはクリストフに言った。

「俺がですか？　一体何をすれば？　俺はあんたとは違って興行師じゃないし」

「君は、他の誰よりも死者の面倒を見ている。興行で使う動物には、必ず調教師が必要だ。君以上の適任者はいない」

クリストフは不承不承《ふしょうぶしょう》承諾したにもかかわらず、数日もすると、まるで自分が申し出て調教師になったかのように生き生きと仕事をするようになっていた。

初日の公演が近づく夕方になる頃には、あの無愛想なハンターの顔には微笑《ほほえ》みすら浮かんでいた。

「あんたのショー、きっと成功しますよ」

クリストフはオーウェンに言った。

彼は知らなかったが、このひと言が全てを変えた。新しいショーがさらなる上のレベルに向かうのに必要な大胆さを、オーウェンに与えたのだ。

＊　＊

開場一時間前、オーウェンは舞台の裏手に全員を集め、観客席と円形ステージの間のフェンスを取り外すつもりだと伝えた。

「オーウェン、本気ですか?」

そう訊《たず》ねるハリーの素顔は道化師のメイクで隠れていたが、ひどく不安を覚えているのは声の調子から明らかだった。「連中を見たことがありますが、一体……どうやってコントロールするんです?　しかも……間近で」

「これは危険なショーだ。あくまでショーなのだが、そこにリアルさが必要なんだ」

オーウェンは冷静に、かつ自信たっぷりに話し始めた。「君たちは、クリストフの世話係としての仕事ぶりを見てきただろう。彼は死者たちを巧みに扱うことができるんだ。万が一、ショーが良くない方に向かったときは、手練《てだ》れの狙撃者が六人待機しているから、問題ない。即座に連中を黙らせることになっている」

オーウェンは列の後方に立つクララと目を合わせた。彼女の顔に浮かぶ激しい怒りが見て取れたので、彼はすぐに視線をそらした。

「狂気の沙汰《さた》だわ！」

クララは叫んだ。「こんなの間違ってる。他のみんなはそう思わないの？　それとも、あいつらの一員になりたいわけ？」

「私の妹が嚙まれるのを見た。そして、母も嚙まれた」

口を開いたのはホレスだった。オーウェンがオハイオ州のサーカスから引き抜いた年長の道化師だ。「その後、二人は私に向かってきた。彼らを倒してくれたのは、隣人だった」

「僕は十八体殺した」

今度は若い道化師のラルフが発言した。「父親の古いトラックを使って轢《ひ》き殺したんだ。奴らは速く動けないし、賢くもない。ただ、嚙むことだけは、決してやめない。諦めない。うちの親父は、指先をほんの少しだけかじられたんだ。ものすごく小さな傷だった。でも、あっという間に、連中の仲間入りをした。だから、僕は父も轢き殺したんだ」

彼らが打ち明けたのは、胸を締めつける生々しい体験談だった。他の者は黙りこくっていたが、生ける屍に最初に遭遇したときの恐怖や衝撃が、急激に彼らの脳裏に蘇《よみがえ》ってきたらしい。続いて声を上げたのは、グロリアだった。

「ええ、私もたくさんの人たちを失ったわ」

彼女はベテランダンサーで、今は新人の女の子たちの指導者となっている。「決して忘れることはできない。最悪の経験だったけど、それまでの楽しかった素敵な思い出まで奪わせるつもりはないわ。あいつらの出現で、人類は全滅するところだった。私たちの怒りをぶつける場所として、ショーは続行すべきよ。世界に人間が負けなかったことを証明しましょう」

何人かが「そうだ」「その通り」と賛同し、グロリアに拍手をする者もいた。肯定する意見が出たことに、オーウェンは安堵《あんど》のため息をついた。クララ側につく者は誰もいないように見えた。誰も自分を援護してくれなかったことに彼女はショックを受け、降参したかのように両手を上げた。

「サーカスには、観客を冷や冷やさせる演目はつきものだ」

ジャグラーのロニーが言った。相変わらず、片手でボールを数個投げてはキャッチしている。「大体、サーカスの演者も観客も、常にショックと恐れと隣り合わせじゃないか。特に僕たち演者は、恐怖を抱えながら、最高の演技を披露しなければならない。失敗したらどうしようという不安以上に、怖いものなんてないよ」

　こうして、オーウェンの新たな試みが実行されることになった。


　立ち見席以外は満席だった。

　開場されたとき、あまりの混雑ぶりに、観客はすぐには席に到着できなかった。のろのろと進む姿は、歩く死者たちのようだった。なんでもスムーズにいくと思うな。そうオーウェンは頭の中でつぶやいた。彼は敢えて、出入り口を小さめに作っていた。大衆向けのサービスには、こういった〝不都合〟も必要なのだ。

　それぞれの演者は、自分たちの最高の演技を披露し、ショーを盛り上げていった。ハリーが率いるピエロの集団に、観客は大笑いしていた。あれだけの笑いを引き出せたピエロたちの演技を、オーウェンはこれまで見たことがなかった。空中ブランコのアクロバットは完璧で、観客は目を輝かせながら見入っていた。唯一問題が生じたのは綱渡りだった。その演目は、突然中止になった。クララは姿を見せなかったのだ。書き置き一枚残さず、彼女はサーカスから去っていた。こうして才能豊かな綱渡りの少女は、百万ドルのキャリアを棒に振った。

　ほとんどが最高の仕上がりでショーは進み、刻一刻とオーウェンの出番が近づいていた。英雄の登場を今か今かと待ち焦がれる観客の期待が音波になって、オーウェンの鼓膜

ていった。

を震わせていた。高まる興奮の中、彼は舞台監督としても、ほとんどの演目を成功に導いていった。

ロニーのジャグリングが無事に終わったらしく、大きな拍手が場内に鳴り響いている。いよいよ出番だ。オーウェンは気持ちを引きしめ、ステージへと躍り出た。

「紳士淑女の皆さん！　お待ちかねの瞬間がついにやってきました。若い方には少々刺激が強すぎるかもしれません。とにかく最高の恐怖をお届けします。あの音が聞こえますか？　ドアをガリガリと引っ搔《か》く音でしょうか。あの匂いがわかりますか？　あなたの想像を超えるエンターテインメントがいよいよ初めてお披露目されます。覚悟はいいですか？　前代未聞、この世で最も怖いショー……生ける屍！」

テント後方の二つの大きな扉が開いたとき、観客は衝撃のあまり息を吞《の》んだ。暗がりの中からヨタヨタと歩きながら登場したのは、本物の死人たちだったからだ。鎖につながれた連中を率いているのは、ラリーとカールという二人の怪力男。そして、スポットライトはクリストフに当たったた。彼は片手に鞭《むち》、もう片方の手にピストルを握っている。

「皆さん、驚かないでください」

オーウェンは呆然《ぼうぜん》としている観客に告げた。「この鎖は錬鉄製で非常に強固なものです。ご覧の通り、屍たちも今宵《こよい》、皆さんと会えてうれしそうですよ！」

彼のひと言で場内の空気が和らぎ、観客は笑い出した。死者たちはピエロに見えるようにメイクされ、衣装を着せられていた。滑稽《こっけい》であると同時に邪悪な見てくれだ。それから、さらに別の怪力男たちに付き添われ、屍たちの第二グループが場内に入ってきた。後者の方は道化師の格好はしていなかった。着ている物はボロボロに裂けていたものの、かつて人間だったときの衣服のレプリカという手の凝《こ》りようだった。

「実は――」と、オーウェンは続けた。「この中には、皆さんがすでにご存知の人物も含まれているんです」

クリストフのハンターチームが幸運にも捕らえることができた〝スペシャル〟な五体に、照明が当たった。スポットライトの中に最初の一体が浮かび上がると、、オーウェンがサウスカロライナ州の元上院議員の名前を読み上げる前だというのに、観客席から歓喜と驚嘆と嫌悪が入り混じった声が漏れた。

死者となった上院議員は、光がまぶしかったのか、もげそうになっている手をぎこちない動きで上げ、どんよりと濁った目を覆った。それから、観客席にいた若く美しい女性に目を向け、彼女の方に歩いていき、身を乗り出して噛みつこうとした。てっきり怪力男が鎖を引いて阻止するのかと思いきや、彼らは鎖を落としたのだ。たちまち観客は悲鳴を上げた。もちろん、それは演出で、巨漢の男たちはわざと鎖を落としたのだ。その直後、クリストフが鞭を唸《うな》らせ、背中を激しく打たれた議員は後ろにひっくり返って鎮圧された。全てが筋書き通りだった。

「そして、左端《ひだりはし》に立つのは、深夜のトーク番組でお馴染《なじ》みのあの方。ですが、今はもうトークはできませんがね！」

生前トーク番組の司会者をしていたという屍は、左右に大きく揺れながら歩いていた。アメリカ国民なら聞き覚えのある快活な声の主は、もはや奇妙な唸り声を上げるだけとなっていた。

次に紹介されたのは、テレビの料理番組で主婦に人気の女性だった。かつては食べ物にうるさかった彼女だが、今の食事は悪臭のする生肉一択で、しかも調理法など必要ない。

さらに、おっちょこちょいの役柄を演じて愛されていたコメディアンもいた。しかし、歩く屍以上にバカげた役は、もう回ってこないだろう。彼らはクリストフに鞭で叩かれ、芸をさせられた。それを見た観客は驚きを隠せない様子だった。連中の思考は停止しているものの、芸当を仕込むことはできるとは！

その後、照明が暗くなった。いよいよ大物スターの登場だ。

「さあ、今夜のショーのメインスターを紹介しましょう。大物中の大物ですよ。もはや紹介するまでもない、その女性とは……」

再びスポットライトが点き、明かりに照らされたのは、去年のアカデミー授賞式で着ていたゴールドのドレスのレプリカを身にまとった有名映画女優だった。ドレスとはいえ、ズタズタに引き裂かれたレプリカとなっている。美しかったその顔は、数え切れないほどの雑誌の表紙や広告を飾ってきた。彼女の紫の瞳は、国内外の映画ファンを虜にしていたはずだ。かつてはトロイのヘレンとクレオパトラを合わせたような美貌だったのだが、今や顎はたるみ、頬はしぼみ、皮膚は蠟《ろう》のごとく白くなっている。観客からは一斉にどよめきが上がり、すすり泣く声も混じっている。開演前の舞台裏で、ジャグラーの彼はなんと言っていた？　常にショックと恐れと隣り合わせ？　まさに今が、その状態。今日の観客は間違いなく入場料を払った価値を感じているはずだ。

これはオーウェンの輝かしい瞬間でもあった。若い頃、彼はずっとこの大女優に会うのを夢見ていた。実際に会えたらなんと言おうかと、会えもしないのに考え悩み、どうやって彼女の心を摑《つか》もうかと真剣に策を練ったものだ。そして今、オーウェンは彼女を〝所有〟している。想像していたような形ではないが、憧れの彼女はここにいるのだ。「果報は寝て待て」とは、このことだ。

さあ、いよいよここからが本当の見せ場だ。これまでの屍たちは芸当もしたが、メインイベントではない。大女優にふさわしく、彼女は特別に扱わなければならない。怪力男たちが彼女をつないでいた鎖を緩ませた。クリストフが後ろに下がり、オーウェンが前に踏み出す。

「ミス・テイラー、ダンスを踊ってください」

オーウェンは女優だった屍に声をかけた。「私たちのために踊るのです！」

彼女は足を動かし始めた。最初は左に揺れ、次は右に揺れる。肩も回したが、腕はだらんと下がったままだ。彼女は死者の踊りを踊っていた。自然と観客の間から拍手が起こった。最初はわずかだったが、拍手をする者は徐々に増えていき、やがて会場が割れんばかりの拍手喝采となった。

「ミス・テイラー、聞こえますか？　この拍手、聞こえてます？　あなたは死んで生き返ってもスターのままだ！」

彼女は喉から不気味な唸り声を発し、前に飛び出してきそうになったが、怪力男たちが彼女の鎖を引いて動きを抑制した。

歓声が上がる中、オーウェンは勝利のポーズのように両手を高く上げた。

そのとき、突然背後から聞こえたうめき声が、彼の注意を引いた。初め、死人の声かと思ったが、振り返って見ると、声の主はクリストフだとわかった。彼は鞭も拳銃も床に落とし、膝をつき、胸を押さえている。その顔面は蒼白《そうはく》だった。

オーウェンは慌てて彼に走り寄った。

「どうした？　立て！　立つんだ。ショーはまだ終わってない！」

「し……心臓発作……」

クリストフは喘《あえ》ぎながら言った。

「ダメだ！　心臓発作なんて起こしている場合じゃない。なんで今なんだ！」

「たぶん……興奮して……」

力が完全に抜けた彼は、弛緩《しかん》して地面に倒れている。息をしようと口をパクパクさせ、苦しそうに顔を歪《ゆが》めたかと思いきや、急に静かになった。

死者たちはわかっていた。

自分たちの調教師――唯一屍たちを思うように動かせる人物――が倒れたことを。

オーウェンは何が起こるか、それが実際に起こる直前に気づいたが、状況を食い止めるには無力だった。まるで意思があるかのごとく、申し合わせていたかのように、死人たちは一斉に鎖を力任せに引っ張ったのだ。その力は、人間をはるかに凌駕《りょうが》するのではないかと思われた。怪力男たちは、屍たちを統制しようとしたが、あまりにも連中の数が多すぎた。奴らは賢くないし、速くも動けない。だが、数が揃《そろ》えば、なんだってできるのだ。

怪力の男たちでさえ、勝機はなかった。

観客は血が噴き出るのを目の当たりにした。肉が引き割かれるのを見た。そして、ステージ上で起きていることがショーの一環ではないと悟ったとき、彼らはパニックに陥った。人々は出口に殺到したが、戸口の幅はあまりにも狭かった。そして観客数はあまりにも多かった。

誰にも抑制されなくなった死者たちは、逃げ惑う群衆に向かっていく。

「皆さん、どうか落ち着いて！」

しかし、オーウェンの声を聞いている者など、もはや誰ひとりとしていなかった。猟銃の音が鳴り響いた。元議員の死体が倒れたものの、慌てふためく客たちを捕まえようと、十数体がすでに観客席の最前列を乗り越えていた。二度目の銃声が鳴った。死者に命中しなかったものの、運悪く、いてはいけない場所に、いてはいけない瞬間にたまたまいた観客が射殺された。

もはや手に負えないと思ったのか、クリストフのハンター仲間たちは、自分たちの任務を放り出して逃げ出した。

自分がこれほどまでに自信満々でなかったなら、オーウェンは拳銃のひとつも携帯していただろう。しかし、そんなことを考える間も今はなかった。目に映るもの全てがショックだった。自分の人生が崩れ落ちていく様《さま》を眺めるのが、こんなに恐ろしいとは思ってもみなかった。

とうとう死者は観客のところまで到達した。彼らにとっては、この上ないごちそうで、食べたいだけ食べられ、噛みたいだけ噛めるのだ。オーウェンは膝からくずおれた。どんどん人々が倒れていく。彼は十分承知していた。この事態がここだけでは終わらないことを。このサーカスのテントが歩く屍のアウトブレイクの発生源となり、新たな感染爆発《パンデミック》を引き起こすのだ。

すぐ近くで、オーウェンは連中特有の唸り声を聞いた。振り向くと、三メートル先で映画女優の死者が立っていた。彼女はまだ片足ずつ動かしており、テントの出入り口から流れ込む風で、彼女のボロボロになったドレスが揺れていた。生者の負けだ。死者は生者を食い散らかしていく。何十人も……何百人も……何千人も。そして、食われた者も再び立ち上がることになる。

映画女優はオーウェンをじっと見つめていた。彼女の目は澱《よど》んでいたものの、人々を虜にした紫の瞳の色合いは見て取れた。すると、彼女はゆらゆらと揺れながら前進を始めた。その頭を片側に傾け、オーウェンの方に腕を伸ばしている。そして、これから嚙むものを期待して、歯をガチガチ鳴らしていた。

もう彼女に生前の美しさはない。とはいえ、美しさはいつか色褪《いろあ》せるものだ。オーウェンごときが、そんなことを偉そうに言える立場にはない。それでも、彼には理解できていた。生命の輝きは美しく、それが消えた後に来る死は平穏であるべきだ。なのに今、生と死の狭間《はざま》には、恐怖と狂気に満ちた冥府《めいふ》が存在していた。

オーウェンは立ち上がって上着の埃《ほこり》を払い、腕を差し出した。

「ミス・テイラー、踊りませんか?」

そして彼は、映画女優の冷たい抱擁をそっと受け入れた。

2017年10月25日にアメリカ、ロサンゼルス「ウォーク・オブ・フェーム」で行われた式典での写真。左からマルコム・マクダウェル、ロメロの娘であるティナ・ロメロと妻スザンヌ・デスロチャー・ロメロ、グレゴリー・ニコテロ、エドガー・ライト。

Photo Copyright by ©Shutterstock/ アフロ

ジョージ・A・ロメロへの追悼文

偉大な彼はいなくなってしまった。大人の私も十歳の私も、その事実に深く深く悲しんでいる。

——ジョナサン・メイベリー

訃報《ふほう》を聞いたのは、サンディエゴで本書『ナイツ・オブ・ザ・リビングデッド』のサイン会を行っている最中だった。ストアマネージャーが私のもとに歩み寄り、ジョージ・A・ロメオが亡くなったと告げた。それは、非現実的な瞬間だった。自分が初めてジョージの作品に出会ったときの思い出話をちょうど語り終えたところだったのだ。時は、一九六八年に遡《さかのぼ》る。私は当時、十歳。映画館に忍び込み、映画『ナイト・オブ・ザ・リビングデッド』を封切日に観た。あの映画が一緒に鑑賞した親友に相当な精神的衝撃を与え、彼が途中で逃げ出してしまったこと、一方の私はそのまま映画館に留まり、二回繰り返して鑑賞したこと、それから毎日のように映画館に通って観たことを、サイン会場の観客に話していたところだった。

あれから四十九年、私は彼の全作品を何度も観ただけでなく、〝ゾンビ・ポップカルチャー〟として知られるようになった世界に深く関わるようになっていた。私の初めてのスリラー小説『Patient Zero』はゾンビ本であり、『Dead of Night』と『Fall of Night』

は、ジョージに捧《ささ》げた小説だ。同ジャンルの『Marvel Zombies Return』や『Marvel Universe vs The Punisher』というコミックの原作も担当しているし、他にも短編小説、ヤングアダルト小説、ノンフィクション、エッセイ、記事などでも成功を収めている。ヒストリー・チャンネルの番組『Zombies : A Living Histroy』では専門家として関わっているし、映画『Night of the Living Dead : Reanimated』のDVD特典のコメンタリーにも参加し、このアンソロジー小説『ナイツ・オブ・ザ・リビングデッド』をジョージと共同編集した。私の作家人生の少なくとも四分の一は、ゾンビに重点的に取り組んできたと言っても過言ではないだろう。

ジョージ・ロメロが存在したからこそ、多くの傑作が生まれてきた。彼のリビングデッド映画がなければ、『ウォーキング・デッド』だって誕生することがなかっただろう。『WORLD WAR Z』『ウォーム・ボディーズ』『バイオハザード』『28日後…』『iゾンビ』『Zネーション』『ゾンビランド』『The Forest of Hands and Teeth』『ディストピア　パンドラの少女』も生まれなかったかもしれない。つまり、映画やテレビに限らず、ゲーム、コミック、文学（フィクション、ノンフィクションにかかわらず）に至るまで、ジョージ・ロメロがポップカルチャーに与えた影響は、誇張ではなく、本当に大きいのだ。

この地球上で、ゾンビが知られていない場所はない。どの業界にも、文化にも、アートにも、科学にも、広告にも、市場にも、ゾンビは浸透している。ジョークやギミック、その他のクリエイティブな要素でも、ゾンビはメタファーとして登場してきた。アーサー・コナン・ドイルの『シャーロック・ホームズ』、メアリー・シェリーの『フランケンシュタイン』、ブラム・ストーカーの『ドラキュラ』以外に、ゾンビほど世界に蔓延《まんえん》したフィクションの概念は他にないし、ゾンビほど人々を楽しませる娯楽要素も他にない。

ジョージはいつもそのことに驚いていた。人々が彼を称賛するたび、首を横に振り、人々が彼ほど皆に影響を与えた人物はいないと興奮ぎみに語るたび、笑い飛ばすことさえあった。ジョージはそんな人間だった。愛想が良く、謙虚で、好感が持て、愉快で、賢くて、優しくて、誠実。成功を収めた映画監督、ホラーの巨匠である以前に、彼はひとりの〝グッドガイ〟だったのだ。

彼は私の友人でもあった。本書を編集する過程で、私たちはより親しくなり、冗談を言い合ってよく笑った。本書に参加した作家たちに自分が生みだした化け物についての物語を執筆してもらうため、ジョージは自宅兼〝不気味な遊び場〟に彼らを招待して喜んでいた。彼が寄稿された短編を気に入っていたのは言うまでもない。どの短編も、ひとつ残らず楽しんでいた。

私の小説『Dead of Night』が大のお気に入りなので、全ての始まりとなった映画『ナイト・オブ・ザ・リビングデッド』と『Dead of Night』を正式に関連づける短編を、このアンソロジー小説のために書いてほしいと本人から頼まれたときは、作家としてのキャリアの中でも最高の瞬間だった。ゆえに、本書の『孤高のガンマン』は、私のスリラー小説『Joe Ledger』シリーズの延長上にある。つまり、彼に敬意を表するために書いた膨大な量の言葉たちが、今、彼が創り出した世界の一部となったということだ。大人になった私も、初めてジョージの歴史に残る画期的な映画を観たときの十歳の私も、実際に敬愛するジョージとその世界につながれたことに大いに歓喜した。なのに、その偉大な彼はいなくなってしまった。大人の私も十歳の私も、その事実に深く深く悲しんでいる。

ジョージ、あなたの全てに感謝する。本当に心から。ありがとう。

彼は紛れもなく偉大なアーティストのひとりであり、その影響は後世に受け継がれていくはずだ。

——ジョー・R・ランズデール

『ナイト・オブ・ザ・リビングデッド』を観たことが、僕の人生を大きく変える経験となった。あくまでも映画なのに、観ている間、恐ろしい出来事があたかも自分の裏庭で起きているかに思える臨場感にひどく面喰《めんく》らった。あのような映画は他に観たことがなかった。まるでドキュメンタリーのようだったし、当時では珍しい黒人のヒーローにも、悲観的だが見事なエンディングにも驚きと感嘆を覚えた。ジョージ・ロメロは、ホラーの新しいスタイルを創り出したのだ。実のところ、同作が以降同ジャンルのトップの座に君臨し続けているかどうかはわからないが、少なくとも、独創性の点では揺るぎないだろう。

私の小説が原作の映画『コールド・バレット　凍てついた七月』のあるシーンでドライブイン・シアターが出てくるのだが、そこで上映されているのは『ナイト・オブ・ザ・リビングデッド』だ。『ナイト〜』はパブリックドメイン（著作権が消失している状態）の作品だが、ちゃんとジョージの許可をもらってある。

僕はジョージとは個人的な知り合いではなかったが、一度だけ会ったことがあった。その〝会った〟というのも、コンベンションで彼に挨拶し、彼の作品がいかに自分に重要か、何がきっかけで僕がゾンビの物語を書くようになったかなど、ありきたりの話題をボソボソと話しただけに過ぎない。今回、ジョージとジョナサン・メイベリーが編集したアンソロジー小説で、ジョージの『ナイト・オブ・ザ・リビングデッド』の世界にインスパイアされた物語を書けたことをとても光栄に思っている。『ウォーキング・デッド』をはじめ、多くのテレビドラマや映画にもインピレーションを与えてきたジョージ・ロメロ。彼は紛れもなく偉大なアーティストのひとりであり、その影響は後世に受け継がれていくはずだ。

全ての〝ゾンビもの〟――テレビドラマ、映画、コミック、ゲーム、小説――は、ひとえに彼のおかげで生み出され、存在している。

――クレイグ・E・イングラー

実にシンプルに、ジョージ・ロメロは現代のゾンビジャンルを創り出し、定義づけてくれた。全ての〝ゾンビもの〟――テレビドラマ、映画、コミック、ゲーム、小説――は、ひとえに彼のおかげで生み出され、存在している。『ナイト・オブ・ザ・リビングデッド』は、何十年も時代を先んじていた作品で、当時のあらゆる固定観念をことごとく破った賢明なインディーズのホラー映画だった。あの内臓にガツンとくるラストに、観る者は衝撃を覚え、深く考えざるを得なかった。生粋の天才だ。彼は『ゾンビ』でも再びガツンとやってくれ、他の作品でもそうだった。ゾンビという存在は、とてつもないレガシーなのだ。

立ち上がるのにジョージが肩を貸してくれなかったら、『Zネーション』はこの世に生まれることはなかったと、断言できる。本書『ナイツ・オブ・ザ・リビングデッド』に寄稿でき、それがロメロ作品の一部となれたことは、本当に名誉だ。ジョージ、あなたに満足してもらえたことを願っている。

彼は優れた表現者であり、アウトローの映画作家であり、大胆不敵な空想家だった。

——ジェイ・ボナンジンガ

あれは一九九三年のこと。私の最初の小説の映画化の権利がニュー・ライン・シネマに売れたばかりだった。それだけでも信じられない出来事なのだが、さらに信じられないことが起きる。ニュー・ラインは、私の作品を私の幼少期のヒーロー的人物——映画界の伝説的監督——に送り、彼が「イエス」と首を縦に振った。そう、彼は私の小説を原作とした大予算映画を作ろうと思ってくれたのだ。すぐに私は共同脚本家として参加することになり、ミーティングのため、映画会社の手配でフロリダにある彼の家に行くことになった。

うら寂しい日曜の夜、大きくて、温かくて、手足の長いクマみたいなこの男性が、人気《ひとけ》のない空港ターミナルに亡霊のごとく姿を現わしたときの記憶を、私は一生大切にするだろう。それまで私たちは一度も会ったことがなかったものの、彼は私に手を振り、久しぶりに再会した甥《おい》か教え子のように私の名前を呼んでくれたのだ。私のスーツケースをオンボロのメルセデス・ベンツに運び、彼は自宅まで運転して当時の奥さんのクリスティーンを紹介してくれた。

この紳士的な巨匠が、誰の手も借りずにひとつの映画のジャンルを創り出したことなど関係ない。ゆっくりと歩き、ぎくしゃくと動く彼の創造物があまりにイコン的な存在となり、ドラキュラ、フランケンシュタインの怪物、狼男《おおかみおとこ》と並ぶホラーの英雄の仲間入りを果たした事実も、脇に置いておこう。ジョージ・ロメロが食料品店主、歯科医、会計士といった他の仕事をしている人物だったとしても、彼は皆に愛されたに違いない。私がこれまで会った中で、彼は最も素敵な人物だ。いつも正直で誠実だった。彼を称賛する全ての言葉は真実だ。彼は優れた表現者であり、アウトローの映画作家であり、大胆不敵な空想家だった。しかし、私がジョージに関していつも思い出すのは、あの茶目っ気たっぷりの笑顔と他人を思いやる姿勢である。

七月十六日、私たちは非常に特別な人間を失った。私はかけがえのない自分の師を失った。ジョージ、あなたに神の祝福がありますように。どうか安らかにお眠りください。

今、彼の訃報を受け、悲しみに暮れている。
今日、世界が少し小さくなった気がした。

——マイク・ケアリー

「ひとりのクリエイターがひとつのジャンルを定義した」と、断言できることはそうそうない。しかし、この五十年間を振り返ると、まさしくジョージ・ロメロはそれに当てはまる。『ナイト・オブ・ザ・リビングデッド』は、ホラー映画の全く新しい雛型《ひながた》を創り出したと同時に、ずっと我々に付きまとう新しいモンスターを誕生させた。私は、彼の生み出した世界を楽しみつつ、敬意を持って参考にし、多大なインスピレーションを受けた大勢のクリエイターのひとりだ。

今、彼の訃報を受け、悲しみに暮れている。今日、世界が少し小さくなった気がした。

ともすると殺戮《さつりく》シーンばかりが関心を集めるジャンルで、君は重要なことを訴えるべく闘い抜いてきた。

——ジョン・スキップ

これほど泣いたのは、デヴィッド・ボウイの死以来だ。他人に気に入られようと気に入られまいと、己《おのれ》ができる全ての方法で、精一杯真実を伝えることを教えてくれた偉大なアーティストの英雄は人生に山ほどいるものの、ジョージ・ロメロ以上に影響を受けた人物はいない。僕たちは彼を失ってしまった。だが、彼は永遠に僕たちの心の中で生き続ける。

ちょうど昨日(二〇一七年七月十五日土曜日)、ジョナサン・メイベリー、デイヴィッド・J・スカウとともに、僕はカリフォルニア州バーバンクにある〈ダーク・デリカシーズ書店〉で、ジョージとジョナサンが共同で編集し、数日前に発売されたばかりの本『ナイツ・オブ・ザ・リビングデッド』のサイン会を行っていた。この本の巻頭には、「ジョン・スキップ。彼に本書を捧ぐ」という文言が入っている。ゲラを読んでいたからすでに知っていたのだが、それでも、本書が僕に捧げられたものであるということは、あまりにも恐れ多く、夢のようでもあった。今、僕はあまりにも悲しくて、打ちのめされていて、

左から、ジョン・スキップ、ジョナサン・メイベリー、デイヴィッド・J・スカウ。
2017年7月15日、カリフォルニア州バーバンク〈ダーク・デリカシーズ書店〉のサイン会にて。
Photo ©Jonathan Maberry

ジョージが僕に本書を捧げてくれた事実を実際に受け止め切れていない。だけど、人生で最も誇らしい出来事であることに違いはない。

このサイン会の最後に、僕たちは、一緒に作り上げた自分たちの本を手にして記念撮影をした。もちろんこれはジョージの本であり、僕たちは本書に携われて本当に幸運だった。ジョージはサイン会での写真が欲しいと言っていたので、ジョナサンが撮影後すぐに送信していた。だから、彼がそれを見る時間があったと思いたい。その写真に写る僕たちが、なんとうれしそうで誇らしげな顔をしていることか。

それがお別れの言葉代わりになろうとは！

ジョージ、君を心から敬愛しているよ。

ともすると殺戮シーンばかりが関心を集めるジャンルで、君は重要なことを訴えるべく闘い抜いてきた。君が創り出した映像が数えきれない人々の手で単なる金儲《もう》けの道具にされ、君は何度も何度もはらわたが煮えくり返る思いをしたことだろう。

君は前進し続け、一度もその歩みを止めなかったアーティストのひとりだ。芸術だけでなく、僕らを苦しめる社会状況についても、気にかけることを決してやめなかった。この数十年を振り返ってみると、文化や社会に対する君の見解はいつだって世間より先を行っていた。君が予見していたことの中で、のちに実際に人々が議論する問題となったものもあれば、完全に無視されたりしたものもあった。

そう、君はいつでも世の中に鋭い目を向けていた。だから、僕は信じている。次にどこへ行こうとも（天国でも、地獄でも、生まれ変わろうとも）、君は、民の思考を鈍らせ、盲目的に従わせようとし、自分たちが互いにどれだけ重要な存在なのかを気づかせまいとするあらゆる権力にとっての〝目の上のたんこぶ〟となりつつ、本当に大切にすべきものを大切にし続ける姿勢は変えないはずだ、と。

君がいなければ、僕は君がいたこの人生の自分とは違う人間になっていただろうし、同じようなアーティストではなかったかもしれない。君には感謝してもしきれない。僕がこれまでしてきたこと、しようとしてきたこと、今試みていること、これから死ぬまでにやることのひとつひとつに、君の名誉、誠意、情熱の跡が刻まれている。君は僕の最大の誇りであり、僕の最高のインスピレーションだった。君が成し遂げたこと、君が君でいたことに心からの感謝を贈る。

君の永遠の友　スキップ

彼は詩人であり、アーティストであり、ホラージャンルで先見の明を持った紛れもない天才である。

——ライアン・ブラウン

暗影に潜む何かを恐れると同時に楽しむということを人々に教えた師として、ジョージ・ロメロは、ホラー小説や映画に仕事で携わる幸運な私たちの素晴らしいお手本であり、インスピレーションだ。彼は、私たちにこの上ない贈り物をくれた。彼は詩人であり、アーティストであり、ホラージャンルで先見の明を持った紛れもない天才である。彼がいなくなり、世界は深い悲しみに暮れ、その偉大な存在の喪失《そうしつ》を嘆くだろう。

彼の作品は、何世代にもわたって私たちの創作物——私たちの悪夢——をインスパイアし続けるだろう。

——デイヴィッド・ウェリントン

個人的にジョージ・ロメロがどれだけ大きなインパクトを私に与えたかは、他のところですでに書いた。ここでは、彼の偉大さを褒め称《たた》えたい。

私たちの集団意識を永遠に具現化する新たなモンスター、かつ恐怖のイコンを創り出した人物は三人しかいない。メアリー・シェリーはフランケンシュタインの怪物を創造し、H・P・ラヴクラフトはクトゥルフを誕生させ、ジョージ・ロメロはゾンビを生み出した。「ゾンビ」という言葉は、映画『ナイト・オブ・ザ・リビングデッド』以前から使われていたかもしれないが、今日、誰もが知っていて、幅広く愛されているこのモンスターは、ジョージが形作るまで存在していなかった。メアリー・シェリーのように、彼はその創造物に名前も与えることはなかった。彼の画期的な数々の作品で、この歩く屍たちは、実際に名前が付けられている物たちよりも、自然が生んだ何かという意味合いが強い。ラヴクラフトのように、彼の作品は、何世代にもわたって私たちの創作物——私たちの悪夢——をインスパイアし続けるだろう。ホラーファン、映画ファンのひとりひとりが、ジョージ・ロメロの恩恵を受けている。彼の名は、シェリーやラヴクラフトに並び、奇妙で恐ろしい何かの創造主の殿堂に祀《まつ》られるのにふさわしい。世界中が彼の死を悼《いた》むだろう。

ジョージ・ロメロは誰よりも巨大だ。
彼の映画『ゾンビ』は、私の全てを変えた。

――マックス・ブラリア

個人的にミスター・ロメロを知っているわけではない。彼は伝説であり、独自のジャンルを創り出し、インディーズの映画製作を永遠に変えた人物――というのが、私が唯一わかっていることだ。作家、クリエイター、映画狂、ゾンビマニア、ペンシルベニア州の田舎《いなか》の出身者の子孫として、ジョージ・ロメロは誰よりも巨大だ。彼の映画『ゾンビ』は、私の全てを変えた。私の脳――私がいかに考え、何を創り出し、どんな言葉を書くか――は、ミスター・ロメロが創造したアートがなければ、全く違ったものになっていただろう。ただひたすら、あなたに感謝したい。

彼は気取らない人柄で、明るく、思いやりがあり、本当に楽しい人だった。

——キャリー・ライアン

ジョージ・ロメロは私の人生を変えた。彼の映画がきっかけで私はゾンビに夢中になり、その結果、私は処女作『The Forest of Hands and Teeth』を書くに至った。

その本が出版される数週間前、地元のコミックブック店のサイン会の列に並んだ。その手に、刷《す》り上がったばかりの私の本を持って。私はジョージ・ロメロに会うために待ち続けた。私は震えていた。おそらく過呼吸寸前だったと思う。私は、全て——弁護士の仕事を辞《や》めて夢のような目標を成し遂げ、最初の小説を上梓《じょうし》したこと——は彼が発端《ほったん》だったことをどう彼に伝えればいいのかわからなかった。そして、とうとう私の順番が来た。彼は信じられないほど親切だった。私たちはゾンビについて語り、彼は私の処女作に興奮し、本にサインしてくれと頼んできた。彼は気取らない人柄で、明るく、思いやりがあり、本当に楽しい人だった。あのときの時間は、私の人生で大切な思い出となっている。

彼がジョナサン・メイベリーと共同編集したアンソロジー小説『ナイツ・オブ・ザ・リビングデッド』のために、彼の世界観で短編を書く機会を得たのは、私の中で最も輝かしい経験だ。彼は、私の人生に多大な影響を与えてくれた。彼に直接会ってそのお礼を言えたことを、本当にうれしく思っている。

彼がいなくなってしまい、私は悲しい。信じられないくらいに。

映画業界でも僕の人生においても、彼ほど正直で誠実な人間には出会っていない

――ジョン・A・ルッソ

ジョージ・ロメロと僕は、一九五七年に初めて会ったときからすぐに意気投合し、それ以来ずっと友だちだった。当時彼は、カーネギー工科大学（現在のカーネギーメロン大学）で芸術を専攻するためにピッツバーグに来ていた。ルディ・リッチ（のちの映画『バタリアン』の原案者）が一九五五年型プリムスのオープンカーで乗りつけ、クラクションを鳴らすと、ジョージが姿を見せた。なんと彼は、大きなソンブレロを被《かぶ》り、弾帯を肩から十字に掛け、両腰には拳銃が入った大きなホルスターを下げていた。さらには、巨大な口髭まで生やしていたのだ。あの頃、『革命児サパタ』がジョージのお気に入りの映画だったので、彼は主人公のメキシコ人革命家の格好をしてきたらしい。ジョージは知的で、ひょうきんで、創造力に富み、ユーモアがあって、愉快な奴《やつ》で、みんなの人気者だった。一方で、映画作りに対する情熱はとてつもなく、事あるごとに、映画を作ればきっと成功すると僕やルディやラス・ストレイナー（のちに『ナイト・オブ・ザ・リビングデッド／死霊創世記』を製作）を説得していたものだ。

彼はまた生涯を通じて、温かで、礼儀正しく、愛情深く、優しい人物だった。彼と過ごす晩はとびきり楽しく、映画業界でも僕の人生においても、彼ほど正直で誠実な人間には出会っていない。

僕は、一日中ジョージのことを考えている。最後に彼と会ったのは、サウスカロライナで開催された〈マッド・モンスター・コンベンション〉だったが、何の気なしに僕の口から出た冗談で、彼は腹を抱えて爆笑してくれた。ジョージはよく僕に、ジョークや面白い話を聞かせてくれと言ってきた。会えるのが最後になったその日に、彼の願いを叶《かな》えることができ、本当に良かったと思っている。

彼は敢《あ》えて私たちと奴らの境界線を曖昧《あいまい》にし、
彼の真似事《まねごと》をする連中が避けていた大胆な質問を投げかけてきたのだ。

――アイザック・マリオン

ほとんど何もなかったところから、これだけ人気のジャンルを創造した人物が過去にいただろうか？　これほど先を見越していて、これほど多大な影響を与えた偉業は他にないかもしれない。私たちの周りにいる人々――友人、隣人、そして自分自身――が宇宙からやってきたどんなモンスターよりも恐ろしいと見抜いていたことは、ジョージ・ロメロがいかに鋭い洞察力を有していたかを証明している。しかし彼は、そのコンセプトに満足して、単にあぐらをかいているのではなかった。彼は生きる屍を追求すべく、さらに掘り下げ、本能的に満足のいく〝私たちＶＳ世界〟のファンタジーへと物語を昇華させていった。優しくて音楽が大好きな少年から強烈なゾンビの救世主まで、彼は敢えて私たちと奴らの境界線を曖昧にし、彼の真似事をする連中が避けていた大胆な質問を投げかけてきたのだ。この恐れを知らない好奇心を含むジョージ・ロメロの独創性を超えて、彼の遺産が広がっていき、未来のストーリーテラーたちが人間とゾンビの両方から同じようにインスパイアされることを願っている。

ゾンビフィクションに終わりはない。ジョージは最初から、このジャンルが急速に拡大していくことを確信していたはずだ。

——デイヴィッド・J・スカウ

もう何十年も、僕はジョージ・ロメロの世界で生きてきた。二〇〇五年に上梓した短編小説集『Zombie Jam』で、僕は彼についてあれこれ微《び》に入《い》り細《さい》に入り書きしたためた。同書はゾンビやロメロに関する豊富な総括的情報が詰まっていると認められたようで、他の作家のゾンビ小説本の序文として使われたこともある。しかし、僕が著したことは全て、ジョージが創り上げたゾンビ神話——あるいは、〝Z〟で始まる単語が他の呼び名を凌駕《りょうが》してしまう以前に元々ジョージが使っていた言葉で言い換えるなら、〝邪鬼《グール》〟〝食人鬼《フレッシュ・イーター》〟の世界——に基づいている。当然のことながら、ゾンビフィクションに終わりはない。ジョージは最初から、このジャンルが急速に拡大していくことを確信していたはずだ。

ジョージは友人だった。今でも彼の声が聞こえる。そして、これからもずっとそうだろう。

ジョージ・ロメロの作品がなかったら、私が世の中を知ることは決してなかった。

——ミラ・グラント

ジョージ・ロメロは私の人生にとって非常に重要な存在だ。それは全てを網羅してしまうくらい、奥深く、意味があることなのだ。私は活力に満ちた賢い人間でいたいと思っているが、なかなかそうはいかない。死体が歩くのをじっと見つめて彼らに夢中になり、モンスターに恋をして、その結果、人間を恐れてしまい、墓から出ようと爪で穴を開けて表に出てきた亡霊みたいに成長した十七歳の女の子の大人バージョン——それが素の私だ。ジョージ・ロメロの作品がなかったら、私が世の中を知ることは決してなかった。彼は意図せずに私という人間を形作ってくれた。私はそのことをとてもうれしく、光栄に思っている。そして、今、私は悲しくて悲しくて仕方がない。

彼は優雅で、親切で、紳士的で、感じのいい人だった……たとえ動きの速いゾンビについて僕と意見は合わなくても。

――ブライアン・キーン

二〇〇四年の八月か九月に、私は初めてジョージ・ロメロに会った。私の小説『The Risin』のペーパーバックが出版されて二ヶ月ほど経《た》った頃で（同作のハードカバーの出版からは一年経っていた）、ちょっとした話題になり始めたところだった。

私たちは、ボルチモアの〈ホラーファインド・コンベンション〉に来ており、そこで、ホラー業界人の内輪だけのパーティが開かれた。グレゴリー・ニコテロ（ジョージの『死霊のえじき』の特殊メイク・アーティスト。彼がテレビシリーズ『ウォーキング・デッド』の特殊効果と監督を担当するのは、このときから十年の歳月を要する）にジョージに会いたいかと訊《き》かれ、私は返事するより先に、驚いて飲み物をむせた。

私は、自著のペーパーバック一冊をジョージに進呈することにした。ジョージは同じ部屋の片隅におり、グレゴリーが私を彼のところまで連れていってくれた。それまでの人生で、危険な人物にもたくさん会ったし、面倒ごともそれなりに切り抜けてきたが、あのときほど緊張した瞬間はない。グレゴリーが私をジョージに紹介し、私がペーパーバックを手渡そうとしたそのとき、彼は自分で購入していた同書を取り出し、私にサインしてくれと言ったのだ。もちろん私は喜んでサインをした。サインだけでなく、『ナイト・オブ・ザ・リビングデッド』への心からの感謝の気持ちと、それが子供の自分にどんな意味を持っていたか、どれだけの衝撃と影響を私とこの本に与えたかも長々と綴《つづ》った。実際、その小説の余白に、新たな短編小説を書いたかのような長く熱いメッセージになった。本に添えたメッセージとしては、私自身の中で最長のものだったことは言うまでもない。

サインとメッセージを書いた本をジョージに返すと、約十分間、彼は冗談半分に、足の速いゾンビについて愚痴をこぼし、足の遅いゾンビの方がいかに良いかを滔々と語った。それから彼は、公開予定の『ランド・オブ・ザ・デッド』について話し出し、動きの鈍いゾンビが蔓延する世界で、権力者が支配する難攻不落の高層ビルに集結した人類の生き残りについての話だと説明された。ジョージに次回作を訊《たず》ねられた私は、『The Rising』の続編の概要――動きの速いゾンビが蔓延する世界で、権力者が支配する難攻不落の高層ビルに集結した人類の生き残りについての話――を教えた。

互いの作品の内容を聞いた私たちは、大笑いした。

そのときの集まりで撮った一枚の写真がある（左頁）。緑のシャツを着た坊主頭《ぼうずあたま》の若者が私、それから言わずと知れた巨匠ジョージ、私たちの間にいるのがグレゴリー、私の肩越しに顔を見せているのが、作家のマイケル・アルンゼン（だと思う）。そして、ジョー

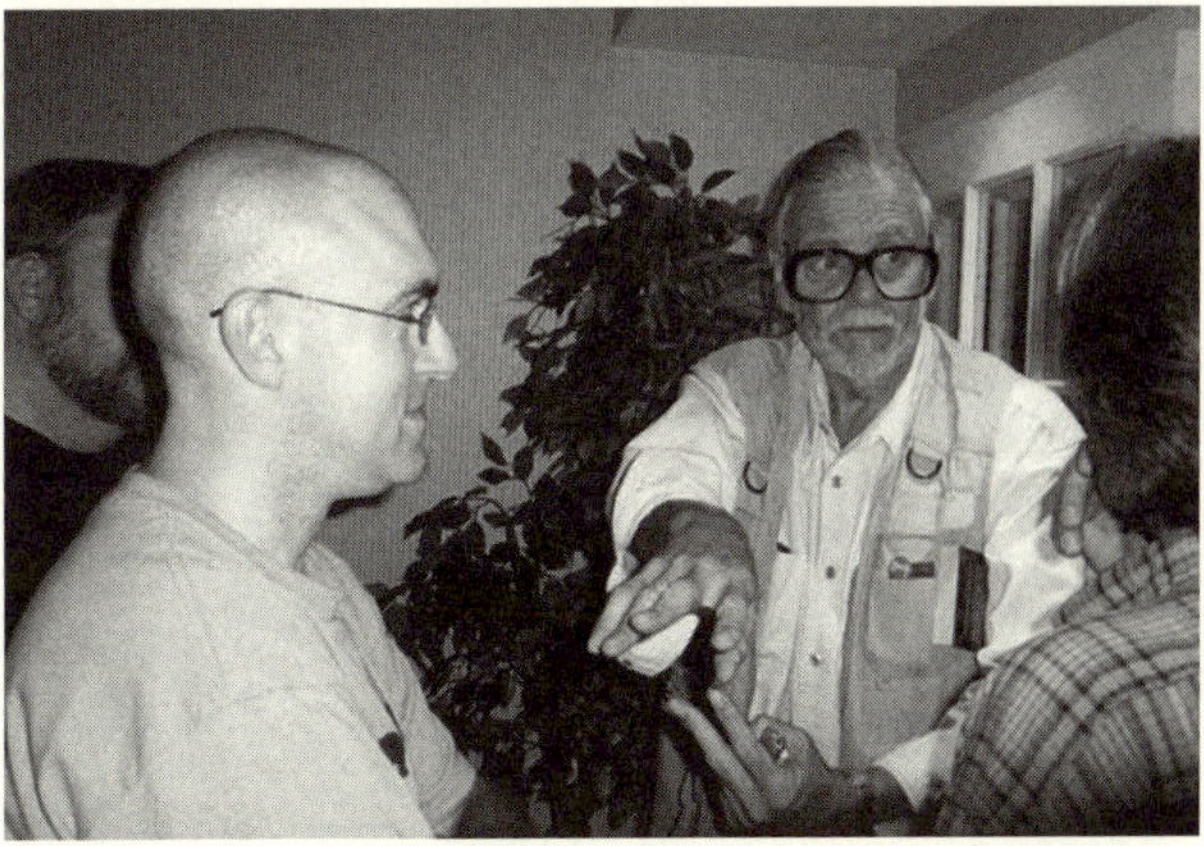

2004年、ボルチモアで行われた〈ホラーファインド・コンベンション〉のパーティにて。中央奥がジョージ・A・ロメロ。手前の坊主頭がブライアン・キーン、背中を向けているのがグレゴリー・ニコテロ、キーンの肩越しにいるのが彼の記憶によればマイケル・アルンゼン。
Photo © 2004 Chad Savage

ジが腕の下に挟んでいる本こそが、彼自身が買ってくれた『The Rising』のペーパーバックだ。

その次にコンベンションでジョージに再会した際、彼は「Fast Zombies suck（速いゾンビは最悪）」と書かれたTシャツを着ており、それを話題にして私たちはまた大笑いした。週末の間中、ジョージはサイン会場の私のテーブルに人々を送り込んで「速いゾンビは最悪だ」と言わせ、私は私でジョージのテーブルに人々を送り込み、鈍いゾンビのパントマイムをさせた。私がそこからアイデアを得て書いたのは、短編小説（のちに短編映画にもなった）『Fast Zombies Suck』だ。

今年の初め、私はジョージとジョ

ナサン・メイベリーが共同編集するアンソロジー小説『ナイツ・オブ・ザ・リビングデッド』で短編を書くことになり、ジョージの世界観の中で遊ぶ機会を得た。過去にも『エイリアン』『ヘルボーイ』『X-ファイル』『ドクター・フー』など、映画やコミック、テレビ作品に関連する仕事をしてきたが、このアンソロジーへの参加はこれまでにないほどの誇りであり、最大の名誉だと考えている。

あのときジョージ・ロメロが、最高に緊張していた若造ブライアン・キーンに大変親切に接してくれたことを、私は一生忘れることはないだろう。今の私は、彼の姿をお手本にして、私に会いに来て、いかに私の作品から影響を受けたかを熱く語ってくれる若い作家たちに優しく接するようにしている。

「自分のヒーローに直接会いに行くな」と言う奴など、クソ食らえだ。私は自分のヒーローに直接会った。彼は優雅で、親切で、紳士的で、感じのいい人だった……たとえ動きの速いゾンビについて僕と意見は合わなくても。

ジョージ、どうか安らかに……。

ジョージは私たちのために、全く新しい神話を創り出した。

——チャック・ウェンディグ

ジョージ・ロメロが逝《い》ってしまうなんて、はらわたが全部抜かれたような気分だ。ジョージは私たちのために、全く新しい神話を創り出した。それは、私たちのほとんどは真似できないようなことだ。独自のモンスターを創造して独自のストーリーを語ることはできても、現代の神話を創り出せるチャンスには恵まれない。ジョージにそれができたということは、彼の才能と先見の明の証《あかし》だ。ジョージは、モンスターは単にモンスターという存在ではなく、私たち人間とは何かを説明し、反映する存在であることを理解していた。彼はまた、ホラーの世界とインディペンデント映画の世界の両方に対し、思いやりを見せ続けたお手本のような人物でもあった。

ロメロは、二十世紀のアートで最も重要で、最も影響力のある作品のひとつを創り出した。

――キース・R・A・ディカンディード

この世にアーティストは星の数ほどいるが、人生を変えてしまうような何かを創り出すという幸運に恵まれる者はなかなかいない。ましてや、全てのサブジャンルに影響を与えることなど、さらに稀《まれ》だ。ジョージ・ロメロは、その両方をやってのけた。彼のたった一本の映画が、今日知られているようなゾンビの定義を創り出し、ゾンビフィクションというジャンルを誕生させた。

その映画こそ、フィルムメイキングの最高傑作で、あれほど観る者に緊張感を与え、あれほど役者の演技が素晴らしい作品はこれまでなかった。この事実は、もっと声を大にして指摘されるべきだろう。

ジョージ・ロメロは、二十世紀のアートで最も重要で、最も影響力のある作品のひとつを創り出した。この映画のレガシーに貢献できたことは非常に名誉で、本書『ナイツ・オブ・ザ・リビングデッド』が出版されたのをジョージが見届けられて本当に良かったと思っている。この本に対して寄せられた好意的なレビューの数々も、彼の目に留まったことを願っている。

ジョージ、どうか安らかにお眠りください。

類《たぐ》い稀《まれ》なる素晴らしい作品を何本も創り出してくれた彼の人生に感謝する。

――ニール・シャスターマン

偉大なるジョージ・ロメロがこの世を去ったという知らせを聞き、大きな悲しみに包まれている。彼とジョナサン・メイベリーが共同で編集したアンソロジー小説に、他の非凡な才能を有する作家たちと一緒に参加でき、この上なく光栄だ。私は、ミスター・ロメロと実際に会う機会は得られなかったが、彼の映画作りは、私が関わる全てに大きなインパクトを与えた。彼の映画は、私にとってはインスピレーション以上だと言っていいかもしれない。私を刺激し、推進させてくれる巨大な力だ。類い稀なる素晴らしい作品を何本も生み出してくれた彼の人生に感謝する。ジョージがしたように、たったひとりの個人が何もないところからひとつのジャンルを創り出すなんて、簡単にできることではない。ブレンダンと私にとって、本書『ナイツ・オブ・ザ・リビングデッド』で彼の映画にオマージュを捧げられたことは、実に名誉なことだ。そして、私たちは彼の逝去《せいきょ》を悼んでいる。彼の並外れた偉業が、ゾンビのグランドマスターによりふさわしい形で、これからもずっと息づいていくことを願っている。

訳者あとがき

「今日は絶好のゾンビ大会日和《びより》となりました」

校長先生の言葉に、私は耳を疑った。今、なんて――？

私たち全校生徒は中学校の屋上に集められていた。頭上には、抜けるような青空が広がっている。生徒はクラスごとに整列し、校長先生の話に耳を傾けていた。一見、いつもの朝礼の光景だが、通常は体育館か校庭で行われるはずだ。どうして今日は屋上なんだろう。

「我が校恒例のゾンビ大会も、今年で七回目を迎え――」

我が校恒例？　ゾンビ大会？　学校行事なのか。どういうこと？

横を向くと、陸上部とサッカー部の男子が「今年こそ一位を狙う」「いや、優勝は渡さねえ」と腕まくりをして小声で話している。え？　これってマラソン大会と同レベルなの？　私は眉をひそめた。

いつの間にか校長先生の話は終わっており、教頭先生がマイクを持っていた。

「十時きっかりに、地下室の扉を開けます」

私はハッとした。自分でもゾンビ大会のルールを知っていることに気づいたのだ。

それはいたってシンプルだった。学校の地下室にはたくさんのゾンビがいて、午前十時に重い鉄の扉が開けられる。それから十分後、屋上の生徒は一斉に階下へと向かい出す。すでにゾンビは校舎内を徘徊《はいかい》し、どんどん上階へ移動しているため、生徒がゾンビと接近遭遇するのは避けられない。とにかくゾンビの猛攻を避けつつ、一階まで降りて校庭へ出ればいいだけの単純明快なサバイバルゲームだ。

屋上の時計の針が午前十時を指すと、サイレンが流れた。そう、地下に閉じ込められていた奴《やつ》らが解き放たれた合図だ。生徒たちが校舎内へ繰り出すまでには十分の猶予がある。円陣を組み、大声で気合いを入れる運動部。お揃《そろ》いのTシャツを作って連体感を主張するクラスやグループ。学校行事なのだから、それぞれで盛り上がるのは結構なのだが、生徒の大半は浮かない顔をしている。緊張と不安で顔面蒼白《そうはく》となり、すでに半泣きになっている女子もいた。当然だ。悲喜こもごもなのは、受験の合格発表当日だけでいい。命懸《いのちが》けの学校行事なんて、絶対におかしい。

無情にも、十時十分を知らせるホイッスルが鳴った。いよいよゲーム開始だ。

生徒たちは我先にと屋上に一ヶ所だけある出入り口へと駆け出した。しかし、私は納得がいかず、思うように足が動かなかった。進むのをためらっていると、生徒指導担当で体育科の教師に怒鳴られた。

「おい、阿部。さっさと動け！　ぼやぼやしてると食われるぞ」

食われる――。先生が何気なく発したその言葉は、氷の槍《やり》となって私の胸を貫いた。〝殺される〟よりも、ずっと恐ろしい響きだ。

重い足取りで戸口に向かっていたとき、誰かに腕をぐいと引っ張られた。ハッとして顔を上げると、親友の京子だった。

「清美、何してるの？　姿が見えないから戻ってきたんだよ。さあ、行こう！」

彼女に促され、私たちは北校舎の四階へと降りていった。

四階の廊下は不気味なほど静まり返っている。他の生徒たちはとっくに下の階に進んでいたようだ。北校舎の東階段まで来ると、京子が「一階まで一気に降りよう」と言った。ところが、東階段の三階の踊り場まで降りたとき、嫌な音が階下から聞こえた。濡《ぬ》れた素足で、誰かが階段を上ってくる音だ。ひとりだけではない。二人？　三人？　それ以上？

「マズい。素手じゃ突破できないよ」

「そうだ。モップ！　そこの教室から取ってくる」

私は踵《きびす》を返し、階段から最も近い教室――二年一組――へ入った。掃除道具の入ったロッカーに駆け寄って開けようとしたが、突然ロッカーがガタガタと揺れ出し、その扉がひとりでに開いた。ゆっくりと、耳障《みみざわ》りな金属音を立てて。私は恐怖で凍りついた。

意外にも、ロッカーの中から出てきたのは、野球部の佐藤君だった。てっきり化け物だと思っていた私は、同級生の顔を見て、「なんだ、佐藤君か」と安堵《あんど》の息を吐いた。

ところが、彼が着ている白い練習用のユニフォームは、右半身が赤く染まっている。

「ヤバい。噛《か》まれちまった……」

「噛まれたの？　あいつら、もうここまで来てるの？」

明らかに佐藤君は具合が悪そうだ。肩で息をしながら、彼はこう答えた。

「あいつら……なら……おまえの後ろに……」

え？　肩越しに教室のドアを見やると、奴らが数体、こちらに歩いてくるのが見えた。

「佐藤君、急いで逃げ――」

彼の方に向き直った私は、慄然《りつぜん》とした。佐藤君の肌は土気色に変わり、青い血管が顔中に浮かび上がっていたのだ。おまけに、その目は膜が張ったように濁っている。一瞬の変化だった。私は、彼がもう佐藤君ではなくなったことを悟った。

背後から迫る連中と数秒前まで佐藤君だった奴に挟まれた私は、咄嗟《とっさ》に黒板の方へ走り出し、教卓の下に潜り込んだ。膝を抱えてしゃがみ込み、身体を丸めていると、別の誰かの足音が聞こえ、激しい打撃音がそれに続いた。何が起こっているか見えていない私は、ひたすら息を殺していた。

「早く！　逃げるよ！」

突然、教卓の下を覗《のぞ》き込んだのは京子だった。その手にはモップが握られている。

教卓の下から出た私は、親友が叩《たた》きのめしたはずの連中がもぞもぞと動き出すのを見た。

すでに東階段は、階下からよろよろと上ってくる奴らであふれている。おそらく西階段も同じ状態だろう。これは挟み討《う》ちになるのも時間の問題だ。どうやって下に降りるべきか――。私はふとあるものを思いついて、顔を上げた。

「京子！　給食の配膳室に小さなエレベーターがあるよね！」

各階の配膳室には、一階からおかずなどを運搬するための昇降機が備わっている。

「ナイス！　それで一階まで直行しよう」

私たちは脱兎《だっと》のごとく二年一組の教室を飛び出し、廊下の中ほどにある給食配膳室を目指した。途中、何体かに行く手を邪魔されたものの、少林寺拳法有段者の京子のモップさばきでなんとか乗り切ることができた。

配膳室のエレベーターは小さく、二人一緒に乗り込むのは不可能だったし、どちらかが昇降ボタンを操作しなければならないので、ひとりずつ下に降りることにした。先に京子が一階まで降り、その後、私が続く。

「じゃ、すぐに下で落ち合おうね」

京子はモップをこちらに手渡し、函《はこ》の中に入った。狭い空間で身体を折り曲げた彼女は笑顔を見せ、小さく手を振った。私も手を振り、一階へ降下させる緑のボタンを押した。かすかな振動音を立てて、エレベーターは降りていった。

ところが、一分ほど経《た》っても、昇降機は戻ってこなかった。京子はとっくに一階に着いているはずだ。一階の配膳室で降りた彼女がボタンを操作し、空《から》のエレベーターを三階まで戻す予定になっていた。なのに、一向にその気配がない。背後からは、連中が近づく足音が聞こえ、私は気が気ではなくなっていた。廊下を歩く連中の数は、確実に増えている。

ならば、自分でエレベーターを三階まで呼ぼう。赤いボタンを押すと、エレベーターが再びガタガタと音を立て、徐々に上ってくるのがわかった。廊下の奴らは配膳室のすぐそばまで来ている。早く、早く。私は祈るような気持ちで昇降機の扉を見つめ、何度も後ろを振り返った。すると、ガタンと鳴って函が止まった。モップを握る手に自然と力が入る。

エレベーターの扉が開き、私は目を剝《む》いた。中には、ちぎれた片足があった。上履きに書かれた苗字《みようじ》は、京子のものだった——。

これは、私がゾンビ映画を初めて観た日の晩に見た悪夢だ。あまりの恐怖に、何十年も経過した今も、全てを鮮明に覚えている。夢であるがゆえ、不条理すぎて辻褄《つじつま》が合わないところもあるが、本書『ナイツ・オブ・ザ・リビングデッド』にぴったりの内容だったので、ジョージ・A・ロメロを偲《しの》ぶ意味で、ここで触《さわ》りを紹介させてもらった。夢の続きで、果たして私は最後まで生き残れたのだろうか。

とにかく、〝ゾンビ〟——正確に言えば、ロメロが考え出した〝生きる屍《しかばね》〟の設定はとんでもない大発明だ。死体が蘇《よみがえ》るだけでも十分恐ろしいのに、その死体が人間を食べ、食べられた人間も同類になるとは！　一九六八年のロメロ監督作『ナイト・オブ・ザ・リビングデッド』以降、あの歩く死体たちは「ゾンビ」と呼ばれるようになり、一九七八年の『ゾンビ』が人気の駄目押しとなった。ゾンビ映画は次から次へと作られ、完全にカルチャーのひとつのカテゴリーとして定着した。ドラキュラやゴーストなど、ホラー作品のモチーフは数あれど、ゾンビの人気はずば抜けている。なぜそこまで〝ゾンビもの〟は愛されるのか。私なりに、その理由を考えてみた。

1：ゾンビは人を選ばない。ゾンビに嚙まれた人間は誰でもゾンビになる。そこには制約も情け容赦もなく、地位も職業も関係ない。明暗を確実に分けるのは、〝運〟だけ。その平等性が、「もしかして自分の身にも起こるかも——」という不安を猛烈に搔《か》き立てる。

2：ゾンビは身近にいる。人を選ばないのと同様、ゾンビは時と場所も選ばない。墓場であろうとショッピングモール内だろうと、パンデミックは簡単に起きてしまう。しかも、相手は昼夜問わずに活動し、基本的に疲れ知らずなので、人間は二十四時間気が抜けない。自分の生活圏内でそれが発生すれば、家族や友人知人がゾンビ化して姿を現わす事態にも。自分の愛する人がゾンビになったときに生まれるドラマは、どんな悲恋の物語よりも切なく辛《つら》い。その一方、身近で起こる混乱の中、市井《しせい》の人が簡単に英雄になれたりもする。

3：ゾンビは汎用性《はんようせい》が高い。ロメロの基本的ゾンビは動きが緩慢で、人肉を貪《むさぼ》り、頭を破壊しない限り死なないのが特徴だが、様々な作り手が多彩なゾンビを派生させた。『28日後…』でスプリンター並みの全力疾走ゾンビを目《ま》の当たりにし、お手上げだと思った人も多いのではないだろうか（ちなみに、走るゾンビの元祖は一九八〇年の『ナイトメア・シティ』とも八五年の『バタリアン』とも言われている）。マイケル・ジャクソンの『スリラー』（82）のMVの高レベルダンスから、史上最低映画の呼び声も高いが邦題の絶妙さでカルト化した『死霊の盆踊り』（65）の裸踊りまで、落差は大きいものの、いい意味でも悪い意味でも、踊るゾンビには度肝を抜かれた。ロメロ自身、『死霊のえじき』（85）で知性を持つゾンビを登場させているが、そもそも『ナイト・オブ・ザ・リビングデッド』でも、石を拾って車の窓を叩き割ろうとするゾンビが出てくるので、人間だった頃の知恵の片鱗《へんりん》が辛うじて残っている個体も存在する、という設定なのかもしれない。他にも、『ウォーム・ボディーズ』（13）の恋するゾンビ、『ゾンビーノ』（07）のペットゾンビ、『ゾンビ・ヘッズ　死にぞこないの青い春』（11）の半ゾンビ（死んでいるが、ゾンビになりきれていない人間）など、ゾンビの多様性はもはや無限大。単なるホラーではない、ゾンビコメディやゾンビ感動作も誕生した。ジャンルの枠を超え、ここまでバラエティに富んだ作品が生まれる所以《ゆえん》は、ゾンビの汎用性の高さに他ならない。
４：ゾンビは完全にフィクション。現代の常識では、死体が息を吹き返したとしても、人肉を食うことはないし、食われた人がゾンビになることもない。絶対に。同じサバイバル系でも、災害や病原体、テロなどは実際に起こり得るゆえ、何かと不安要素の多い現代社会では、作品の内容より現実の方が怖いと思われがちだ。その点、ゾンビは完全なるフィクションだと観客も理解しており、多少無茶な設定でもすんなり受け入れられる。ものすごく怖くても、思う存分、安心して怖がることができる健全な恐怖なのだ。

こうして、ゾンビ文化なるものを創り出し、定着させるという大きな功績を残した、現代ゾンビの祖であるジョージ・Ａ・ロメロ。残念ながら、彼は二〇一七年七月に逝去《せいきょ》し、本著が、彼が完成させた最後の作品となった。このアンソロジー小説では何よりも、〝生ける屍〟という同一モチーフでこれだけ多種多様な内容の短編小説の数々が集められている事実に驚かされる。ロメロ本人を含め、十九人の寄稿作家たちは皆、『ナイト・オブ・ザ・リビングデッド』に敬意を表しているので、同作に一切登場しなかった「ゾンビ」という言葉は、本書ではほぼ見かけない。また、映画本編に縁《ゆかり》のある場所や登場人物の名前、映画内のあるシーンを彷彿《ほうふつ》とさせる描写などが随所に散りばめられている。映画と併せてそれぞれの短編を読み、ニヤリとしてもらいたい。

また、本年十月二十五日、ジョージ・Ａ・ロメロの名が、ハリウッド大通りにある通称「ウォーク・オブ・フェーム」の星に刻まれた。ポップカルチャーに多大な影響を与えた偉業が認められ、生前より彼のハリウッド殿堂入りが決定していたものの、死去によりうやむやになっていた。だが、故人と親しかった俳優のマルコム・マクダウェルが発起人《ほっきにん》となり、クラウドファンディングを通して募金活動を開始。晴れて、殿堂入りが実現することとなった。式典には、『ゾンビ』に俳優としても出演している特殊メイクアップアーティストのトム・サヴィーニをはじめ、ロメロに関わりのある人々が多数参加。ゾンビ姿のファンを前に、スピーチにはマクダウェルや『ショーン・オブ・ザ・デッド』（04）の監督エドガー・ライトらが立ち、故人にまつわる思い出を語ったそうだ。ゾンビのみならず、ゾンビの生みの親のロメロも、世代を超えて、いかに皆に愛されていたかを窺《うかが》い知ることができる。

私自身、A級からZ級までかなりのゾンビ映画を見てきたが、ロメロ監督作以外で、一番印象に残っているのは、ルチオ・フルチ監督の『サンゲリア』だ。一九七九年製作作品ゆえ、CGは一切なし。それでも、生理的な嫌悪感を呼び起こす非常に悪趣味なゾンビメイクやスプラッタ描写は発想の勝利だし、美しくも不気味なテーマ音楽、海中ゾンビVSリアルなサメの伝説の格闘シーン、救いのないラストと見事な伏線の張り方など、傑作として語り継がれるにふさわしい要素が揃っている。また、わずか七分の短編映画『Cargo』(https://www.youtube.com/watch?v=gryenlQKTbE) とビデオゲーム『DEAD IS

LAND』のトレーラー（https://www.youtube.com/watch?v=lZqrG1bdGtg）は、観る者の心を揺さぶる隠れた名作だ。気になる方はチェックしてみてほしい。

地球上で、ゾンビが何かを理解されていない場所を探す方が難しいほど、ゾンビは全世界に浸透している。もしロメロ・ゾンビが誕生しなかったら、今の世の中はどうなっていたのか。これだけ胸をざわつかせる存在がいない分、少しだけ平和だったかもしれないが、きっとずっとつまらない世界になっていただろう。猫ならぬ、『世界からゾンビが消えたなら』という話を、つい書いてみたくなる。ゾンビでこの世に彩りを添えてくれたロメロに心から感謝したい。どうか平穏な眠りが、騒がしい連中によって妨げられませんように。

本書を翻訳するにあたり、多くの方に助けていただいた。寛容なお心遣いで支えてくださった編集者の富田利一氏、的確で丁寧なご指導ご教示をくださった編集者の魚山志暢氏、武器関連や英語の表現の疑問に快く答えてくださったChris Oswald氏、いつも温かく見守ってくれた家族に礼を述べたい。本当にありがとうございました。

二〇一七年十月

阿部清美

【訳】阿部清美 Kiyomi Abe

翻訳家。映画雑誌、ムックなどで翻訳、執筆を手掛ける。主な翻訳書に『24 CTU 機密記録』シリーズ、『メイキング・オブ・「トワイライト ～ 初 恋 」』『24 TWENTY FOUR THE ULTIMATE GUIDE』『ジェームズ・キャメロンのタイタニック【増補改訂版】』『だれもがクジラを愛してる。』『サイレントヒル リベレーション』〈タイラー・ロックの冒険〉シリーズ（竹書房 刊）、『アサシン クリード 預言／血盟』(ヴィレッジブックス 刊)、『ギレルモ・デル・トロ 創作ノート 驚異の部屋』『ギレルモ・デル・トロの怪物の館 映画・創作ノート・コレクションの内なる世界』(DU BOOKS 刊) などがある。

NIGHTS OF THE LIVING DEAD
ナイツ・オブ・ザ・リビングデッド　生者の章
Nights of The Living Dead：An Anthology

2017年12月1日　初版第一刷発行

著………… ジョナサン・メイベリー、ジョージ・A・ロメロ
訳………… 阿部清美
編集協力………… 大木志暢
ブックデザイン………… 石橋成哲
本文組版………… IDR

発行人………… 後藤明信
発行所………… 株式会社竹書房
〒102-0072　東京都千代田区飯田橋2－7－3
電話　03-3264-1576（代表）
03-3234-6208（編集）
http://www.takeshobo.co.jp
印刷・製本………… 凸版印刷株式会社

ISBN978-4-8019-1300-4　C0197
Printed in JAPAN